这是谢凌云这只小狗

给你,要吗?

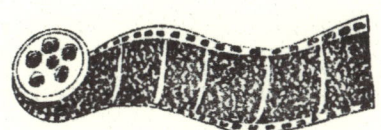

江天一半
JIANGTIANYIBAN
著

偏航 上

江苏凤凰文艺出版社
JIANGSU PHOENIX LITERATURE AND ART PUBLISHING

图书在版编目（CIP）数据

偏航：全2册/江天一半著．——南京：江苏凤凰文艺出版社,2024.1
ISBN 978-7-5594-8087-3

Ⅰ.①偏… Ⅱ.①江… Ⅲ.①言情小说–中国–当代 Ⅳ.①I247.5

中国国家版本馆CIP数据核字(2023)第215194号

偏航：全2册

江天一半 著

责任编辑	王昕宁
特约编辑	翟羽茜
装帧设计	光学单位
责任印制	刘 巍
特约监制	杨 琴
出版发行	江苏凤凰文艺出版社
	南京市中央路165号，邮编：210009
网　　址	http://www.jswenyi.com
印　　刷	三河市兴博印务有限公司
开　　本	880毫米×1230毫米　1/32
印　　张	18
字　　数	549千字
版　　次	2024年1月第1版
印　　次	2024年1月第1次印刷
书　　号	ISBN 978-7-5594-8087-3
定　　价	69.80元

江苏凤凰文艺版图书凡印刷、装订错误，可向出版社调换，联系电话025-83280257

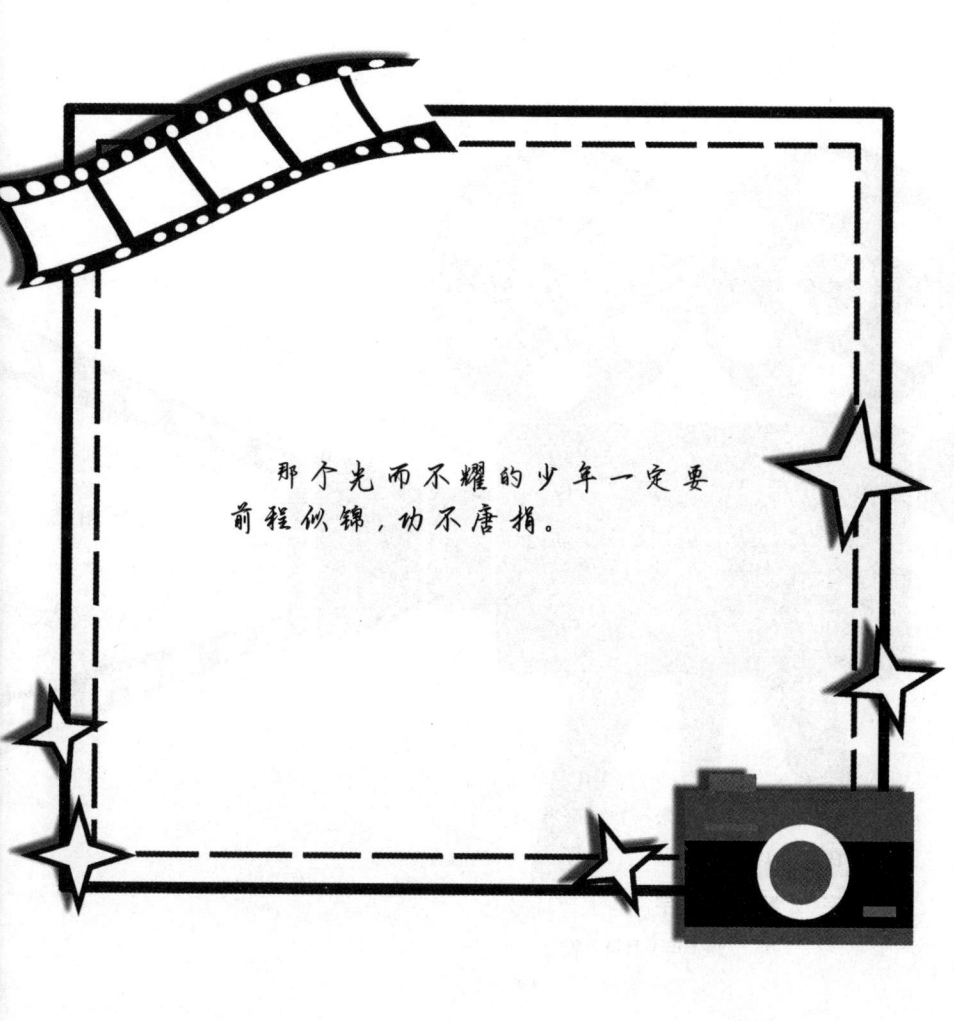

那个光而不耀的少年一定要前程似锦,功不唐捐。

目录

001　Wedge
　　　盛夏相逢
011　Chapter 1
　　　狗脾气大少爷

	Chapter 2	201	Chapter 6	375	Chapter 12
8	戚乔乔		我喜欢这只小狗		偏离
33	Chapter 3	227	Chapter 7	435	Chapter 13
	意外的吻		坏消息接踵而至		春天与樱桃树
60	Chapter 4	255	Chapter 8	472	Chapter 14
	不喜欢 xly		前程似锦，		暗恋日记
	（谢凌云）一秒		功不唐捐	503	Chapter 15
66	Chapter 5	283	Chapter 9		点一束星星
	微酸心事		这么多年	519	Chapter 16
		325	Chapter 10		返航
			扎高马尾的初恋	536	Extra 1
		343	Chapter 11		谢凌云往事
			他的秘密	553	Extra 2
					遗憾与以后
				558	Extra 3
					不能失去你

Wedge
盛夏相逢

六月伊始,城市陷于热浪中。

从洲际酒店的窗户向下看,香樟树庞大的树冠像一片绿云,绵延地铺满了没有尽头的长街,远处的江面上传来悠长的游轮汽笛声。

天空布着厚重的积云。

戚乔趴在窗口眺望着城市的景色,助理带着造型师进了房间。

"乔乔,要化妆了。"

戚乔"嗯"了一声,仍凝望着阴云层层的天。

"天气预报不是说没雨吗,看外面这鬼天气,不知道什么时候就开始下了。"助理一脸愁容。

晚上有场时尚盛宴,众星云集的场合。

戚乔于三月前收到邀约,她的经纪人上个月六号便吩咐造型师选礼服、定妆容,一副要搞个大阵仗的架势。

"今晚红毯在室外。"造型师捧着一条丝绒红裙进来,"起了风还怪冷的,千万别下雨。"

天际压着连片的浓积云,酝酿着一场来势汹汹的骤雨。

与另两人的愁眉苦脸不同,戚乔看着外面的天气,眼底却渐渐染上一丝笑意。

做好一套妆发前后花了三个多小时,临出发去拍照前,造型师望着戚乔裸露在外的白皙美背,灵感乍现,提议:"蝴蝶骨那儿,好适合添朵花——还能给我半小时吗？"

戚乔身上穿的是一条高定礼裙，靡丽浓艳的酒红色，低胸设计，配一条高级珠宝钻石项链，后背半露，腰线掐得极好，缀着一条硕大的丝绒蝴蝶结。

她的肤色极白，被酒红色一衬，仿佛乳白的牛奶中兑入了葡萄酒，一眼惊艳。

助理激动地连拍数张照片："好好看哦！"

戚乔由他们折腾，她背对着几人，感受到画笔软毛尖落在后背，带来细小微麻的痒意。

美人在骨不在皮，助理觉得，戚乔哪里都挑不出瑕疵。她刚出道时，身上还存着校园里带出来的清纯稚嫩，如今青涩褪去，已然是明艳动人的大明星。

闲着无聊，戚乔要来平板电脑，点开一部去年提名奥斯卡金像奖最佳剪辑的影片。

这部电影她一直没时间看完。

电影播了将近一半，戚乔被助理一声夸张的呼叫声从故事中抽离回现实。

"真的好漂亮！简直是神来之笔。"白皙的肌肤如同画纸，一朵娇艳的红玫瑰逐渐成形。

造型师手中的画笔还未勾勒完，笔尖微点，那朵玫瑰便又红一分。

原本专注他物的戚乔终于舍得分心，微微侧首，一张明艳动人的脸蛋便从镜子里露出来。

助理呆愣地半张着嘴，她在戚乔身边满打满算也待了四年，尽管天天对着这样一张脸，还是会被惊艳到。

摄影师按下快门，及时抓拍镜中美人回眸的一幕，点开预览，愣了好一会儿道："我猜今天再没有比得上这张的了。"

助理凑过去，点头如捣蒜："等下一定要发这张，这还不艳压全场！"

一屋子工作人员情绪高涨。唯独女主角，好像没什么好胜心的样子，只笑了笑，目光重落回屏幕上未看完的影片。

拍完照片，助理抱着一条毯子过来。

"保姆车在酒店停车场等着了，不过现在出发有些早，乔乔，你要不要睡一会儿？"

前天，戚乔刚结束一部戏的拍摄。

整整四个月，辗转于西南四个省市，见过冬日里冷冽的高原风雪，等过冷月，滞留于无名苗寨中，和整个剧组等漫长的雨季离去。

她进了组就是与世隔绝，而戚乔也实实在在地在戏中沉浸了四个月。戏才杀青，她便又来参加今晚的活动。上一次睡满八个小时已经想不起来是什么时候了，因此助理才会这么问她。

"算了。"戚乔揉揉太阳穴，"有点饿，你帮我去买点吃的吧，再加一杯冰美式。"

她的语气轻柔，助理欢快应下，立马下楼。

戚乔坐在窗边，支着脑袋瞧天色，雨还是没落下来。她拿起手机，才看到妈妈中午给她打过电话，只打了一通，大概是猜到她忙着，便没有再打。

戚乔回拨，那边很快接通。

妈妈问了好几句近况，戚乔都回了，快挂断时，听见听筒中几声压抑的咳嗽声。

"妈，你怎么咳嗽了？"

"一点小感冒而已，你别大惊小怪的。"

"感冒耽搁了也会变成大病，去看医生了吗？"

"吃了一回药就好了，妈真没事。"

戚乔不信，妈妈一连强调多次，声音听着中气十足，她才终于放心。

这些年，她始终处于惊弓之鸟的状态里。

电话挂断没多久，助理回来了，把东西给戚乔时还不忘说："少吃点，你没忘你还穿着高定吧？"

女明星无时无刻不在做身材管理。

戚乔失笑："没忘。"

助理马不停蹄地将水杯、雨伞等必备品塞进随行包，嘴巴也不闲着："我刚才下楼，碰到了在上一个公司认识的朋友，他说今晚还有微博上没有官宣的大咖会来。"

"谁啊？"戚乔有一搭没一搭地听着。

"我问了，他不说！"助理气道，"只知道是个男的，枉费我们这么多年的交情！"

工作人员打来电话提醒时间，助理领着戚乔下楼去。

Wedge / 盛夏相逢　003

戚乔踩着十厘米的高跟鞋，脚步轻盈。六年前入行的时候，她还是个连高跟鞋都穿不稳的新人。

电梯至一楼，戚乔伸手提裙摆，细高跟踩在一尘不染的大理石地板上，发出清脆的"哒哒"声。

工作人员护着戚乔向前，将她团团地围起来。

戚乔："也不用这么夸张地保护我。"

"怎么不用！你忘了上次……"助理立刻捂着自己嘴巴，酒店大堂人多眼杂，她没继续说。

忽然，一阵喧哗从前方传来。

入目便是一行数十人围着一个身着杏粉色礼裙的女星。

戚乔被夺走思绪，她听到对方与身边工作人员交谈时夹在语句中的某两个字。

"不是说谢导快到了吗？都等了半个小时，他怎么还没来？"

圈内并没有谢姓名导。不……除了一人。

戚乔的脚步不由自主地顿了一下，他怎么会在这个时候回来呢？

她并没有迟疑很久，很快随助理上了车。

保姆车缓缓发动。

像是冥冥之中注定的，她只是下意识地望向车窗外，目光的焦点却自动地落在一人身上。隔着黑色的车窗，隔着酒店大厅的玻璃幕墙，一行人从电梯中走出。

明明那么多人，她的眼睛却好像安装了定位器，无论何时，无论过去多少年，依旧能在人群中一眼锁定那个人。

车窗的黑色玻璃仿佛自动给眼前的画面渲染了一层滤镜。

谢凌云被人簇拥着走来。

酝酿了一整天的雨终于落下来，"噼里啪啦"地敲着车窗。

男人清俊的脸透过玻璃，带着经年未见的熟悉感，撞入了戚乔的眼睛里。

像是一部慢放的胶片电影的远景，镜头聚焦于画面中央的人物。那人出现的每一帧都被她反复确认无数遍。所幸乘着前行的车，她来不及做出任何反应。

戚乔淡淡地收回目光，没有回头。

浓积云往往带来迅猛的大雨，没到一分钟，地面就被完全打湿了。

空气里弥漫着夏日的气息。

"谢导，可算是等到您了，回国还习惯吗？我知道一家特别有名的淮扬菜，不知道……"

谢凌云掀了下眼皮，难掩神色里的烦躁。

不等他开口，李一楠伸手拦着人，赔笑道："冯老师，您今天可真美。"

谢凌云脚步不停，女明星见状便要跟上去，李一楠往她的面前一堵，心道这祖宗今儿心情可不好，可别上赶着惹了。

"有事儿您和我说，本人全权代表谢凌云工作室。"

"这得和谢导谈呢。"

"跟我谈也一样的，冯老师！"

谢凌云听见身后那两人交谈，没有理会的意思。迈出酒店的一瞬，雨忽地变大，急急地落下。

门口的黑色保姆车正好驶离，一辆白色的车停在他面前，谢凌云却没有立即上车。

淅沥的雨声打散了心头那点不痛快，谢凌云看了眼雨幕，迈步坐上了车。

车在门口不能久停，李一楠不敢耽误，应付完那位女明星，赶过来。

"晚宴定在梅赛德斯，离这儿不远。"李一楠吩咐完司机开车，喘口气，叮嘱后座的人："我都答应人家了，到时候别臭着张脸啊。"

谢凌云面无表情，也不知道听没听，指节抵在太阳穴处，神色淡淡地望向车窗外。

李一楠笑了，每逢下雨天，这位祖宗的心情比平常可好很多，所以他才抓住机会趁热打铁，交代晚宴行程。看来这场雨，适时地浇灭了他的火气。

"红毯六点开始，知道你不喜欢这种场合，放心，都跟主办方谈妥了，不用走红毯，直接进内场。这次就是还薛总的人情，人家给我们电影投了那么多钱，适当拿你的脸回馈下也无伤大雅。"

谢凌云无言。

李一楠："难道你不知道，你的颜粉比忠实影迷多八百倍这件事吗？"

谢凌云面无波澜，抬眸扫了他一眼，李一楠乖觉地做了个"我闭嘴"的动作。

Wedge / 盛夏相逢　005

车缓缓驶入滨江大道，远远眺望，江岸上东方明珠塔在雨幕中高耸而立，霓虹闪烁，透着几分远离烟火尘嚣的冰冷感。

"听说今晚有不少表演，几位当红的演员都来了，居然还请来了……"

李一楠回头一瞧，后座那人神情寡淡地望着窗外，眉眼间透着明显的疏冷。

李一楠叹气："算了，反正你也从不关注这些。"

后座的人不置可否，听着雨声，靠着后座，闭眼小憩。

谢凌云没走红毯，等到最后一刻才进入晚宴内场。

星光璀璨的场合，灯红酒绿，甫一踏入，便被观众席粉丝的呐喊尖叫吵得耳膜一震。

谢凌云冷着张脸，说出了今晚的第一句话："我只待半小时。"

李一楠一瞧这位祖宗此时烦躁的脸，顿时觉得他没直接走人，已经是谢天谢地了。

"行行行，听你的。"

谢凌云入了座，身后观众席的声音都没消停，也不知是看到了谁进场。

"凌云，什么时候回来的？"有人上前问候，是位年纪比他大几岁的前辈，谢凌云起身应答。

与几位圈里可称前辈的人寒暄完，再有来自荐递名片的，李一楠全挡了，等终于告一段落，立即给谢凌云递过去一杯白葡萄酒。

酒自然是主办方提供的。谢凌云接过，凑到鼻前闻了闻，没喝："水。"

李一楠"啧"了一声，看出他嫌弃："好的，我娇贵的大少爷。"他一边吐槽，一边却仍按照他的要求给换了杯纯净水。

谢凌云浅抿了一口，彩色的灯光不停闪烁，落在视野中一张张脸上。红男绿女，光鲜亮丽，人人都在笑，他却只觉得无趣，脸上的神情愈发冷淡，侧首喊李一楠："给我订今晚回北城的机票。"

话音刚落，后方观众席却突然爆发出一阵尖叫声。

台上主持人就位，聚光灯射出一道光影通路。

所有人都以为那些尖叫声是为等待开场。

李一楠在嘈杂的环境中艰难询问："非得今晚就回？休息一晚呗，你不累我累，酒店都订好了。"

谢凌云没回应，眉宇间露出几分倦色，目光随意地扫过场馆。

身后喊声更大，毫无阻拦地闯入耳中。

谢凌云蓦地一顿。

那些呐喊与尖叫中，一个名字逐渐清晰入耳。

灯光一闪，台下昏暗一片。入口处，一行人不急不慢而来。人影重叠，一抹红裙若隐若现。

谢凌云抬眼时，被护在中央的人终于现身，他的视线也随之定住。

路过席位时，有人朝她问好，或许是相识，谢凌云瞧见她侧首，明眸皓齿地冲那人笑。

"就剩十一点的航班了，要不还是明天回吧……"

李一楠正要苦口婆心劝一劝，毕竟这人做的决定九头牛也拉不回来，没想到才开了个头，便听谢凌云说："嗯。"

李一楠震惊："啊？"

谢凌云道："改天。"

李一楠放下手机，挠头正觉得奇怪，却发现谢凌云眼睛牢牢地盯着某个方位。他疑惑地循着望去，一眼锁定了一道窈窕身影，不由多看了两眼。

"那不是戚乔老师吗？"

十几米外，戚乔与人打完招呼，被身边助理引到座位坐好。他们坐在同一排，中间却隔了好几个人。

台上主持人正在致辞。

"是不是很漂亮？"李一楠自觉谢凌云对于行业里的八卦漠不关心，便科普起来，"这可是这几年国内最红的女演员之一，戚乔。对了，戚老师好像也是电影学院毕业的，你们也算是校友了。不过人家学表演的，你们肯定不认识……"

"谁跟你说她是表演系的？"谢凌云忽然打断了他。

"啊……不是吗？"

李一楠只听说戚乔是电影学院的，又是演员，自然下意识地以为就读于表演系。

谢凌云回答，他的神情愈发冷淡起来。

台上迎来送往，谢凌云一口喝完一杯水，周身散发着"生人勿近"的气场,赶走了不知多少个意欲搭桥牵线、求个试镜机会的人。

谢凌云不经意扫过某处,没有挪开目光,发现那人与身旁人交谈得热切,忽地,她微微侧身,隔着幢幢人影,两人四目相对。

只一瞬,戚乔率先移开了视线,甚至毫无波动。

谢凌云眸中划过一丝笑意,扯了扯嘴角,他瞧着戚乔起身,脚步与视线均没停留,径直往后台走去。

谢凌云顿了一下,锋利的下颌线在某一瞬紧绷。

十分钟后,他用余光瞧见那抹红色倩影重新坐回座位,便从西装内襟口袋取出一张名片夹在指间,递给李一楠:"去跟她说,我请她做我电影的女主角。"

李一楠刚刚浅酌了两杯,茫然道:"谁啊?"

谢凌云几不可察地轻勾嘴角,说:"戚乔。"

李一楠起身,奇怪地瞥他一眼:"你认识戚老师啊?"

谢凌云没说话。

"啧,听说戚老师很挑剧本和团队,档期也很满,不好约合作的。"

谢凌云的指尖在桌上轻敲,他撂给李一楠一句话:"我们很熟。我请她,能跟别人一样?"

李一楠带着茫然离开。

谢凌云收回目光,他百无聊赖地倒了杯刚才嫌弃过的白葡萄酒。

不一会儿,李一楠带着那张名片回来:"照你原话问了。"

"然后?"

"戚老师说没档期,而且……"

"而且什么?"

"人家说和你不熟欸。"李一楠有点尴尬地问,"你真认识戚老师?"

还没说完,却见谢凌云仰头一口喝完了杯中的酒,目光极冷淡地瞥了他一眼。

李一楠沉默了。

谢凌云侧眸,隔着人群,再次将视线凝在那抹红裙上。这一回,他却很快收回视线。直至再次望见那人在助理的陪同下起身去后台更换礼服。他瞬间起身。

"干什么去？"

"上厕所，"谢凌云的语气不善，"别跟着。"

助理想破脑袋都没想通，刚才自称代表谢凌云工作室的人递来橄榄枝，戚乔居然看都没有一眼，直截了当地拒绝。

要知道，谢凌云的戏拍一部火一部。票房一骑绝尘不说，更是有口皆碑，连主演配角都火了一茬又一茬。

这可是被称为近年来最有潜力的青年导演的人，他那天才的盛名从处女作上映便跟随至今。

"乔乔，你刚才怎么那么果断地就拒绝掉了？那可是……可是谢凌云啊！"

戚乔云淡风轻地笑了笑："你就当我不知好歹。"

两人往休息室走。

后台人员杂乱，不停有人打招呼，戚乔含笑回应，可心里那层被激起的涟漪却久久不散。直到拐入两排休息室的走廊，安静下来，她舒口气，寻找挂着自己名字的房间。走廊深处，有人倚墙站在门边。那人很高，一条腿曲着，手插在西装裤的裤兜里。几分漫不经心的姿态，却带着极强的存在感。

他从前便是这样。

戚乔停了步子，低声跟助理说："你先进去。"

助理心有疑惑，眼珠子在两人身上转来转去，却仍然乖乖听话地先进了房间。

等走廊只剩两人，戚乔才走过去："谢导找我吗？"

谢凌云的目光落在她身上，他沉声反问："谢导？"不等戚乔说什么，又道，"看来戚老师是真的和我不熟？"

她喊一句"谢导"，他便回敬一声"戚老师"，拿这圈子里最尊敬的称呼还她。

戚乔没有反驳，垂在身侧的手紧了又紧，表情却清清冷冷："谢导有什么事吗？"

谢凌云留意着戚乔眼中每一寸情绪流转，片刻，他轻笑一声，站好，又变回那个在众人面前不可靠近的天才导演。他往前一步，似是要离去，却在与戚乔并肩时停下来，低头，侧眸，呼吸仿佛停在耳畔。

Wedge / 盛夏相逢　009

戚乔微微一窒,只听他说:"戚老师还真是薄情。"

她转身时,男人颀长而挺拔的背影正好从拐角处消失。

戚乔这才试图回忆到底有多久没有见过他了。

霜凋夏绿,转眼竟已五年。

他们于夏天分别,又在这个夏天重逢。

Chapter 1
狗脾气大少爷

北城的九月总是炽热难耐。

戚乔紧紧地攥着手中的行李箱杆,跟在迎新的学长学姐身后,踏进了电影学院的校门。在这新奇而陌生的环境里,戚乔带着紧张而期待的心情,不停地打量着周围景色。

"右手边这栋是我们学校的放映厅,平时会播放很多电影,刷校园卡就能进。前面那栋就是我们的主教学楼了,摄影学院在五楼,六楼是声音学院,导演系在七层……"引领新生的学长对校内的设施和分布侃侃道来。

烈日如火,新生行李沉重,戚乔走在队伍最后,额间的细汗不停地冒出。走到树荫下,她抬头望向那栋十几层的教学楼。她数了数,视线定在七楼的玻璃窗上,嘴角弯了弯。

舟车劳顿的疲惫感在此时悉数消散。

除了导演系的新生,一行人中也有几位来自摄影系的男生,其中一个笑着问道:"学姐,那表演系在哪儿啊?"

队伍里发出一阵笑闹的起哄声。

学姐一副"就知道会有人问"的表情,伸手朝东北方位的一处四层教学楼一指:"喏,那个。"

"记住了,谢谢学姐!"

迎面走来两个穿着志愿者衣服的男生。

引领的学姐招招手:"又给你们带了一拨人,快带去报到吧。"

"得嘞。"

报到处设在田径场,还得走一段路。

戚乔擦了擦额角的汗,脸颊被太阳晒得粉红。即便如此,也依然小心地护着自己的行李箱。

新生大多与家长同行,队伍庞大,不断传来同学与父母用各自家乡话的交谈声。

相比之下,形单影只的戚乔费力拖着行李箱的身影显得有些可怜。

经过一条减速带,戚乔正要去提行李箱,一个穿着志愿服的学长忽然出现,帮她提了起来。

"我帮你吧。"

"谢谢。"戚乔立刻道。

"用不着客气。"男生是个性格十分开朗的人,自来熟地笑着询问,"你一个人来报到?"

"嗯。"戚乔点点头,路过减速带,弯腰拎起行李箱的另一侧把手。

见她这样小心谨慎,学长乐呵呵道:"箱子里装了什么宝贝?"

戚乔答:"没有宝贝,只是有我的相机。"

"你是摄影系的新生?"

戚乔摇头:"不是,我是导演系的。"

对方露出惊讶的表情,愣了好一会儿。

戚乔即使有些社交恐惧症,此时也忍不住开口询问:"怎么了?"

学长这才摇摇头笑了:"没事儿,我还以为你是表演系的学妹。"

话音落下,后方忽然跑来一人攀住了他的脖子:"原来跑这儿来接学妹了啊。"

"接学妹"三个字特意拖腔带调地加重了语气。

"滚,你懂不懂什么叫乐于助人?"

"不懂,爸爸只感觉到你居心叵测。"

戚乔有些尴尬地跟在身边,好在有了这位同学的打岔,那两人一路说说笑笑地把她带到了新生报到处。

戚乔认真谢过学长,从他手里拿回了箱子。

"不用谢。对了学妹,"学长掏出手机,大大方方地问,"要不加个微信?"

你要是有什么不知道的都可以问我,想去北城哪里玩儿,我也可以给你推荐。"

他身旁的同伴也说:"是啊,加一个呗,这位学长随时为学妹服务,不要害羞……"

"一边儿去——学妹,甭搭理他。"

戚乔不太会拒绝人,何况人家还帮她拿了行李,便接过他的手机,输入自己的号码。等他们走后,戚乔环视一圈,找到了导演系报到的位置。

导演专业每年招生名额极为有限,这一届只有十五人。所以,与旁边表演学院庞大又养眼的队伍比起来,他们的队伍显得有些单薄。

戚乔站在队伍的末尾。

太阳把塑胶跑道烤得炽热,所幸导演系报到点靠边,正好有两棵长了几十年的国槐。

戚乔擦了擦汗,站在树荫下等待。

表演系的学生皆是俊男靓女,排成一队,自然成了烈日下一道引人注目的风景线。

众人的目光若有若无地都看向了那条长队。戚乔也不例外,但出于礼貌,并没有一直盯着。

东北方向吹来一阵风,戚乔舒服得眯了眯眼睛,将双肩包放在行李箱上,抬手拢头发,用手随意梳了两下,扯下腕间的发绳,束了个高马尾。

树叶翕动,绿荫间散落的光跟着晃了晃,戚乔睁眼,扎好最后一圈,目光忽地被几米外的一道清爽干净的身影吸引。

那是个穿着白衣黑裤的少年,皮肤比一般男生白很多,独自一人站在树下。风吹动了他的黑发,苍白的脸上神情冷淡,但一眼望去,身高腿长,五官俊美。

少年侧了侧身,微蹙着眉躲开阳光。

戚乔这才发现,他的左胳膊上缠了圈纱布,打上了石膏被吊着。

蓦地,远处传来一声嘹亮的呼喊:"谢凌云!"

一位小麦肤色的男生几步跑来。

是在喊他?

刚才那人喊的是那少年的名字吗?

排在戚乔前面的两位同学的交谈声传入耳中。

"那就是谢凌云啊。"

"你认识?"

"倒也不是,不过他挺出名的,之前刷咱们学校论坛总能看到。"

听到这儿,戚乔又远远看了树下的人一眼。虽然少年只是穿着最简单的白T恤和黑短裤,但却格外好看。

干净、清爽,像一棵挺拔的小白杨,是大多数女生会喜欢,而男生会嗤之以"小白脸"的类型。

戚乔眨了眨眼,暗自将小白脸的模样和树下的少年对比一番,不由在心里笑了笑。

树下的人神情不耐烦,背过身,留下个后背。他穿了双球鞋,运动风的宽松短裤下露出肌肉紧实的小腿。

戚乔视线下移,在少年的脚踝上停留片刻,骨线流畅,跟腱很长,踝窝的凹陷有种恰到好处的完美。这是戚乔隐秘的癖好,她喜欢看漂亮的脚踝。

当初决定报考电影学院时,同桌的女生调侃,说她的大学生活一定会很快乐,毕竟全国百分之八十的帅哥都在艺术院校了。

戚乔当时不为所动,此刻却想起这句预言,下意识地弯了弯嘴角。

她没有再去看树下的少年,心里却不禁猜测,不知道他是哪个专业的。大概率是表演系吧。

她又扫了眼表演系的队伍,哪怕在这一群长相出众的学生中,他也鹤立鸡群。一会儿的工夫,戚乔已经将那少年从入学到毕业后的璀璨星途在脑海中模拟了一遍。以至于都轮到她了,她还站在原地。

"同学,到你了。"身后忽然有人提醒。

"哦,"戚乔回神,"不好意思……"

戚乔回头,愣住了。树下的人不知何时站在了她的身后,戚乔愣了愣,要去推行李的动作也停滞了一秒,才上前。戚乔取出录取通知书等各种材料,一一递上去,学长查验无误后,递给她花名册。

戚乔签好字,往旁边的桌子走了一步,准备领校园卡。

余光里,挪开的位置有人补了上来。

"戚乔是吗?等会儿啊,东西太多,你的卡我找找。"

戚乔应声"好",站在原地,所有的好奇都聚集在了身旁的人身上。她看着他将材料递给学长，低头签字。

吹来一阵风，花名册的纸页被吹得簌簌作响，扬起一角。

胳膊上的白色纱布占据了戚乔的目光，她下意识地伸出手去，替他按住飞动的纸张。

少年低头签字。他站直身体的瞬间，戚乔也松开了手。

"谢谢。"她听见他说。

戚乔轻轻抿唇："不用谢。"

面前的桌上齐齐摆好了两张校园卡，负责的学姐温柔地说："拿好校园卡就可以去办理住宿了。"

戚乔垂眸，瞧见那两张并排的卡片。她不自觉地先看向了右边那张。

姓名：谢凌云
院系：导演系

一只修长白皙的手伸过来，谢凌云拿走了属于他的那张校园卡。

几秒的工夫，人已经走远。

戚乔抬眸，另一位年龄相仿的男生应该是他的朋友。

"你来真的啊？"他朋友问。

谢凌云停下脚步，面无表情："不然这条胳膊白断的？"

"真牛，苦肉计你都用得出来。"

"那倒不是。"

行李沉重，一路走来，戚乔的力气已经所剩无几，她只好慢吞吞地沿着路边的绿荫道走着。她只落后那几人五六米，这些话自然也轻易听到。正好奇下文，便听谢凌云语调散漫地开了口："谢承真下得了手，我怎么打得过一个柔道黑带。"

戚乔偷偷看他一眼，又听那两人说："在你爹面前，你也这么直呼大名？"

"他都能卸他儿子一条胳膊，直呼大名怎么了？"

戚乔忍不住又瞧了眼谢凌云吊着的胳膊，原来他之所以这副脸色苍白、弱不禁风的模样，是因为被他爸卸掉了一条胳膊？正想着，谢凌云从一直跟在他身边的壮汉手中接过一只黑色行李箱。

他朋友问："去宿舍？"

"嗯。"

戚乔还不知道宿舍楼在哪个方向,刚想抬脚跟上,迈出去两步,便听他又说:"还跟着我干什么?"

戚乔一愣,还以为被人当成了尾随的变态。抬起头来,发现前方的人停下脚步,转过了身。

谢凌云皱眉,望着紧跟在他身后的壮汉,语气不善道:"断了条胳膊,又不是死了,你看谁上个学还带管家的?"戚乔有种美好幻想被人一拳打破的幻灭感。

原以为是个病弱美少年,没想到是位狗脾气大少爷。

她轻轻叹口气,翻出刚才报到时发的学校地图,循着指引往女生宿舍楼走去。

戚乔是宿舍第三个到达的人。她敲门进去,便看见床上和桌前各一人。

听到有人进来,桌前留着齐肩短发的女生看了过来,推推眼镜,问道:"你好啊,三零六宿舍的吗?"

戚乔点点头。她不是第一次见面就能与别人侃侃而谈的人,敲门前将暖场的话打了遍腹稿,结果还是只回了句"你好"就偃旗息鼓。

好在对方不和她一样社恐,主动询问:"你是二号床还是三号?"

戚乔看看住宿证:"三号。"

"喏,"女生伸手往靠阳台门的那张空床一指,"那张床。"

"谢谢。"

"不客气呢。"女生弯弯眼睛,起身帮她拿行李,又说,"我叫计念,声音学院录音艺术专业。"

戚乔冲她笑了笑:"我是戚乔,导演系的。"

"你也是导演系啊。"

戚乔一顿,疑惑地望着她。

"她也是。"计念伸手敲了敲四号床,"于惜乐,睡醒了没?你俩一个专业哦。"

床上的人被敲醒。于惜乐顶着乱七八糟的头发坐起来,眼睛都没睁开:"你好啊,我是于惜乐,改天一起上课。"说完,直挺挺地倒了下去,蒙头盖上被子再次睡去。

计念低声解释:"她说昨晚在火车上听下铺一男的打了一晚上呼噜,没睡好。"

戚乔小声说:"那我收拾东西轻点,让她补觉。"

于惜乐一觉睡到下午一点,翻床下来,见两位室友都各自安静地干着自己的事。

"你们吃午饭了吗?"

"还没。"

计念说完,抽走戚乔手里的书:"走吧,我们一块儿,顺便逛逛学校。"

戚乔点头,笑了下说:"好。"

计念注意到她脸上转瞬即逝的浅笑,忍不住说:"你笑起来好甜哦。"

于惜乐凑过来:"我看看,嗯?怎么我一过来就不笑了?"

计念的表情一言难尽:"有没有一种可能,你现在像个变态,乔乔笑不出来。"又转向戚乔:"我能喊你乔乔吗?你也可以叫我念念。"

"好。"

于惜乐也不在意,揉揉脸颊,唤醒困得要死的灵魂:"走,去二食堂。"

计念道:"可我听说三食堂最好吃欸。"

于惜乐:"我听说二食堂有一块钱一份的炒土豆丝。"

两人默契地看向于惜乐桌上两只显眼的相机设备包,旁边还摆着正在充电的最新版 MacBook Pro(苹果电脑)。看着怎么也不像是贫穷到入学第一顿只能去吃特价菜。

计念:"非去不可吗?"

于惜乐一脸纠结,最终还是妥协了:"你们不愿意的话……那三食堂也行吧。"

三食堂位于学校的北边,旁边就是男生宿舍楼。

过了饭点,戚乔几人到的时候,食堂已经没多少人。

计念打听到的传言不虚,这儿的确是整个学校最豪华的食堂,各窗口汇聚了天南海北的特色食物。

戚乔和计念挑了好久,才选中鱼粉和麻辣烫,端去座位时,于惜乐已经把她买的热干面吃到只剩一半,然后就不动筷了。她瞧见戚乔那碗不沾半点红油的鱼粉,便问:"你不能吃辣吗?"

"嗯。"

于惜乐饶有兴致地追问："你是哪里人？"

"我在洛城出生，小时候和爸妈在济城生活过几年，九岁后去了南城，在苏城念完了小学，中学在杭镇。所以……我也不知道我算哪里人。"

计念嘴巴张成了个"O"，语带羡慕地说："那你去了好多地方啊。"

"那应该算是半个南方人吧？怪不得你不能吃辣，可惜不能一起吃火锅了。"于惜乐叹气说。

戚乔告诉她们的辗转经历，已经是她精简过后的。实际上，从童年开始，她从没在一个地方待过五年以上。跟随父母搬家，是记忆中最清晰的事情。也因此，她从前学生时代认识的朋友与玩伴们，也都在奔波流徙中渐渐疏远。

戚乔抿了下唇角，轻声说："可以点鸳鸯锅吗？"

计念在拣麻辣烫中的小米椒吃，闻言猛点头："当然可以。火锅就要一起吃才最好吃！"

也许是戚乔的表情和语气流露出几分可怜，于惜乐张了张嘴，妥协道："也行吧。"

戚乔笑了下："谢谢。"

于惜乐盯着她看了半响，在戚乔几乎要不自在时，真诚发问："你们南方人笑起来都这么甜吗？"她吃完了，撑着下巴看着对面的戚乔，也不知道在琢磨什么。

"怎么了？"戚乔不由问。

于惜乐道："我忽然想起来，二月艺考的时候我们见过。三试的时候我是十八号，你是十四还是十五号来着？对不对？"

"十五号。"戚乔思索回忆，还真想起来，"你那天穿了条白色的衬衫裙。"

于惜乐高兴道："有印象吧！"

戚乔被她的笑感染，又倏地想到，按理说导演系每年招生人数并不算多，艺考共分三轮，初试与复试之后，留下的人并不多。她记得见过于惜乐，却对谢凌云一丝记忆都没有。何况，如果见过，她不可能对那样一个人没有印象。戚乔想不通，也没一直揪着这个问题不放。

她们吃完饭，规划好路线，准备在校园各处转一转，熟悉环境。

计念去买奶茶，戚乔与于惜乐站在三食堂门口等。

门口有几处花坛，里面种了银桂，才到花期，含苞欲放，空气中浮着淡淡的清香。

戚乔站在树下，伸手拨了一簇花，微微的桂香留在指尖。

陌生的城市，陌生的环境，连干燥的空气都有些不能适应。可她的心里却有些高兴。

打从她决定报考导演系以来便严阵以待，每一天都重复着复习备考，从没放松片刻。

爸妈虽然全力支持，可高昂的艺考补习班费用可以花去妈妈一年的薪资，实在付不起重来一次的代价。

一年前，戚乔给自己定下只此一次的目标，之后她就全力以赴。直到此刻，站在这所校园中，她才终于有了实感。

这是全国数一数二的影视艺术院校，是她将要学习四年的地方。她来了北城，如愿考入梦想的专业，遇到了两位和善的室友，一切都美好而值得期待，连盛夏的炽热日光都仿佛变得舒适起来。

戚乔觉得自己像是一条小鱼，被干净而清冽的溪水包围，而她可以自由自在地游来游去。没有比这更好的时候了。

面前经过两个男生，走在右侧那男生被吊着的胳膊格外显眼。

他们在交谈，那位小麦色肌肤的男生愤愤不平道："我辛辛苦苦来陪你报到，跑上跑下当苦工，就带我来吃食堂？谢凌云，你个混蛋。"

擦身而过时，戚乔只来得及听见谢凌云说："爱吃不吃，你大爷的……"

戚乔没忍住，在那两人进门前又看了眼右侧那人的背影。

身边的于惜乐忽然猛力怼了怼戚乔："看见没有，刚才进去那个人，你看见没有！"

戚乔莫名心虚："没有……你说什么？"

"那两个人都是富二代吧，真有钱。"于惜乐"啧啧"两声，"走右边那个男生，手上那块表少说七位数。"

"你怎么知道？"

于惜乐："我哥有块一样的。"

戚乔突发奇想地问："你好像不怎么爱吃热干面，为什么还买？"

"因为它只花六块钱，是这个食堂最便宜的饭。"于惜乐振振有词。

Chapter 1 / 狗脾气大少爷　019

戚乔确认了，于惜乐不是贫穷，她是纯粹对自己抠。

明天要开始为期两周的军训，前往军训基地前，系里将班级见面会安排在了今晚。戚乔和于惜乐去得早，赶到教室时，里头才坐了五六个男生。她们选了第二排靠窗的位置坐下。

教室里并没有几个人说话，大家都安静地坐着玩手机，或只与刚认识的舍友低声交谈。

人陆陆续续到齐。戚乔环视一圈，却并没有见到谢凌云。

此时，班导夹着一叠花名册进来，是位三十多岁的男老师，戴黑框眼镜，穿一件条纹 Polo 衫，虽与众多中年男教师的标准搭配一般无二，但身上却有种书卷气。

他站在讲台上先点了点人头："来了十五个人。"

班导笑着抬腕看表："大家的时间观念都很好，基本提前了十分钟。"话语顿了顿，补充道，"除了一个。"熟稔的语气，并无怒意。

戚乔抬眸，听班导含笑的语气，他似乎认识谢凌云？

"我姓杨，以后就是你们的班导，大家有什么事情，无论是学习上还是生活上的问题，都可以直接联系我。"

班导在黑板上留下联系方式，之后便花了五六分钟的时间介绍导演系。

时针指向七点时，一道修长的身影出现在教室门口。

戚乔望过去，谢凌云换了身衣服，穿着一件浅蓝底色的衬衫，胸口位置有手工刺绣的字母印花。

衣襟微敞，里面露出白 T 恤，下身则依然是运动短裤，球鞋里的袜子换成了中筒款式，裹着一截踝骨。

"就知道你小子会踩点来。"班导说，"还不进来，等我请你？"

谢凌云吊儿郎当地倚着门框，闻言道："我哪儿敢，这不是怕打扰您，准备喊声报告。"

班导笑了："赶紧去坐好，杵那儿预备当门神？"

谢凌云站直了身体，垂眸扫了一圈教室，似乎对十几双注视着自己的眼睛毫不在意，径直走向第一排靠窗的位置，正好是戚乔正前方的位置。

戚乔眨了眨眼睛。

"既然大家都到齐了，那第一项，先互相做一个简短的自我介绍，就按你们现在的座位顺序来吧——"

戚乔从小到大,最怕的就是开学第一天自我介绍。

然而下一秒,班导伸手一指,点点谢凌云:"就从你这儿开始。"又点点戚乔,"你下一个,从前往后,依次介绍。"

戚乔捏了捏手指,正要组织语言,前面的人已经站了起来。

"大家好,我是谢凌云,性别男,会用 Final Cut、Premiere、After Effects(视频剪辑软件)和 Photoshop(图像处理软件)。"

讲台上的班导的表情一言难尽,他看着已经坐下的人道:"这就完了?"

"完了。"谢凌云说。

"算了,你坐吧。"班导无可奈何地看了他一眼,又对大家说:"谢凌云同学去年休学了一年,今年跟着咱们级一起上课。"

怪不得艺考时没见过他。原来如此。戚乔终于明白过来。

才想到这儿,下一秒就被班导点了起来:"这位女同学继续吧,大家可以多说一些自己的信息,让同学们也能更好地认识你。"又警告地说,"严禁学习谢凌云的糊弄。"

戚乔深呼吸,起身站好,一垂眸便能看到前排的人。

她闻到一股若有似无的香味,像一颗刚剖开的柠檬,似乎是谢凌云洗发水的味道。

她一低头,便看见他脑袋顶的发旋,刚洗过的发丝清爽干净,窗外吹来的风微微浮动。戚乔才发现他的头发很黑。

于惜乐以为她傻了,碰了碰她的胳膊以示提醒。

戚乔回神,轻声道:"大家好,我是戚乔,戚继光的戚,乔木的乔。"

安静三秒,班导问:"……没了?"

鼻息里全是那股好闻的味道,戚乔反应滞涩,不经大脑地道:"性别女,也会用 Final Cut、Premiere、After Effects(视频剪辑软件)和 Photoshop(图像处理软件)。"

于惜乐率先大笑出声,整个教室都充斥着笑声。

戚乔感觉到脸上升腾而起的热意,眨眨眼睛,飞速坐好,脸颊以肉眼可见的速度变红。

于惜乐笑着告诉她:"你脸都红了。"

戚乔干脆将手臂往课桌上一横，脑袋埋进去，恨不得把自己藏起来。

听见教室里笑声渐消她才抬起头，只见班导没好气地望向谢凌云："你真是给大家开了个好头。"

谢凌云含笑的声音传入戚乔耳中："关我什么事儿。"

好在这只是一个小插曲，后面由于惜乐带头的自我介绍都正常了许多。

等到脸颊降温，戚乔才抬起头来。她偷偷地瞄了一眼前座的人，才将注意力放在正在自我介绍的同学身上。

光是这个环节，就花去了大半个小时的时间。

"开学第一天，大家都还有点陌生，依往年惯例，我也准备了个简单的小游戏，好让你们熟悉得更快一点。"班导从包里掏出准备好的道具，一把细绳，全部穿入了一只不透明的盒子中，"同学们各自选择绳子一端，抽中同一根绳子的人，要说出对对方的第一印象。"

规则简单易懂，又带着那么点未知的新奇。同学们都很兴奋，一股跃跃欲试的劲头。

戚乔被于惜乐拉着上前。

陆续有人确定所选的绳子，在这样的氛围下，戚乔也很快随便拣了一条手边最近的。

不等大家都选好，有同学迫不及待地拽了拽自己手中的绳子，然后观察众人的表情变化，试探与自己抽中同一根绳子的人。

"还剩一条，谁还没选？"班导扬声道。

"我。"一道懒洋洋的声音响起。

谢凌云这才站起身，长腿一迈，几步走上前，扫了一圈，用指尖钩住仅剩的那条细绳。他正好站在对面，戚乔抬眼便能看见。细细一条的黑色线绳，随意在他的指尖缠了两圈。戚乔看了一眼，又很快移开视线。

不等班导发话，已经有人率先开始了游戏。

导演系男多女少，第一个"成对"的便是一对男同学，体型和肤色均相差显著的两个人，面面相觑半分钟，一个说："看起来一拳能打八百个。"

另一个听完这句评价，道："眼神不错。"

有人开了头，陌生而微微尴尬的气氛也渐渐地活跃起来，同学们争前恐后地开始玩起了游戏。

和于惜乐选中同一根绳子的是位头发半长的男生。他的脑后扎了个小辫，下巴有鸦青色的胡楂，是很有文艺工作者特点的造型。

　　于惜乐比了个大拇指，说出对对方的第一印象："发型不错。"

　　男生叫薛启文，或许是发型和胡楂的原因，瞧着比其他人大了好几岁，长相与气质却并不粗犷，反而有股斯文俊秀的儒雅气质。

　　薛启文听到这句评价，唇角微扬，笑容温柔绅士："谢谢，"然后补上对于惜乐的第一印象，"你鼻尖上的这颗痣好特别，很漂亮。"

　　于惜乐对此表示充分肯定："你的审美也不错。"

　　薛启文笑了笑，谦虚道："谢谢。"

　　两人回座，班导控场主持道："下一个哪对来？"

　　只剩下四个人。

　　戚乔抬眸，下意识地将目光落在一人身上。

　　谢凌云姿态闲散，身体微斜，靠着讲桌，似乎置身事外，并不想参与这个无聊的游戏。

　　听到班导的话，他才抬了抬头。

　　戚乔像怕被抓到小尾巴般，飞快移开视线。

　　她没有率先钩动细绳，看看与自己选中同一根的人是谁的想法，可当周围一圈的人渐渐回座，场上只剩下包括她在内的四个人时，一颗心无端地紧张起来。

　　戚乔悄悄地瞄了眼另外两个男生，看起来都是"敌不动我不动"的腼腆性格，戚乔犹豫着要不要先试探下绳子对面是谁，还没决定好，右手中的绳子却忽然被人用力向前拉。

　　戚乔毫无预备，站立不稳，被拉得向前动了两步。

　　她抬眸，眼睫轻颤。

　　谢凌云站在几步外，依旧是那样漫不经心的姿态，却让谁也不能忽视他。

　　"戚乔，"他开口，"对吗？戚继光的戚，乔木的乔——"谢凌云语气微顿，笑意加深，"性别女，也会用 Final Cut、Premiere、After Effects（视频剪辑软件）和 Photoshop（图像处理软件）。"

　　戚乔小声道："我真的会。"

　　谢凌云笑了声："我又没有质疑你。"

底下有同学催促："麻烦两位不要在上面唠嗑，快点说对对方的第一印象。班导，这要是不说的话，咱得来个惩罚吧，就表演节目助助兴如何？"

"这倒是个好办法。"戚乔没有想到会和谢凌云抽中同一根绳子，一时半会更不知道用什么词来形容他。手中的细绳在指尖缠缠绕绕，脑海中飞过几个词——素质不高，脾气不好，长得倒是挺好，这几个词，似乎哪一个都不太能当众说得出口。

她抬了下头，有些发愁地看了眼谢凌云，却见他漆黑的眼眸中闪过一丝若有似无的笑意，右手微微一动。绳子在空中荡了个微小的弧度，戚乔被他再次拽得向前挪了一小步，并不明显，恐怕除她以外，无人注意得到这样微不可察的动作。

谢凌云这时开口："挺乖的。"

并不轻佻的三个字，或许是由于他在语调中揉进了笑意，或许是因他那散漫的姿态，尾音传入戚乔耳中时，她竟觉得心跳加快了一秒。

她怔了怔，轻抿下唇望着他。

一旁的班导适时主持流程："戚乔，到你了哦。"

谢凌云闻声掀了掀眼皮，盯着戚乔，好整以暇地等着。

戚乔的视线轻轻扫过男生俊秀的眉眼、挺拔的鼻梁和薄唇，注意力最终转移至那条被石膏包裹的胳膊，脑袋中却依然仅有方才想到的那几个词。

戚乔正头疼时，敞开的窗口吹进股风。谢凌云的衣衫舞动，他抬起那只完好的手，将吹乱的短发随意拨了拨。

那块据说价值至少七位数的表映入眼帘。

所有人都在等她的回复，戚乔不想再耽误时间，脱口而出："有钱。"

谢凌云有些震惊地看着她。

班导也愣了一下，说："就这个？"

戚乔捏紧手中的细绳，僵着脖颈点点头。

班导笑了笑："也行，你俩下来吧。"

终于挨到游戏环节结束，戚乔回座，于惜乐凑过来，向她传递刚从后座同学口中打听来的消息："明天好像就要一起去军训基地了，乔乔，你说我当个逃兵有没有可能被退学？"

话音落下，讲台上的班导开始讲特意预留的军训前的训话。一改前面的和颜悦色的态度，他专门将违纪违规的后果画了重点，压住了一群跃跃欲试、计划假冒伤员去病号连给食堂阿姨做助手的学生的心。

唯独前排那位吊着胳膊的大少爷，可以凭正当理由躲掉在烈日下暴晒。

一场新生见面会开了近两个小时。

结束时，班导望着教室里的十六个新鲜的面孔，总结发言："欢迎大家加入导演系，不知道大家在决定报考导演系时是否经过深思熟虑，这条路并不好走，它漫长而困难重重。我期待，你们之中能有一直坚持在这条路上的人。这几年商业电影不断发展，但金钱、资本不能推动电影的发展，推动电影发展的——"班导停顿了一下，正色道，"是创意，是由在座的诸位创造出的视觉创意。所以，我想送给大家一句话，希望你们保持初心，希望你们在这四年里积攒电影艺术的理论知识，希望你们能够成为推动中国电影发展的导演。"

戚乔心中一动，胸腔中仿佛有一股力量涌动。

底下坐着的是从千军万马中杀出重围、从全国考生中精挑细选的十六个人，他们怀着憧憬和理想踏入了这座校园，此时心中充斥着前所未有的澎湃，后排的几位男生已经在互相称呼"某导"。

戚乔抬眼，思绪像一根藤蔓，探向了前排。

谢凌云不复之前的懒散神态，却在班导朝这个方向靠近时，低声调侃："老杨，这话和去年上届班导开学时说的一模一样，你们是不是有一套系统的培训体系？"

戚乔不禁弯了弯嘴角，收回目光，没有再看。

班会结束后，计念在新建的宿舍群里发消息，问她俩什么时候结束，要趁军训开始之前的自由时间出去逛一逛。

于惜乐去卫生间，戚乔从班导那儿领了两套军训服，回完计念的微信，去楼梯口等于惜乐。

爸爸的电话在此时打过来。

"喂，爸爸。"

"乔乔，安顿好了吗？"爸爸温和地问。

"好了，刚领完军训服，明天就要和大家一起去军训基地了。"

"还适应吗？"

"嗯，挺好的。"戚乔很喜欢新的环境，又问，"妈妈呢？"

"在忙呢,说是明天有公开课,在备课。"爸爸说,"你等等,我把电话给你妈。"

戚乔说:"不要打扰妈妈了,公开课估计又要准备很久,我明晚再打给妈妈。"

"好,"爸爸又道,"乔乔,告诉你个好消息,前两天有位先生打电话来,说要买两幅画,出了很高的价钱,可能过两天就能签合同,到时候爸爸给你买个更好的相机。"

戚乔惊喜道:"真的吗?"

"当然,等着爸爸的好消息。"

挂了电话,戚乔脸上的笑都没有消散。她并不是因为那句买新的相机。光是有人买爸爸的画就已经是足够开心的事。

过去的二十多年,她爸画过不少画,家里存起来的画卷装了两大箱。

戚乔虽自认不能算懂画,但耳濡目染之下,也有所入门。

她爸擅长油画,当年就读于中央美院,先后师从国内三位著名油画大师,功力匪浅,甚至曾经拿到过国内画院最高学术奖项。

只是搞这行的人,骨子里多多少少存了些文人风骨,而她爸尤甚,即使囊中再羞涩,也不会贱卖任何一幅自己的画。何况,她爸还有个毛病——拒绝卖给不懂画的人。

戚乔记得,小时候有个人看中一幅,特意来家中诚心求画,当场出价十万块,只为一幅尚未完成的春景图。可惜对方是个大字不识几个的煤老板,她爸在询问了两个问题后,便知对方胸无点墨,最后毅然拒绝。

戚乔小时候不懂,觉得爸爸就是课文里不为五斗米折腰的人,渐渐长大了,才明白当初妈妈和爸爸吵架的原因。依她们家的资产状况,拒绝土豪的十万块简直是不知好歹。

这件旧事在喜悦中涌上心头,她还没有回神,后方传来道声音:"你到底问你大爷没有?十万还是二十万,劳驾他老人家开个价,再高也不是不行。"

谢大少爷讲着电话从走廊另一头走来,难为他还得用伤了的胳膊夹着军训服。

原来中午听到的"你大爷的"不是骂人,是真有位大爷。

戚乔侧耳,又听他道:"我知道是你大爷的宝贝,这不是请他出个价割爱吗?"

"什么破烂,贺舟,你懂不懂啊,1919年德国产的蔡司依柯三十五毫米胶片摄影机,人家那叫古董,明白?"

"少废话,要么帮我传话,要么周末带我去见见咱大爷,我亲自谈。"

二十世纪初第一代使用三十五毫米胶片的电影摄影机。

戚乔看谢大少爷的眼神变成了瞻仰。

她理解了。拜托,那可是第一代三十五毫米的胶片摄影机欸。她要是有钱,她也要买。

谢凌云挂了电话,脚步不停,几步走到楼梯前。

戚乔站在一边,未来虽是同班同学,但目前除了他一句"挺乖的",自己的一句"有钱"的第一印象评判,还算不上有什么交集。

她本想等他离开,却不想面前的人脚步停在原地。

"听到了?"

"嗯?"

楼梯间的白炽灯泡昏黄暗淡,戚乔仰头,目光落在面前人笼在光影中的脸上。

"听到了。"戚乔小声。

谢凌云将手机揣进兜,换了只手拎那袋或许无用的军训服,侧眸,语调戏谑:"第一印象又加深了?"

和于惜乐回到宿舍时,一号床的室友楚菲菲姗姗来迟。

"你们好呀,我叫楚菲菲,表演系的新生,很开心认识大家!"

戚乔和于惜乐回来之前,楚菲菲已经和计念围绕未来四年要逐渐适应澡堂这一委屈交流了半个钟头。

"我带了些我们家那边的特产,这个小麻花超级好吃,"除了吃的,楚菲菲打开那只最大的行李箱,从里头翻出来几个盒子打开,是三只精巧漂亮的泥塑,"这个是我在我姥爷指挥下亲手做的,送给你们做礼物。"

"谢谢,好漂亮啊,居然是你亲手做的?"计念道。

楚菲菲赧然道:"其实是我给我姥爷打下手,我姥爷是泥人张的传人。"

戚乔收到的是一只长着兔子耳朵的泥塑娃娃,坐着一只威风的麒麟。

"麒麟吐书,寓意学业有成。"楚菲菲说,"它叫兔儿爷,北城比较多,我姥爷说万一有北城的舍友就送给她。你要是不喜欢的话，我这儿还有一只哆啦A梦。"

"你们泥人张现在还拓展了海外业务？"于惜乐插了句。

楚菲菲跟着胡诌："那可不，我们现在讲究与国际接轨。"

戚乔不禁莞尔："谢谢，我很喜欢。"

一天的时光在忙碌中过去，戚乔有认床的毛病，到就寝时间也毫无睡意。

硬邦邦的床板睡着不太舒服，她翻了翻身，忍不住想，她的新舍友好像都很好相处。

大家来自五湖四海，却有着大致相同的目标，虽然班级的新同学很多名字与人还没记全，但往后的时间还很长。

入学的第一个夜晚，戚乔想着未来全新的四年，渐渐入眠，一夜无梦。

军训基地离学校很远。

清晨八点，宿舍楼前的空地已等候着好几辆大巴车。

军训是以班级为单位集合。与计念和楚菲菲分别后，戚乔和于惜乐赶往导演系的指定地点。远远地，她们便看见一块印有"导演系"三个大字的牌子被人高高举起。走近了，才发现举牌的人是谢凌云。他一个吊着胳膊的伤员，居然也换好了衣服，和大家站在一起。

大家都穿着胸前印着"电影学院"字样的白色短袖、迷彩裤子，但不知是因为那人鹤骨松姿的气质，还是过分优越的长相，还未靠近，戚乔的目光便越过人群，定在了谢凌云身上。她忽然有种不妙的预感，轻轻拍了拍自己的脸颊才定神，跟着于惜乐站在队伍之中。

戚乔走近时，听到谢凌云与班导说话："老杨，这活儿给谁干不行，你这是欺凌伤员。"

"谁让你个头儿最高，干点活儿为班级奉献奉献还不乐意？"

谢凌云玩笑道："我哪敢，这不是断了条胳膊，身娇体弱的，举久了也挺累。"

"我来我来，"站在谢凌云身边的一个男生伸手，似乎是他的室友，"怎么能让伤员累着呢，多没有人道主义精神。"

两人一个比一个贫，班导卷起手里的花名册，一人敲了一下头顶。

开学第二天，谢凌云就能和班导谈笑风生。戚乔性格慢热，她对具备这种能力的人有种天然的崇拜感。

人没多久便集齐了，班导通知他们上车。

戚乔走在队伍的末尾，十六个人的小队，并不庞大。

谢凌云不像其他人乖乖地戴着帽子，而是懒散地拎在手里。

他与两个男生并排走着。才过去一个晚上，三人之间似乎已经形成了某种强有力的友谊纽带，仿佛已经认识了很久，有说有笑。

戚乔不懂男生友情建立环节的随意，她只注意到，谢凌云今天拆掉了吊着脖子的那圈纱布，但小臂的石膏还在。

发觉自己过于关注对方的小心思，她微微停住了脚步，随后又抬手轻轻拍了拍自己的脸颊，强行收回目光，继续和于惜乐商量起昨晚尚未讨论完的购置宿舍公共用品等事宜。

车行驶一小时二十分钟，顺利抵达军训基地。

冗长的开营仪式占据了整个上午，午休只有半个小时，下午时，十四天军训生活正式开始。

导演系和影视技术系被分在了同一连队。班导领着教官准时到达，简单交代两句，就将这群初生牛犊全权交给了教官。

烈日高悬于空，烘烤着整片树荫无几的军训基地，气温接近三十五摄氏度。

第一项训练就是站军姿。

好在教官比较贴心，将这群嫩生生的小豆苗带到了一个阴凉处，才正式开始训练。

戚乔身体素质尚可，小时候常和爸爸爬山划船去采风，但第一次站军姿，在教官多次"即使被马蜂蜇了都不能动一下"的严格要求下，整个人都紧绷着，没五分钟，额上便渗出了细汗。

足足站了半小时才得以休息。一声稍息令下后，整个队伍整齐地发出喟叹，然后大家就接二连三虚弱地席地而坐。

"好累，这个苦我真的受不了。"于惜乐毫不在意形象，"扑通"一声在旁边的台阶上坐下。

戚乔揉了揉脖子，拿来两瓶水，递给她一瓶，目光下意识地环视四周，并不见裹着石膏的伤员。想来他都断了条胳膊，站军姿走正步自然也能因此免去。

接下来的十来天,他恐怕都不会出现了,也算是因祸得福。

戚乔没有再想,坐在于惜乐的身边,拧开水杯,小口啜饮。

几个男生在她们的旁边坐下,戚乔认出来,其中正有早上与谢凌云走在一起的两个男生。

"张逸,谢凌云呢?他下午怎么没来?"有人问。

被喊到名字的男生开口:"人家胳膊都伤了,还能来站军姿啊,当然去病号连了。"

听说病号连都是要去给食堂阿姨打下手的。

戚乔心想,不知道那位狗脾气大少爷有没有干过这种活。

她正思绪翻飞,于惜乐忽地抓住她的胳膊猛晃:"快看,那群人是表演系的吧?"

戚乔抬眼朝她指的方向看,三四十人的队伍,已经结束了站军姿环节,开始学习齐步走。前排的几个女生肤白貌美,个个都是万里挑一的美人坯子。

于惜乐感叹道:"美女真多,帅哥倒是没几个。"

戚乔点点头,表示同意。

于惜乐悄悄地给她指:"第四排左数第三个还不错。"

戚乔望了一眼,隐在队列之中,只能瞧见张脸,剑眉星目,五官端正,的确是位帅哥。

"还可以。"

于惜乐道:"只是还可以吗?乔乔,你的眼光还挺高。"

戚乔条件反射地想起一张脸来,还未来得及说什么,于惜乐又道:"不过也是,这一届表演系男生的颜值还打不过一个谢凌云。"

戚乔心有同感,却并没表现出只言片语。

于惜乐还在观摩,她颇有些高瞻远瞩地跟戚乔讨论:"你说我们现在去和表演系的帅哥美女搞好关系,以后拍作业,是不是就有免费演员了?"

训练的时光格外漫长,早起在宿舍楼下集合时大家还都神采奕奕、生龙活虎,半个下午过去,一个个都成了霜打的小白菜。去了病号连的谢凌云同学成为了众人一致的羡慕对象。

蝉鸣阵阵，太阳西斜时，校领导前来慰问晒了一下午的"小白菜"们。最重要的是，老师们带来了实际的慰问品，由病号连的同学推着小车送来了冰激凌。

谢凌云穿着军训服，帽子不再吊儿郎当地拎在手中，此时端正地压在脑顶上。

经过一下午的魔鬼训练，周围的人身上衣物多少都被汗液浸湿，只有他的，依旧干净清爽。少年肩背挺直，大步流星。他就那样走来，携来夏日清风半缕。

不时有女生朝他投去目光。

"乔乔，快走，我们也早点去拿，不然都挑不到喜欢的口味了。"于惜乐对免费的冰激凌更加关注。

戚乔移开视线："哦，好。"

于惜乐一改之前的颓靡，抓住她的手就走。

戚乔对冰激凌的喜爱程度一般，随意挑了只香草口味的。

谢凌云已经站在一旁，把装冰激凌的小车留在这供大家自选。

他脖子上挂了张学生工作证，手中执着相机，趁同学们欢欢喜喜吃雪糕的时候，按下镜头盖抓拍。

戚乔听见快门声，抬眸望去，却无意间撞见镜头对准了自己的方向。

她身体僵了僵，连做表情都不知道摆什么好，非常不自在。

她不知道谢凌云在拍谁，可是镜头的确是朝着自己，戚乔眨眨眼睛，定了定心神，望向掌镜的人。

谢凌云抬头，也看了过来。

他们之间的距离不算近，甚至不停有同学从两人之中穿过。似乎是察觉到她的不自在，没几秒，戚乔看见镜头往另一侧挪动，谢凌云也侧过身，执起相机继续拍摄。

戚乔舒了口气，站在原地纠结半晌，又怕自己自作多情。她自觉长相普通，想来即使被拍下，照片上的人表情僵硬的，应该也不会被选中吧。她放松下来，拆掉包装纸，咬了一小口冰激凌。

身后有人高声喊："谢凌云，别拍我丑照啊。"正是谢凌云的室友张逸。

班导也来了，说："这都是要上学校官网推送的，一个个的都别矫情。"

Chapter 1 / 狗脾气大少爷　　031

张逸闻言，态度一百十度转弯，摆了个自以为帅的姿势："那谢导快给我拍几张帅照。"

"挑形象好的同学多拍几张。"班导下达指令，"这样吧，等会儿你去表演系那边多拍几张。"

谢凌云笑着应了声："行啊。"

才吃几口冰激凌，戚乔便看见张逸以为谢凌云做助手为名跟着他，朝表演系训练地点走去了。

戚乔神情淡然地看着那两人离去的背影，藏在身侧的指尖却偷偷蜷了蜷。

军训照常进行，戚乔也渐渐地适应了高强度的训练。

早晨六点起床，然后站军姿走齐步，练习一个小时后，才会被放去吃早餐。晚饭结束后，也要加练到八点钟，才能解放回宿舍休息。

三天过去，班上的同学们都黑了一度。

"啊！我不活了，我都黑了两个度了。"楚菲菲每晚回到宿舍都要哀号一遍，"怎么涂了防晒还是会变黑啊！"

于惜乐连防晒都没涂，大咧咧道："所以花那个钱干吗呢？"

楚菲菲："不涂的话，等军训结束，我怕是要变成煤球。"

她回头望着戚乔，上上下下看了好几眼，凑过来："你用的什么防晒，怎么一点都没有变黑呀？"

戚乔的护肤品和防晒都是开学前妈妈去给她买的，她拿出那支防晒，给楚菲菲："是我妈妈给我买的，你要不要试一下？"

楚菲菲腻歪地伸手抱住戚乔："你真好。"

戚乔对着镜子，用湿巾沾了沾脸颊，虽然没有晒黑，但是脸蛋最近干了不少，不知道是不是在烈日下暴晒的关系，微微起了些干皮。

楚菲菲瞧见了："是不是因为你还不适应北方的气候，觉得太干了？"她拿过来一瓶面霜，"这个给你，睡前厚厚涂一层，应该会有用。"

"谢谢。"戚乔笑了下说。她本不想在意，却还是打开瓶盖。

计念捂着肚子从卫生间回来，听见两人的对话，道："估计就是干的，高中寒假跟我爸妈一块儿来北城玩，我脸上就起了干皮，适应了就好了。"

戚乔注意到她状态不好，问："你怎么了？"

计念脸色极差："流年不利，例假提前了。"

"疼吗？"

"还好，我就第一天难受点，明天就好了。"

于惜乐扔过去一包红糖姜茶："正好带了，给你。"

戚乔忽然想起，自己的生理期似乎也是每个月中旬，也就在这几天了。

第二天，下楼集合前，戚乔带了两片卫生巾，以备不时之需。

果不其然，训练到十点多钟，她觉得肚子不太舒服，趁休息时间去了卫生间，果真是来例假了。所幸并不太痛，戚乔去接了杯热水，喝了半杯，便又回到了训练队列中。

连续几日来，气温只升不降，连北城多季风的气候，今日也销声匿迹了。

下午两点，气温达到巅峰值。

教官黑着张脸整队，看上去很不好惹的样子。

因早晨个别同学训练懈怠，藏在队伍里浑水摸鱼，一连抓住四五个后，教官气极，宣布下午训练的严格强度直线拔高。

戚乔悄悄地揉了揉肚子，生理期没什么胃口，她中午只吃了几口菜。她不觉得饿，但有点担心下午撑不下来。

病号连的人数这两天与日俱增，大有呈指数函数上升的趋势，学校领导给教官们传话，严抓企图浑水摸鱼的投机取巧之徒。

今早计念因生理期去找她们连的教官请假，都被驳了回来。

戚乔擦了擦汗，在集合口令传来后，起身站在了队伍中。

教官对上午的训练效果极不满意，队伍纪律甚至比前两天还要松散，痛斥几句后，道："先站一小时军姿，再练习正步走。今天正步走不好，晚饭都不要想了。"

学艺术的，大多数都没吃过什么苦，此时一听，哀鸿遍野。

教官厉色不改："全体都有，立正！抬头挺胸，吸气收腹，手指紧贴裤缝，眼睛平视前方，我看谁动，动一下，加练五分钟！"

戚乔调整呼吸，按照指令乖乖站好。也许是因为生理期身体虚弱，又或是中午的进食量实在太少，没多久，她便感觉有些力不从心。

骄阳似火，无情地炙烤着大地。

汗滴沿着额角落下来，后背被浸湿，衣服黏腻地粘在身上。

有人开始坚持不住了，打了声报告，在教官允许下去旁边的树荫下休息。

戚乔用力眨了眨眼，还想再坚持，眼前却突然一黑，她勉力站稳，声线都不太稳："报告。"

于惜乐反应快，立刻将她扶住："乔乔，怎么了？"

戚乔脸色苍白，唇色淡了三分。

教官很快道："去旁边坐下休息，喝点水。"

于惜乐扶着戚乔坐在路沿上，又拿来水杯，戚乔喝了两小口。

"好点没有？"

戚乔点点头："好多了。"

教官走过来，询问了几句，看出她不是假装，特批让戚乔下午去病号连，不用勉强跟着训练。

病号连设在基地食堂外的广场上，一旁种着几棵高大的国槐，来此的学生没有训练任务，都在树荫下休息。

戚乔找了片绿荫，擦了擦道沿坐下歇息。

负责照顾病号的同学送来了水，问她需不需要去医务处。

戚乔没什么力气，轻轻道了声谢，摇摇头说不用。她歇了会儿，头晕目眩的症状缓解几分。

耳中传来几阵笑闹声，她望过去，是几个人围在一起玩三国杀，也不知道哪里弄来的牌。

一个戴着工作证的女生走过来，直朝那几人而去："不能在这里玩这个，你们如果都休息好了的话，我就报告老师送你们回去训练。"

"哈哈哈，报告老师？"一个男生站起身，"笑死我了，同学你多大了，还玩儿告老师那一套？"

女孩被说得脸一红："反正不能在这里玩牌，你们再这样，这个东西我要没收了。"

男生态度极其傲慢，嗤笑一声："行啊，你来。"

戚乔慢吞吞站起来，正想换个地方，还来不及撤离，肩头不知道被谁撞到，脚下趔趄两步，重心偏离，眼看便要摔倒，左肩被一条有力的胳膊揽住。

她没有跌倒，反而撞入了一片坚硬温热的胸膛，还没来得及辨认是谁，鼻息间先闯入一道微淡的青柠味道。紧接着，耳畔响起一道压着愠怒的嗓音：

"你们瞎吗，没看到这儿有人？"

戚乔迷迷糊糊的，辨认出来是谢凌云。她费力地仰起脖颈，却一阵头晕目眩。

谢凌云低眸，视线落在少女苍白无力的鹅蛋脸上，像一瓣白栀子，羸弱、易碎。

"谢凌云？你来得正好，这群人……"

谢凌云瞥去一眼，淡淡地问："这里是学校，不是你家。"

"就和大家玩个牌而已，这有什么大不了的。"

谢凌云笑了声："那继续吧，想要哪位老师来，你说，我去请。"

"我……"那人顿时偃旗息鼓，支支吾吾半天，和同伴走了。

谢凌云垂眸，端详戚乔的脸色，问："中暑？"

被撞的那一下冲击实在有些大，戚乔头脑昏沉，连他说什么都没听清。

谢凌云尝试松手，怀中的女孩却好似站不稳。

他微微蹙眉，下一秒，伸出右臂护着女孩的蝴蝶骨，掌心扣在她的肩头，弯腰，将人打横抱起，迈步往医务室走。

戚乔眼睫无力地眨了眨，一阵晕眩。

横在腿弯的那条手臂稳健有力，硬邦邦的石膏轻抵着内侧软肉，却提醒了戚乔。

"谢凌云……"她轻声喊。

"嘶——"谢凌云低低抽气，垂眸看了她一眼，大步不停，"不想让我变成残废的话，你就别动。"

戚乔一觉睡醒之时，医务室的窗外已是一片橘色的日落之景。

她一动，床边的人就"唰"地站了起来。

"你醒了？"于惜乐揉揉眼睛，"现在好点没有？"

戚乔点一下头，慢慢坐起来，还有半瓶葡萄糖没有输完，她反应慢半拍地坐了半天，问："你怎么来啦？"

于惜乐："谢凌云叫我来的。"

她给戚乔倒了杯水，继续道："他去找了咱们教官，说你在医务室输液，最好有人陪着，教官就同意我过来了。训练累死了，刚才我趴在你床边居然都不小心睡着了。"

戚乔心中微暖:"谢谢,我感觉好多了。"

于惜乐:"小事儿,我还巴不得不去训练呢。"

戚乔抿唇,斟酌片刻,还是忍不住问:"谢凌云呢?"

她不太放心,其实到医生给她扎针输液前,都没有睡着。当时,谢凌云就在旁边站着。

她来不及问他一句胳膊有没有事,他就随医生出去了,后来自己竟然也在药物的作用下渐渐睡着了。

于惜乐并不清楚:"他带我到门口就走了,应该去忙自己的事了吧。"

戚乔"嗯"了一声,松开了紧抓着被子的手,被拨动的心脏却久久不能平息。她忽然想起什么,抬手摸了摸自己的脸颊,在太阳下那么晒了一个小时,又起了几片小小的干皮。她抿着唇,想起跌进少年怀里的感觉,只记得阳光耀眼,而谢凌云似乎低头看过她一眼。

戚乔紧绷着小脸,心头泛起细微的沮丧。她看向窗外,流云映照梦幻的渐变色,像一幅浓墨重彩的夏日画卷。

戚乔屈腿,隔着被子抱膝而坐,偏着脑袋盯着那片晚霞发呆。她轻轻地吸了吸鼻子,仿佛又闻到了若有似无的青柠味道。

她应该带着相机,记录下此刻的晚霞,而后每当看见它,她都会想起那个身上带着青柠味道的少年。

可惜她连手机都没有带。

那晚回到宿舍,在室友们都陷入梦乡之后,戚乔仍没有睡着,心念蓦然一动。她翻身下床,找出一盒油画棒,怕吵到其他人,便出去,坐在宿舍楼的楼梯间,借着一盏白炽灯的微弱光芒,画下了那天的晚霞。

戚乔将它夹进了日记本里。她取了支黑色水笔,在那张画的下方,斟酌思量,却连在私密的日记本中写下那人的名字都不敢。冒出嫩芽的青涩心事,藏进了一个无人知晓的"他"。

她写道:我好像,有一点点喜欢他。——2013年9月16日

戚乔想去找谢凌云道谢,却没有想到,一连数日,他都没有再出现,连病号连都不见人。只从他室友与周围同学的交谈中偷听到,谢凌云在病号连

给食堂阿姨打下手时，切菜切到了自己的手。既无法参加训练，留在病号连也只是个吉祥物，班导上报院领导后，就直接让他回学校了。

戚乔念念不忘谢凌云的胳膊，可没有联系方式，也无法询问。

班群里至今也没有他，不知道是因为班导忘了拉谢凌云进群，还是别的原因。

戚乔想，只能等下次见面。之后的几天，照旧在每日集训中度过，偶尔听闻管理学院某男生被通报批评。

两周的魔鬼军训总算到了尾声。

结营仪式那天，谢凌云依旧没有再出现。

莫名地，心里的牵挂因那人的缺席反而愈演愈烈。戚乔将它们归结于谢凌云当时的出手相救，她只是知恩图报而已。

她只有一点点喜欢他，一点点而已。

电影学院招收的大多是艺术特长生，结营仪式自然也丰富许多。

楚菲菲所在的表演系准备了三个节目，歌曲、舞蹈，还有一个全班参演的小品。计念所在的录音学院则发挥特长，准备了一段混剪配音片段。

不同学院专业的学生各显神通，导演系自然也不能例外。

张逸自告奋勇，熬通宵写剧本，召集班上同学，共同制作了一幕短话剧。

女生人数少，戚乔被"抓壮丁"，被迫从幕后走到台前。挑战并不大，在一个主题为青春叛逆的短剧中饰演安静少言的学霸。

没几个人愿意当演员，倒是导演一职差点被抢破头。

戚乔不是爱出风头的性格，并未参与竞争。但从旁观望之后，才发现班上已经有不少人对于导演的工作如鱼得水。都是才踏入校门的新生，却已经有人熟知如何去画导演分镜剧本。

尤其是薛启文，戚乔和于惜乐私下讨论，一致认为，这人简直像是执导过完整长片的成熟导演。

戚乔演的角色戏份不多，没什么难度，只在前三分钟走个过场。

军训文艺演出结束，由校长在结营仪式上发表讲话之后，两周的暴晒时光圆满画上了句号。

戚乔与室友们收拾行李，总算要离开没有一丝娱乐气息的军训基地，人人脸上挂满了笑。尽管这段经历特别，但谁都不想再来第二次。

依旧以班为单位集合乘车。

于惜乐要去和在同一连队认识的新朋友合影,戚乔帮她拿着包,先一步坐进大巴。她找了个靠窗的位置,打开包想拿出水杯,却看见了自己的日记本,鬼使神差地取了出来。

这是她在高考结束后,为庆祝即将到来的大学时光而新买的日记本。

戚乔的日记并不会事无巨细地记录每一天,而是兴之所至,留存一些于她而言较为特别的记忆。她轻轻翻开,崭新的日记本里只夹着一张小画。再看一遍,戚乔忽然分不清她想记录的到底是那天的晚霞,还是闯入鼻息中的青柠味道。夹在纸页之间的小画被风吹起,顺着敞开的车窗,飞去了外面。

戚乔心一紧,立刻朝外看去,车外站着三三两两的同学,有在和教官合影的,有在和新认识的朋友说话的。

那张画就那样飞了下去,仿佛一只白色翅膀的蝴蝶,轻飘飘地落在了地面。

戚乔站起来,刚想下车去捡,有人先她一步。

"是你的吗?"开口的是一个音色清润的男生,他走到车窗边,伸手,将小画归还给戚乔。

戚乔伸手接过,诚心道谢:"谢谢。"

阳光下,男生的头发泛着淡淡的栗棕色。他长了一双漂亮的桃花眼,笑时微弯,仿佛春风拂过。

戚乔瞧见他脖子上挂着的相机带,手中的设备似乎是前不久才正式发布的索尼全球首台全画幅相机。他手中的这台更高端一些。

又是个有钱人,戚乔心想。

听到她的道谢,男生笑了笑:"没事儿。"他的声音温柔,"你刚才看得很专注,是你自己画的吗?"

戚乔"嗯"了一声。

"很漂亮。"男生又说。

"谢谢。"戚乔顿了一下,除这两个字外,却不知道再说什么,只好保持缄默。

大概是看出她的疏离,男生并没有再唐突,正好身后有人喊他,低声道一声"再见",便随同伴离开。

戚乔吹了吹小画上沾的灰尘,小心翼翼地收好,等回学校,要用胶将它贴在日记本中,以防止再不慎掉落。

几米外。

"刚才那女生你认识啊?"

宋之衍在低头看相机,闻言笑了声,才摇头:"不认识。"

"那还和人家聊那么久?"

宋之衍没有立刻回答,目光看向相机中刚才拍下的一张图上。

少女倚窗而坐,微微垂着脑袋,鬓角的碎发乖巧地拢在耳后。她的视线落在手中的日记本上,目光专注,气质清纯。

"看什么?都不搭理我。"室友见状,也将脑袋凑到相机前。

宋之衍反应很快,按下返回键,甚至还将整个相机举了起来。

"拍了什么宝贝,还不让我看?"

"滚。"宋之衍笑骂一句,"老师让拍几张同学们的照片而已。"

"那你藏什么?"

宋之衍想起一双小鹿般清澈的眼眸,笑了笑,却没说话。

他用手钩住室友的肩,不动声色地转移话题:"走了,去拍点风景。"

好不容易等来两天假期,戚乔和计念、于惜乐、楚菲菲前一天晚上便做了出去玩的计划,她们从早忙到晚,结果第二天成功累到没有一个人能起来。

周一正式开课,第一节是大学英语。

戚乔和于惜乐到教室很早,于惜乐把自己的书塞到戚乔怀里:"帮我占个座,我吃完鸡蛋饼就进来。"

戚乔踏进教室之时,里面才坐了三四个人。她挑了第二排中间的位置。

同学陆续抵达,每听见一次脚步声,她都要抬头看一看。

谢凌云的确没有早到的习惯。

于惜乐啃完了鸡蛋饼,进门就见戚乔安静地坐在第二排。她走上前去,抱住自己的书,打商量:"乔乔,咱们往后坐一点?"

"怎么了?"

"我不爱上英语课,坐前排简直是受折磨。"于惜乐愁道。

眼看着后排的座位都被抢占,于惜乐来不及等戚乔回答,眼疾手快地冲过去，把握住了最后一个后排名额。

两人对视三秒，于惜乐眼含歉意，目光转向身旁的男生，她打商量："同学，你愿意在前排享受一下知识的熏陶吗？"

薛启文推了推鼻梁上的银边眼镜，微笑回答："抱歉，不愿意。"

戚乔虽然更偏爱前排能更好听讲的位置，但也更愿意和熟悉的人坐在一起。

她正考虑要不要挪去后面一点，身旁忽然落下一道身影。

"这儿有人吗？"

这个声音……戚乔抬眼，瞧见了谢凌云，他穿了件白色卫衣，背一只黑色挎包，肩带从左肩划过腰线，勒出一道浅浅的痕迹。

戚乔愣了一秒，才回答："没有。"

尾音消散的瞬间，她抬手，下意识地摸了摸自己的脸颊。

北城的天气干燥，刚来那几天，脸颊干到爆皮，连着厚涂了几晚面霜，这两天总算缓解。指腹触到一片光滑，戚乔瞬间紧绷的神经才放松下来。

谢凌云摘了包，坐在位置上，身后，张逸与他的另一位室友蔡沣洋挤过来。

"往里面点，兄弟。"

谢凌云"啧"了一声："没地儿，去第一排。"

戚乔左边还有两个空位，她乖乖地往里挪了挪。

谢凌云看了她一眼，却也没说什么，跟着挪进来。

戚乔的注意力落到了他的左臂上，卫衣袖子全遮着，看不见什么情况。犹豫好一会儿，她轻声开口："谢凌云。"

"怎么？"谢凌云闻言看了过来。

离得这样近，戚乔才发现，他的眼皮是内双，看人时带了一丝冷淡的气质。

戚乔轻压唇角，问道："那天，你的胳膊有没有事？"

"哪天？"谢凌云下意识说，顿了一下，想起来，"哦……那天，没什么事儿，残不了。"

谢凌云扫了一眼女孩的神情，笑了声，怕她不信，又道："真没事儿，石膏已经拆了，还不至于抱一下你就断了。"

他的语气淡然而无所谓。对他而言，那应该只是一件不必记在心上的小事，换成任何一个人要晕倒，他恐怕都会上前帮忙。思及此，戚乔心头闪过一丝微酸。她却在这十来天，多次辗转反侧。

在她发怔的空隙，谢凌云又看过来一眼，淡淡地开口道："戚乔同学。"

"嗯？"戚乔思绪回笼，"怎么了？"

谢凌云微微地挑了下眉："发什么呆？"

戚乔口不对心道："我在想，那你还挺乐于助人的。"

"嗯。"谢凌云翻了页书，漫不经心道，"除了有钱，我还算善良。"

这件事是不是过不去了？

没一会儿，英语老师带着电脑进了教室。

上课铃响起，教室瞬间安静下来。第一次课，老师点了一次名，简单陈述了一学期课程的内容，以及结课的考试成绩与平时成绩的分配，便开始了正式授课。

谢凌云的存在感太强，就算只是一个寻常的男同学，一米八几的大高个儿坐在身边，应该都无法忽视。

何况，对戚乔而言，谢凌云已经有些特别了。

她有些后悔，该和于惜乐去后排坐的，或者在谢凌云落座之前，随便换到哪里的位置都可以。那样便不用像现在，时刻都想要留意身边坐着的那个人。

而谢凌云似乎对英语课的兴趣并不高，有一搭没一搭地听着。

选择第二排座位，想必只是因为他来得晚，空位只剩前两排。

第一节课结束，戚乔去了趟卫生间，回来的时候，座位附近聚了一群人，不知道在围着看什么东西。

戚乔站在一旁，听张逸说："怎么样？我写的剧本，咱们班每个人都参与了，虽然整体协作上略有瑕疵，大家默契不够，但这可是获得了底下老师们的一致肯定。"

蔡沣洋举着手机正播放一段视频："这里是我导的，怎么样？有没有看到一些中国未来大导演的身影？"

这句话惹来众人异口同声地嘘声。

手机上播放的视频是军训文艺会演的录像。

戚乔的目光越过众人落在谢凌云身上，他居然看得还挺认真。

这些男生聚在一起，完全堵住了戚乔的座位，她只好站在过道旁等待，正想祈求上天，不要让谢凌云看到自己那段短暂而尴尬的表演，忽然传来谢凌云的声音："把路让开，都别堵在这儿。"

也快要上第二节课了，几人说笑几句，各自回座。

谢凌云站了起来，又朝张逸和蔡沣洋道："先让让。"

三人排着队似的走到过道，戚乔抬眸，对上谢凌云望过来的视线，他说："进吧。"

戚乔的心忽地一颤，她不禁猜测，他是因为注意到她站在旁边等，所以才那么说的吗？

"谢谢。"戚乔轻轻地说了句。她的脚步又轻又快，心脏却跳得一下比一下重，仿佛要从身体中冲出来。

她悄悄地抚了抚胸口的位置，还未等平静，又听谢凌云问："你还去当演员了？"

戚乔向右看去，放在桌面上的手机正好播放到第三分钟。

画面里，她仿佛工具人般坐在课桌前，低头看书，不时抬一下头，面向演对手戏的同学，绷着嗓子，机械地说出背好的台词。

"……我被迫的。"戚乔说。

"看出来了。"谢凌云双击屏幕，画面暂停。他拿食指点了点画中的人，笑了声，调侃，"都快变成具蜡像了。"

一旁的张逸听见，插了一句："哪有啊，人家戚乔演得很好啊，重点是，咱班一共就四个女生，我嘴皮说干了，另外几个也不愿意上场。"

戚乔拘谨地坐着，余光却一直隐隐地落在右边那人身上。

张逸"噼里啪啦"地讲完，谢凌云轻笑着说："就她乖，听话是吗。"语气不是提问，是在陈述。

戚乔抬了抬头，紧紧蜷着指尖，下一秒，又怕被发现，强制地收回自己的目光，垂眸落在书本上。她安静地坐着，仿佛在认真看书，却只有自己知道，纸上的字一个也没有看进去。她的心脏却仿佛飓风过境，汹涌澎湃，久久不能平息。

042　偏航

导演系三大基础课程：剧作、表演、视听语言。

下午是专业课，于惜乐不像逃避英语那样躲着了，提前半小时到教室，和戚乔抢占第一排座位。

谢凌云永远喜欢踩着点进教室。这次，两人的位置隔了三排远。

戚乔坐在前面，除非回头，否则是看不见他的。谢凌云好像有点洁癖，又换了身衣服。早晨的白色卫衣变成了一件牛仔质感的米色休闲衬衫，原木色纽扣系到最顶端，胸口处有只跳舞的比格犬。

课时长，休息时间，后排男生聊周末去哪里吃吃喝喝，戚乔趁此空隙，装作无意回头看了那人一眼。

谢凌云坐在说话人群的中心位置，却并未参与，翻着书，神情淡淡的。

怕被人发觉，戚乔只敢匆忙地扫过一眼。

老师继续讲课，她回身坐好，按下圆珠笔，继续写笔记。

"乔乔，"于惜乐忽然说，"周三晚上没课，咱们要不要去学校放映厅，我打听过了，这周放的是戈达尔的《狂人皮埃罗》。"

戚乔眼前一亮："真的？我还没有看过，小时候那种卖影碟的店里也没有这部。"

"我也没看过！走？"

"好。"

周三晚七点，戚乔和于惜乐按时赶往放映厅。

这种上个世纪六十年代的犯罪剧情片，尽管导演是让·吕克·戈达尔，来观看的学生也并不多，基本被导演系或文学系、电影学专业的学生包场。

两人也喊了计念与楚菲菲，均被婉拒，她们不喜欢老电影。

戚乔她们到得早，刷校园卡进去，挑到了最佳观影位置，才坐好，放映厅入口处传来几道熟悉的声音。

来人正是她们的同班同学，张逸、薛启文、蔡沣洋等，一行五六人。

"戚乔，于惜乐？巧啊，你们来这么早。"张逸以熟稔的口吻道。

"巧哈。"于惜乐敷衍地挥了挥手，道，"快开始了，别吵吵。"

这群人中，张逸和蔡沣洋都是谢凌云的室友。

像是心有所感，戚乔的目光焦点停留在最后那人身上。

入口处的嵌入式筒灯发出微黄的光芒，谢凌云踩着光晕踏进来。

左臂上只缠着几圈纱布，裹着薄薄的固定板。

他穿白色的短袖，外搭一件黑底夏季衬衣，左胸扣处有片刺绣图案，是一只从口袋里探出脑袋的棕色小熊，

浅色系的运动短裤，没有显眼的logo（标志）。脚上踩着双黑白红撞色球鞋，穿白色印条纹中筒袜，小腿肌肉紧实匀称，踝间胫骨在袜下若隐若现。

戚乔的视线不经意扫过那截脚踝。只短暂的一瞬，她若无其事地收回目光，假装只是不经意偶遇同班同学，唇角稍扬，露出个浅笑，算是和那几人打了招呼。

戚乔和于惜乐的位置正是整个厅内的最佳观影位置。

张逸和蔡沣洋都是戈达尔的狂热粉丝，几步过来，正好一左一右将戚乔与于惜乐包围。

影厅顶灯霎时熄灭，电影要开始了。

谢凌云这才不急不缓地朝后走来，他在戚乔正后方的位置坐下。

大荧幕上几家制片公司名字闪过，戚乔在昏暗的影厅中回头看了一眼。

谢凌云用指尖轻敲手机，似乎是在与人聊天。

音乐声响起，主人公费迪南德的饰演者贝尔蒙多用低沉的声线将旁白娓娓道来。

戚乔不再分心，端正地坐好，认真看着前方。

电影进行到十分钟时，依旧有学生进场。

戚乔原本并未在意，直至后排传来低声的对话声。

"同学，你好啊，可以加个微信吗？"是一道甜美的女声，挺好听，甜而不腻，像夏天的奶油冰激凌。

没人回应，那个女生稍稍提高音量，又重复了一遍。

"没有。"冷冰冰的两个字。

戚乔愣了一下，原来那句话是在问谢凌云。

只是这么一个小插曲，戚乔原本好端端放在影片上的心思逐渐偏移，无法全神贯注地看电影了。

荧幕光影骤亮之时，她悄悄回眸，是个十分漂亮的女生，五官明艳，笑靥似花。

戚乔的手指下意识地捏住了一点衣角，分明与她无关，可却无法不在意。

"你好,我是一三级表演系的新生,可以认识一下吗?就当交个朋友。"女生再次开口,大有要不到联系方式不罢休的劲头。

戚乔有些钦佩这样的女孩子。这样的勇气,她怎么也学不到。

她好像咬到了一颗最酸涩的葡萄,汁水在胃里翻腾,却无计可施。

"可以吗?你是什么专业的呢?"女孩子第三次主动询问。

戚乔听到谢凌云略显不耐烦的声音:"导演系。"

到底还是回答了她。

荧幕上,男主角费迪南德与前女友在车中的对话暧昧而直白,早期的灯光道具简陋,闪烁的霓虹色彩让戚乔忍不住眨了眨眼。

没了字幕,耳中只留下费迪南德低沉的法语,他正在与女主角一来一回地试探。

后排的女生含着浅浅笑意的对话清晰地飘到了前排。

"好巧哦,我是表演系的,以后要拍课程作业的话,我可以免费当你的演员。"

谢凌云架子挺大:"用不着。"

女生并未因他淡漠的态度退却,一鼓作气,抛出最想知道的问题:"交个朋友好不好,你喜欢什么类型的女生呢?"

戚乔揉了揉耳朵,女生声音甜软,如果她是男生,恐怕都无法拒绝。

她的心情如绷紧的细线,身体却不禁往后靠了靠,好奇那人的答案。

下一秒,便听谢凌云道:"安静,话少,哑巴最好。"

九点钟不到,电影散场。

顶灯逐一亮起,谢凌云身边只剩个空位,那女孩早已被谢大少爷三言两语给气走了。

几个男生走在前,张逸与蔡沣洋激烈地讨论着电影内容,痴迷得旁若无人。

谢凌云在最后面不紧不慢地走着,不时对前头两位狂热粉丝的激情夸赞回应一两句。

灯光昏黄,两米宽的通道,戚乔与于惜乐跟在后面。他们之间的距离只有不到一米,步子稍快一些时,戚乔几乎能闻见那股清冽干净的青柠味。

Chapter 1 / 狗脾气大少爷　045

于惜乐揉揉肚子，有点饿了："咱们去买点夜宵吧？我听说北航那边有一条美食街，便宜又好吃，我再问问计念和菲菲去不去，这个点也该饿了。"

"好。"戚乔应道，心思却不自觉被分走一半，被那股隐约的青柠味道吸引。

戚乔的目光略过前面那人的肩膀，她呼出一口气，意识到再这样下去不妙，她正暗自克制自己，前面的人却不知何时慢下脚步。

戚乔低着头垂着眸，前行速度不减，甚至隐约有加快的趋势，直直地撞上个硬邦邦的后背。

"啊。"她忍不住呼出一声短促的声音，条件反射地后退半步，抬手揉鼻子。

谢凌云回头，没料到有人走路都跑神，错愕一秒，道："撞疼了？"

戚乔顾不得其他，揉着鼻尖点头。

于惜乐就在她身后，跨步上前，瞪了下谢凌云："你这人怎么走路不看路？"

谢凌云挑了下眉，往前迈出半步，借着出口微弱的光线，垂眸望向戚乔："我看看？"

他的瞳孔颜色很深，在这样暗淡的光线下，像一潭幽泉，以至于让戚乔不太敢直接与他对视，怕一不留心便被卷进去，让人发现自己才生芽的小心思。

戚乔不好意思说不看路的那个好像是她自己，捂着鼻子，摇头："没事，等下应该就不疼了。"

"真没事儿？"谢凌云问了句。

"真的。"戚乔放下手，给他确认，"只是轻轻碰了下，没关系的。"

谢凌云的眼睛扫过女孩玲珑小巧的鼻尖，确认无事后，他没有再开口问。

走出放映厅大楼，于惜乐收到了另外两位室友的回复。

"她俩马上过来。计念说她知道去那条美食街的路，咱们去西门等她俩就行。"

"美食街？什么美食街？"张逸听见了，大声问。

于惜乐在打字，戚乔便回了句。

张逸："要去吃饭吗？我也有点饿了，一起吧！"

蔡沣洋一起凑热闹："加我一个。"

一旁准备回宿舍的薛启文却说："那边早都被拆得没剩下几家，去了也吃不到什么好吃的。"

"这样啊？不过我知道学校外面有一家特正宗的四川火锅，就在知春路，去不去？"张逸提议。

蔡沣洋用手钩住谢凌云的肩膀，问："谢凌云，你去不去啊？"

戚乔望向靠着石柱玩手机的人。周围的声音仿佛都消失了，她期待地等他的回答。

谢凌云的目光聚焦在手机上，他头也不抬，闻言，撂下两个字："不去。"

说完，他接了个电话："到了？行，等我一分钟，马上出来。"

电话挂断，谢凌云左手揣进裤兜，边下台阶，边抬起右手随意挥了挥，头也不回地离开了："先走了，你们玩儿。"

少年身高腿长，步履生风，没一会儿，修长的身影已然从视野中消失。

戚乔半垂眼睫，没有再看。

张逸还在拉拢他们："走呗，真的好吃，骗你我是狗。"

于惜乐谨慎地提前问："人均多少？"

张逸："没算过，大概七八十？"

于惜乐："谢谢邀请，不去。"

戚乔不禁莞尔。

两人最终还是谢绝了他们的提议，选择和室友出门觅食。

戚乔没想到，从学校西门出来时，还能再碰见谢凌云。

道旁的路灯，立着一道修长瘦削的背影。

光线笼罩在他周身，像一幅精心设计过场面调度的电影画面。

只看一眼，戚乔就辨认出来是他。

谢凌云乘坐一辆黑色轿车离去。那车外形低调，像一名蛰伏于黑暗中的武士。

戚乔不认识那辆车的品牌，只依稀看见一块北A的车牌，后跟着一串读起来相当吉利的数字。

那时，她还没有意识到，他们之间的距离究竟有多远。

Chapter 2
戚乔乔

  周五的经典影片赏析是戚乔大一最喜欢的课程之一。
  第一周的讨论主题是大师格里菲斯的代表作《党同伐异》。
  主讲老师是系里一位声望极高，退休后又被返聘的老教授。
  老教授穿着一件熨烫妥帖的白衬衣，戴一副精致的玛瑙眼镜，带着学生一帧一帧地拉片分析，场面调度、视听语言、机位、剪辑、声音……两小时的课程结束，戚乔记了满满三页的笔记。
  她习惯了这样的学习方式，乐在其中，总能在听课的同时将语言转换为翔实的笔记，且笔迹整齐漂亮，内容做得框架分明，条理清晰。
  于惜乐与她相反，她也会记很多东西，却杂乱无章，只留下简短的字词，恐怕除了她自己，没人能看懂。
  效率的确高出许多，但难免在日后重翻时，连本人都忘记当时记下的词什么意思。
  多亏于惜乐在课间用自己的大嗓门将戚乔的笔记宣传了出去，戚乔的笔记本才在五分钟内就被传阅了一遍。
  戚乔并不介意，她正趁休息时间思考怎么去找兼职。忽地灵光一现，期末之时，或许可以通过自己的脑力劳动赚钱。等明年，还能再卖给下一届有需求的学弟学妹。
  虽然她现在还不缺钱，但下学期开始，就会有各种阶段性的拍片练习，租机器、请演员、雇摄影师……一笔笔都是花费，还没上完大学第一周的课程，戚乔已经为自己制订了赚钱计划。她可以去帮人拍片剪片，导演系的学生找兼职并不难，学校的论坛上就有不少。

这样想着，趁课间，她很快在专门用来记录 To do list（待办事项清单）的小本子上写下几条初步拟定的赚钱计划。刚写完合上，于惜乐从张逸手里抢回戚乔的笔记本，还了回去："要看请为我们乔乔的知识付费。"

张逸戴着他那副黑框眼镜，遮挡浓重的黑眼圈。昨晚他在宿舍看完了一部冗长的法国故事片，和几个室友聊到了三点，导致这一早上昏昏欲睡，教授所讲的内容只听进去一半，对戚乔的这本笔记垂涎至极。

"乔乔，"他跟着于惜乐喊，"借我抄抄笔记吧，好不好吗？"

周围人纷纷被恶心到。

戚乔承受不住，无暇考虑赚钱大计，只想爱惜自己的耳朵，伸手便递了出去。

他们就坐在后排。

戚乔回身坐好，没一会儿，身后传来张逸的声音："真厉害，记得也太详细了。谢凌云，要不要看两眼，刚才你也一个字没记，万一这是考试题呢。"

戚乔不禁侧耳，平静的心无端被撩起涟漪，只听一阵纸张翻页的摩擦声后，谢凌云语调含笑，说道："还真是乖学生。"

戚乔稳住心神，刻意忽略后排男生的存在感。铃声响，她将计划本塞回书包，专心听课。

上午第二节是门公共课。几个学院一起上，能容纳一百来人的阶梯教室坐得满满当当。

表演系的学生也在，楚菲菲早上八点没有课，提前赶到教室，为戚乔和于惜乐占到了后排的座位。

"人好多，思修不听的话老师也不会管吧？"楚菲菲还没吃早饭，起床就赶了过来，昏昏欲睡间撕开一包甜牛奶饼干，边啃边扫视整个教室，压低了声音，"姐妹们，咱们学校帅哥还挺多的。"又凑到戚乔和于惜乐耳边，低声道，"你们看看咱们班的，有没有喜欢的？我帮你俩要联系方式。"

戚乔最近眼光水涨船高，于惜乐则没有兴趣，纷纷摇头。

戚乔蓦地听见身后有人喊谢凌云的名字。

"谢凌云，蔡洋洋，老张，这儿！"

Chapter 2 / 戚乔乔　049

她循声回头,便见那三人从后门进来,往声源处走来。

巧合的是,喊话的人正坐在戚乔的后排位置。

戚乔怕自己的目光太过引人注目,才想转回身,视线中出现一张有些眼熟的脸。

"是你?"宋之衍目含惊喜,语气却彬彬有礼,"还记得我吗?"

戚乔怔了半秒,想起来,是军训结束那天在大巴车外帮她捡画的人。

"你好啊,第二次见面,认识一下?"宋之衍礼貌地伸出一只手,道,"我叫宋之衍,摄影系的。"

戚乔也礼貌性地伸出右手,指尖碰到他的掌心,短暂回握:"你好,我叫戚乔,导演系。"

"乔木生夏凉,你的名字很好听。"

"谢谢。"

说话间,那几人已到近前。

"原来是你们班的。"宋之衍对着那几人说,又转回看向戚乔:"确实很有缘,我是谢凌云、张逸、蔡沣洋的室友。"

谢凌云在他的身边落座,先后看了看宋之衍与戚乔,微微挑眉:"认识?"

宋之衍的眼神落在那双小鹿般清澈的眸子上,却丝毫不让人觉得无礼或唐突,他道:"今天起就算认识了?"

宋之衍神情自然大方,眼中带着一丝笑意,看上去是个性格好,又温柔爱笑的人。

戚乔在他的注视下,轻轻地点了下头。

男生宿舍楼里。

蔡沣洋忽地用手钩住宋之衍的脖子,意味深长地笑了笑:"兄弟。"

"干什么?"

蔡沣洋挤挤眼睛:"今儿思修课,你看我们班戚乔的眼神属实不太清白。我有点想不通,你们什么时候认识的?"

宋之衍拉开椅子坐下:"说了是偶然碰到。"

不等那两人八卦,他又补充一句:"别瞎猜,加上今天,我也才见戚乔两面而已。"

"真假？我怎么看你小子眼神很不单纯呢？"张逸摸摸下巴，说，"我们班一共才几个女生啊，你的行动够快的。"

蔡沣洋压低声音："要不要兄弟帮你打听打听人家戚乔有没有男朋友啊。"

"咔嗒"一声，卫生间门被打开。

谢凌云走了出来。

宋之衍笑说："我警告你们啊，别在戚乔面前瞎说，我真没有那个意思。"

"这话说得，谢凌云，你听听能信吗？"张逸道。

谢凌云甩了下发丝上的冰凉的水珠，捞起桌上的手机，锁屏界面显示三条未接来电，均来自同一个号码。

他脸上没什么表情，甚至对于这三通电话透出一丝几不可察的烦躁，但他还是拨了回去。等待接听的空隙，瞥了眼宋之衍，对刚才的问题，似乎随口一应："没有就没有吧。"

没人接。

谢凌云轻轻地挑了挑眉尾，干脆静音，开电脑，找了部影片看着。

没几分钟，那边又拨回来。

谢凌云扫了一眼，用手指轻触挂断。

蔡沣洋好奇："跟谁在这儿来回拉扯呢？"

谢凌云说："我爸。"

国庆节前，戚乔在学校论坛的勤工俭学板块找到了一份帮人剪片子的兼职。

对方提了详细的要求，难度不高，只是略微烦琐。

她在宿舍猫了两个下午，剪完片子传过去，又修改三次，总算完成。

戚乔还不清楚"市场价格"，但甲方给出的报酬相当可观。

收到转账那天，她开开心心地给爸妈打了电话，炫耀自己挣到的第一桶金。

妈妈却很担忧："你还在念书，不用惦记着去做那些兼职，多耽误学习时间。妈妈再给你转点钱，专心读书。"

戚乔笑着说："我有在认真学习的。"

妈妈仍对第一次独自离家这么久的女儿很不放心，从北城的天气冷暖，关心到食堂的菜色是否合胃口。

"妈，你放心吧，我都多大啦，又不是小孩，怎么会不知道天冷加衣服穿。"戚乔将话题中心转在父母身上，"最近还忙吗，妈妈？"

"不忙，最近学校别的事少，课还是那么些。"

"我爸呢？在干吗，又去画室了？"说起这个，听筒里传来一声轻叹。

"怎么了？"

"他前几天回家，突发奇想说要去西藏采风，还说已经跟几个书画协会的朋友约好了，几个人自驾去。这不，都开始收拾行李了——老戚，乔乔喊你呢！"

没等多久，爸爸带笑的声音传来："乔乔，下课了？"

戚乔无奈道："今天周六。"

"哦，是吗？"

"爸，你要去西藏吗？"

"对，跟几个朋友一块儿去，你妈不放心，从昨晚就在爸爸耳边唠叨了好久。这有什么担心的，又不是一个人，而且我已经有一年多没出去采风了，再不出去走走看看，你爸我就真没灵感了。"

戚乔倒不反对。从她小时候开始，爸爸就很喜欢出门采风。

童年时期多次搬家，大多因她爸是个不喜欢在一个地方久待的人。

"妈妈也是担心你啊，毕竟去那么远。"

"你们母女俩放心好了，到时候我们天天打电话，这总可以了吧？"

戚乔无奈，她爸既然已经决定，那再怎么说都不会改变主意了，不过好在是与朋友同行，能够互相照顾。

电话里拒绝了妈妈的转账，但当天下午，戚乔卡内仍收到了一笔两千块的生活费。

十一假期一过，北城的气温以火箭般的速度下降。

前一天还穿着短袖短裤，在烈日下留着汩汩汗滴，第二日便迎来了今年的第一场秋雨，带走了整个夏天的高温。

戚乔喜欢上了北城的秋天。

这样天朗气清的秋日，她很少见过。香山红叶还没到时节，不过整个城市的银杏渐渐穿上了金灿灿的新衣。

终于等到月底,在于惜乐的强烈诉求下,四个人总算去了一趟银杏大道。

于惜乐带了单反相机,兴致高昂地拍了一整天,光一个等待风吹叶落的镜头便等待了半个上午。

计念和楚菲菲唉声叹气,谁知道那俩导演系的嚷嚷着来看银杏,实际上却是来拍东西。

才相识一个来月,也不好意思开口抱怨,计念与楚菲菲暗暗下定决心,再也不跟于惜乐一块儿出门赏景。

戚乔被于惜乐征当导演助理,一边持着机器,一边观察来往的人类。抱着小孩的妈妈、搀着伴儿的老人、牵着手的小情侣,以及一看就是和室友组团的大学生们。

她喜欢观察人,远远地静静地看着,从他们的表情、神态,以及动作,猜测各自为主角的故事,这是个很有趣的过程,再生动的表演,都比不过烟火气里的平凡人。

于惜乐则执着于一切自然景物,掉落的叶子也会是她的镜头中的主角。怎么讲也是导演系的学生,等拍完了,两人又拿着相机,分别给计念与楚菲菲拍了不少游客照。两人审美好,构图又极具艺术性,出片率极高。

计念与楚菲菲拥有了一个月朋友圈的照片库存。

到最后,于惜乐提起改天一起去香山"玩"时,方才还在心里盘算着再也不跟这两位一块儿出门的计念和楚菲菲又高高兴兴地点头:"好呀好呀。"

隔天周一,下午有大课。

经过一个月的观摩学习,老师决定进行阶段性考核。

突如其来考核,谁都没有准备好,老师已经随手一指,点了一个人开始从一到四报数,以此重复,轮到戚乔,她是二号。

十六个人依次报完,老师说:"喊一的同学一组,喊二的一组,以此类推。"说完,拍拍手催促,"都站好了,定好组长,来我这里抽剧目。"

表演教室一下子乱起来。

戚乔张望寻找队友,只听一声"谁是二,谁是二?"

一人扬声:"我是,我是二。"

戚乔追着声音跑过去:"我也是,我也是二。"

还差一人。

张逸大喊:"还有哪位同学是二?我们组还差个二!"

戚乔也四处眺望,却见谢凌云一副无语至极的表情,站在一旁看傻子似的看着他们。

"还差谁啊,同学们,还有谁是二?"

就在张逸再次准备高声寻人时,谢凌云一把抓住他伸出的手,掰开食指指向自己,面无表情道:"别喊了,是我。"

"合着你站旁边不说话?找你这么久。"张逸说。

"抱歉。"谢凌云诚挚地说,"你们这样实在有点儿丢人。"

说着,他往戚乔处瞥来一眼。

才想反驳,她哪里有丢人,却见谢凌云眼尾流出三分笑意。

也不知道是看到了什么,笑成这个样子。

张逸适时道:"笑什么啊,我们很好笑?"

"还行,就是没想到跟三个傻子组队。"

另一位队友还与他不熟,不好意思说他,张逸忍不住:"我去你的,说谁傻子呢?"

"组好队就选个组长来抽题,上课呢,谁还在那儿聊天?"老师恰好出声打断他们,"四个命题表演,先到先得。"

自从和张逸成为室友,谢凌云已经见识了真正碎嘴子的功力,为耳朵着想,按着他的肩:"大哥,去抽题。"

怕只剩个不得已的选择,张逸飞快冲向老师。

谢凌云回眸,却见戚乔的目光还落在自己身上。

眼神中,似乎多少带着点控诉的……委屈?

他轻叹一声,把那句"三个傻子"收回,改口:"两个,好了吧。"

戚乔只是在为一会儿的表演紧张,哪里知道自己的神情落在别人眼中,被解读成什么样。张张嘴巴,想要解释,又怕词不达意,再变成跟"有钱"一样让人忘不掉的尴尬事情。

戚乔抬手,轻轻地碰了碰自己的耳朵,试图不在意刚才那句"两个,好了吧"的妥协语气,但心不听话。

那一声低沉的笑声里含着无奈,反而循环往复地在脑中萦绕,连心脏的跳动都随之加快了。

张逸手气不错，抽到的题目不难，是一段经久不衰的中国古典式情节冲突：对父权的抗争。

一共有四个角色：父母、十八岁的儿子，以及他刚谈了一个月的初恋女友。

抓阄定角色。

三个男生十分谦让，女生优先，戚乔第一个抽，她的运气却不怎么好，选中了那个没什么难度和戏份的初恋女友一角。

谢凌云似乎一直不在乎这种先后顺序，仍旧最后一个抽。

张逸非要等着他选好再一起打开，闭眼望天，祈祷着："我必然是爸爸！"

另一位队友双手合十，将纸团捂在掌心，虔诚祈祷："不要妈妈，求求，不要妈妈。"

谢凌云毫无仪式感，拿到手就拆开。

戚乔还没有任何准备，他忽地朝她走来："走了，女朋友，去排戏。"

因为那句"女朋友"，戚乔不在状态了好几分钟。

几人选了表演教室的角落位置，在地上围坐着读剧本，确定了整体表演风格，才开始对戏。

剧本粗糙，老师也有考查他们临场发挥能力的意图。

谢凌云主意很多，张逸擅长台词的细节处理，另一名男生也积极地表达了自己的看法，戚乔也渐渐沉浸进来。通读三遍剧本后，她便明确了每个人物的性格特点，讨论时话也慢慢多了起来。

导演一行，起初绝大多数的作品都只能建立于自身的个体经验之上，他们又恰好选中了主题为父权的剧本，戚乔没有这种体验。

随堂考核，时间太紧，她有些无处着力，仅把曾看过的那些影片中的相似片段，作为参考和学习。

谢凌云却好像对此并不陌生，张逸不知道怎么表现一个顽固执拗的父亲一角时，他倒是很有经验的样子，三言两语，就让他转过弯来，连某些微表情，都拿捏得恰到好处。

老师巡查到他们组，对他赞不绝口。

戚乔想起开学那天听到的谢凌云被他爸亲手卸掉一条胳膊一事，不得不开始怀疑，他到底是悟性奇高的天才，还是正好身临其境地体验过。

戚乔瞧见隔壁一组的同学，正对着教室的壁镜临时做造型。

她问:"咱们要不要简单改一下服装造型?"

张逸扒拉扒拉头发,扔掉自己那副学生气十足的黑框眼镜,借来一副金属框的眼镜。他今天正好穿了件衬衫,往裤腰里一扎,手往后一背,活脱脱一个中年男人的形象。

反串妈妈的男同学拿一件格子衫外套当丝巾,又借来女同学的口红眼影,给自己搞了套装扮,很有牺牲精神。

戚乔演的就是一个十几岁的女孩,形象年纪都很符合。

她对着壁镜思索,谢凌云看了看镜中的她,忽然说了声:"头发,扎高马尾吧。"

戚乔"哦"了声,用手捋了两下,三两下束好。

乌发高垂,露出少女白皙的脖颈,看着的确青春洋溢很多,俨然是戏里那个可爱活泼的女孩。

戚乔盯着镜子想,谢凌云还挺会从细节塑造角色。

"披着也很好看啊,谢凌云——"张逸看过来,拖腔带调,意味深长道,"你该不会是有个爱扎马尾的初恋吧?怎么,有高马尾情结啊?"

戚乔的目光一顿。

下一秒,见谢凌云扯了扯嘴角,道:"我有个屁。"

张逸故作受伤:"没有就没有,干吗这么凶呢?"

演妈妈的男同学过来,他还放不开大庭广众地做太女性化的动作,打算去找个僻静角落,喊张逸:"咱俩去外面对对戏吧。"

"走呗。谢凌云,你和戚乔也过一遍对手戏啊。"

张逸拍拍谢凌云的肩膀,冲戚乔挤眉弄眼,想到什么,突然问:"戚乔,和别的男生演情侣,你男朋友知道了不会生气吧?"

还不等戚乔说话,谢凌云面无表情地看了张逸一眼:"你有病吧?"

张逸挠头,笑说:"这不是随口问一句吗,人戚乔都没说什么,你倒还生气了?所以,到底有没有啊?"

"没有。"戚乔不解地说,"而且,只是演戏,咱们本来就是学这个的,干吗要生气?"

张逸夸张地点头:"没有啊,那就好,那就好。"

谢凌云瞥了他一眼,下一秒,抬脚往张逸小腿一踹:"对你的戏去。"

"尊重一下长辈，OK？我等下可是要演你爹。"

"滚。"

等那两人走了，戚乔道："他好奇怪。"

谢凌云沉默了一下，说："不用管他。"

谢凌云翻了一页剧本，找到两人单独的戏，看眼台词，连一声 Action（开拍）都不喊。他垂着脑袋站在戚乔面前："琪琪，不要生气了，我爸他就是那种神经病，那些话你不要放在心上，嗯？好吗，宝贝儿。"

剧本里，戚乔演的角色叫琪琪。

戚乔头一次发觉，叠词的名字被人这样喊出来仿佛自带一股魔力。

她足足在原地静止三秒，才反应过来。

谢凌云竟然直接开始对台词了。

按剧本，男主角此时应该上前一步，抱住女朋友。对此，剧本中有白纸黑字的指令——下巴搭在女友肩上，像小狗蹭主人似的蹭了蹭。

谢凌云却只是上前一步，以一种虚抱的姿势立在戚乔面前。可还是太近了，戚乔几乎感觉到喷洒在颈间的灼热呼吸，鼻腔中充斥着那股熟悉的青柠香。

谢凌云却并未更进一步，他们之间始终保持着三厘米的距离。

"不要生气了，宝贝儿，你理理我，好不好？"他的声调微微上扬。

那一声"宝贝儿"像一根丝线，一圈一圈地绕在戚乔心上。她多希望，自己当真只有与同学共同完成课程任务的合作心态。这样，她就不会因这几句台词而乱了一整颗心。

谢凌云等不到回应，迈腿往后退了半步，他皱眉问道："恶心？"

戚乔发蒙道："啊？"

谢凌云："那怎么不对台词？"

"我只是，"戚乔稳稳心神，也不算说谎，"一时半会没反应过来你会这样。"

谢凌云点头表示理解，当她是把"确实恶心"换了种委婉的说法。

"谈个恋爱怎么这么肉麻？"他低声自语了一句，一副十分不解的神情，将那句台词换着语气在旁边排练了好几遍。

眼看着一边与他爸大打出手，一边对着女朋友撒娇的"男朋友"即将变成个没有感情的台词机器,戚乔赶紧道:"刚才第一遍就挺好的,咱们对一下?这次我一定记得说台词。"

共排练了三回,两人便已经将这一段戏理顺。

张逸他们回来,又一同将整段戏过了一遍。

他们行云流水般进行着,教室另一角,另一组却倏地传来两人争执的声音。

戚乔敏锐地听见于惜乐的声音,与她争执的正是薛启文。

两人各执一词,想要的呈现效果不同,差点为一个眼神戏吵起来。

最终老师介入,才让两人休战,小组内投票定了表演方式。

正式开始考核,戚乔组是第二个上场的,观察第一组考核时,谢凌云忽然用手背碰了下她的肩膀。

戚乔回眸。

谢凌云礼貌地征询她的意见:"等会儿能真抱吗?"

戚乔没反应过来。

谢凌云问完,便一直垂眸观察她的表情。

戚乔一时片刻答不出来。

见状,谢凌云似乎无可无不可地说:"那就按排练时的来吧。"

戚乔垂在身侧的手捏着一角,他误会了她的意思,可她却没有立即解释。

她并不是介意汇报演出时的肢体接触。这样的事情,现在是他们的学习内容,将来同样是工作正常所需。何况,只是一个拥抱而已。

可对戏的演员换成了谢凌云,她便会忍不住紧张和忐忑。

谢凌云似乎只有态度端正地完成作业的心态。她却控制不住自己的心跳。他一靠近,她就怕被他听到。

戚乔深深地舒了口气。

台上,第一组表演结束。

考核的老师没有鼓励式教育的理念,从开口到最后一句全是挑毛病。

"牵个手都畏畏缩缩的,你们是在干吗?人家小学生牵手跳校园舞都比你们大方。"

"放不开?放不开就去转专业,这是一个导演系的学生应有的水平?"

"下去看录像找自己的问题,下一组。"

几句话说得整个教室的人瑟瑟发抖。

戚乔回头，看了眼谢凌云。他倒云淡风轻地对上戚乔的视线，还挑了下眉问："怎么了？"

戚乔捏了捏掌心，果断道："抱吧。"

"行。"谢凌云很顺从的样子，"听戚导的。"

戚乔虽然不想承认，但被人叫"戚导"，真的很快乐。

排演教室的前排空地算作舞台。

谢凌云与张逸上场，"父子"二人为儿子的高考志愿发生争执，父亲坚持要儿子报考自己为他选择的志愿，而才成年的儿子却一心只想摆脱父亲的控制。

两人争执不休，甚至为此意外伤到一旁劝和的母亲。

戚乔候场，一边紧张地等待自己的戏份，一边又当观众。

不知道是北城人天生语言能力出众，还是谢凌云口齿太好，他的台词讲得很自然，丝毫没有表演痕迹。

很快到戚乔上场。

当爸爸发现一直听话的儿子背地里早已脱离了自己拟定的成长路线，怒火中烧。两人情绪再一次到达高潮，开始动手，戚乔扮演的初恋女友不慎被推倒在地，父亲口不择言，不欢而散。

谢凌云低头，拿着道具创可贴贴在戚乔手背上。

"对不起。"戚乔轻轻地挣开他的手，垂着眸不言语。

接下来便是谢凌云蹭她的脖子撒娇。戚乔早有心理准备，可真的被抱住后，心仍不受控地怦怦跳动。她几乎用尽了意志力，才完成接下来的表演。

颈间炙热的呼吸盘旋了很久才散去。

不到十分钟的剧目，真正演出后，仿佛一瞬间就结束了。

表演结束，四个人整整齐齐地站在老师面前，等着批评。

老师依旧保持着万年扑克脸，说："矛盾冲突处理得勉强算过关，但是戚乔——"姜还是老的辣，老师不绕弯子，直接说，"略微有点僵硬，尤其是拥抱那场戏。你们不是表演系，在这方面要求不会过高，但将来真到了片场，给演员导戏的时候，一个导演都动作僵硬，演员的悟性得多高才能演出好戏来？"

戚乔抿唇，乖乖地站着听批评，她不能辩驳。

老师一碗水端平，说完戚乔，其他几个人也没放过，张逸的几个情绪没有处理好，另一位同学反串出演，放不开，动作神情也有不少问题。

总之，都有毛病，都有进步空间。

至于谢凌云，老师盯着他看，半晌，笑了声："你倒像是本色出演，台词不错，情绪处理也到位，及格了。"

谢凌云也不装腔作势，坦荡道："差不多，这场景经历过不少，算是占便宜了。"

老师笑了："倒挺诚实。行，你们组下去吧，第三组。"

戚乔还沉浸在刚才被批评的那几句，她有点沮丧，余光里看见队友鞠躬，她也跟着弯腰，下意识地朝右边走。

手腕被人握了下，很快又放开。

"戚乔乔，走这边。"谢凌云低低的声音传入耳中。

戚乔愣了一下，她用另一只手压在刚才被握着的腕间皮肤上，烫得心都漏跳一拍。

戚乔与谢凌云一组拿到了考核第二的成绩，不算差。

所有小组表演完，老师对每一组都进行了细致的点评，拖到晚七点钟，这堂课才下。

半天下来，大家的精神饱受折磨，实质收获却不小。

回宿舍的路上，戚乔反思了一番，老师说的都没错。她准备对着录像复盘，表演中最细微的环节是微表情，最能打动人心的也是微表情。她打算再对镜练习几次，顺便可以和于惜乐互相指导。

还有一条——下次上课要避开和谢凌云搭档，就算搭档也不能和他演感情戏，太危险了。

这样计划完，戚乔正想跟于惜乐商量未来课后练习一事，却见她一路板着的脸到现在还没放松。

"惜乐？"戚乔戳戳她的手臂。

于惜乐蹙眉深呼吸，显然课上受的气还没撒完。

"怎么了？"戚乔试探道，"还在生薛启文的气？"

"不是他还能有谁！"于惜乐双手叉腰，气得不自觉加快步行速度，头发也跟着一颠一颠的，"这个薛启文仗着自己比我们多点经验就独断专行，完全不听我们其他人的想法和意见！"

戚乔确实没想到，毕竟薛启文外表看起来，跟于惜乐口中所述完全不一样。

于惜乐憋不下这一口气，转身，双手捏着戚乔肩膀，申冤道："偏偏还装作一副温柔样，跟个笑面虎似的，说的比唱的好听，三两句就叫我们组另外两个对他顶礼膜拜，拍过戏了不起吗？！"

"他做过导演？"戚乔问。

于惜乐说："似乎拍了两部长片。"

"那好像……"戚乔由衷道，"确实挺厉害的。"

于惜乐恨铁不成钢："戚乔！你是我这边的！"

"你别生气了，就当和他们这种有经验的一组学习了。"戚乔缓声道，"而且你们组是第一，老师夸了那么多，说明他那些经验也很有学习价值。"

于惜乐脸色垮下来："唉，我也知道。"

戚乔开门，计念一人坐在电脑前写作业。

"才下课？"

"嗯。"戚乔说，"我们挨骂回来了。菲菲呢？"

"拉了窗帘，开了'勿扰模式'，在里面看小说呢。"

计念忍俊不禁，见两人一个比一个丧，问："表演课这么痛苦的吗？"

于惜乐唉声叹气："谁发明的小组合作，真的好痛苦。"

说完，往桌上一趴，她泄气道："我再也不想跟薛启文同组了，老天爷，你听见了吗？"

话音一转，于惜乐看着戚乔，露出几分羡慕的神情："我感觉你们组就很愉快，张逸演了个爸爸，快乐得像个二百五。我们都是现实伦理题材，你和谢凌云却演了段偶像剧，小情侣腻腻歪歪的，啧啧。"

床上的楚菲菲听见，立刻从咸鱼变狗仔："谁？谁谈恋爱了？"

计念解释："她俩在说表演课。"

楚菲菲在"勿扰模式"下依旧耳聪目明："我听到你们提了谢凌云的名字，他谈恋爱了？"

"不是。"戚乔解释,"是表演课,分组考核,演情侣而已。"

楚菲菲"哦"一声:"我还以为他真谈恋爱了。"

于惜乐开了罐酸奶,边喝边问:"你对我们班男生倒是很了解?"

"给我一罐。"楚菲菲拉开了窗帘坐起来,"不是了解,是你们班谢凌云确实挺出名的。"

于惜乐递了一瓶酸奶过去,不忘说:"一块五啊。"

"知道了知道了,抠死你算了。"

戚乔忍不住追问:"他怎么出名了?"

"都是我逛学校论坛看八卦知道的。"楚菲菲盘腿坐着,道,"出名当然是因为帅啊。"

戚乔不禁笑了——心想倒也是。

"不过当然也有点别的原因。他北城人,家里应该也挺有钱的。"说起这些八卦消息,楚菲菲滔滔不绝,"不是还休学过一年吗?据上一届知情人士透露,在此之前,他已经在宾大读了半学期管理学。"

楚菲菲缓了口气,咬着吸管喝酸奶。

"宾大……是我知道的那个宾夕法尼亚大学吗?"计念忍不住道,"他自己考的?"

"这种细节我就不清楚了。"

楚菲菲坐在上铺,十分满足底下三个室友好奇的反应,慢悠悠地继续:"读了半学期,觉得没意思,人家就退学回国重新参加了高考,瞒着家里人报了导演系。传言说休学是因为家里不同意他学导演,闹得蛮厉害,本来以为休着休着就又重新回去念宾大,没想到今年居然还真来报到了。"

"真的假的?"于惜乐道,"我们同班的都不知道,你怎么了解得这么清楚?"

"也不看看我是谁。"楚菲菲抬抬下巴,继续,"我们班有个女生在追他,她又不知道怎么认识了谢凌云的一个高中同班同学。一部分是从她那儿听来的,另一部分都是学校论坛上有人发的,隔几天就有人讨论他,还蛮有话题的。"

戚乔听到这儿,放下书包,在自己桌子前面坐下,拿出来一盒油画笔。相比于计念和于惜乐依旧好奇心强烈地追问,她显得兴趣泛泛,起码表现得如此。

她捏着油画棒在纸上作画时，心却早分走了一大半。直到听见楚菲菲八卦中的主人公换成了表演系一对男女生的恋情，才将注意力全部放在画画上。

十一月了。不到八点，窗外的天色已经漆黑一片。

北城的秋风萧瑟，树叶黄了又落，天地变得荒芜，冷冷凄凄。

她画了夜色下的教学楼。一小时前下课时，走在路上，回头的那一眼记到了现在。

谢凌云与室友并肩走着，他的个子真的很高，张逸和蔡沣洋在他的面前矮了半个头。

路灯和月光照着少年的影子。

戚乔只看了一眼，便回头，被于惜乐拉着往宿舍走。那个场景却在脑海中久久地回旋。

"戚乔乔。"她想起考核结束时听到的这一声低唤。

戚乔轻轻地眨了下眼睛，枕着手臂趴在桌上，等颜料彻底晾干。

她把它贴进了日记本中，等于惜乐几个去洗漱时，趁无人，提笔写下：又多了一点点。——2013年11月4日

男生宿舍楼。

张逸一进门，瞧见宋之衍在摆弄自己的相机镜头，包也没卸，直接走过去："兄弟，我帮你打听过了，戚乔没男朋友。"

宋之衍停下擦拭镜头的手："你真去问了？"

张逸拍胸脯："放心，我问得十分不动声色，戚乔没有一点儿怀疑。"

谢凌云和蔡沣洋这时也进了宿舍。

"怎么样，我够意思吧？"张逸邀功，"这你不得犒劳我一下。"

蔡沣洋闻言上前，抓住机会，没出力也跟着蹭功劳。

谢凌云却显得漠不关心。他与宋之衍的床位相对，他径直走过去，拉开凳子坐下看手机。

贺舟发来消息，他大爷禁不住软磨硬泡，最终还是决定把那台胶片摄影机卖给谢凌云，贺舟在微信上问他哪天有空。毕竟面对的是一出手就能净赚几万块的利益诱惑，谁不做谁傻子。

谢凌云回复：周六吧。

身旁，另外三人聊得火热，基本以张逸和蔡沣洋拱火为主。

谢凌云不在意地当背景音。

宋之衍实在受不了张逸和蔡沣洋捧哏逗哏似的追问，道："都说了我对戚乔没那个意思，你们以后也别打扰人家，让人困扰。"

"少装。"蔡沣洋却说，"那怎么每周思修课，你小子都惦记着找跟人姑娘挨得近的位置？"

谢凌云回头，瞥过去一眼。

宋之衍解释："还不是因为你们都想要坐后排？我才每次都占那一排。帮戚乔她们占座的那个女生估计也是这么想的。"

"所以，"他总结，"都是巧合。"

微信再次振动，谢凌云收回目光，那三人也消停了下来。

戚乔之前加了好几个学校的兼职群，平均每周都能接到一两个剪片子的活儿。

为着挣这份钱，在正式上系里的剪辑课程之前，她也渐渐自学了不少以前不会的技能。

十二月初时，戚乔偶然在群里接了份不同的兼职。

有个做服装的甲方想拍一部宣传短片。

预算有限，所给薪酬在同行业中偏低，没有职业导演接，几经波折，招聘信息便传到了电影学院的学生群。

有位大四的学长接了下来，想再找一个低年级学生做助手。

戚乔看见得及时，加上学长的微信，报了自己的信息，又传了一段以前自导拍摄的短片。

学长看完，很快同意，并和她约定了周末两天拍摄。

分给戚乔的报酬其实并不比她剪两天片子赚得多，但这次机会难得。

周五晚上，戚乔给远在藏区采风的爸爸打了电话，却得知他们一行人在吉隆租了户农居，决定住下来，体验当地生活。

估计又是临时起意的念头，戚乔无奈，问："告诉妈妈了吗？她听了又要担心了。"

"我们一伙人，有什么可担心的，爸爸又不是小孩了。"

戚乔叹气，她爸的生活技能和艺术修养有天壤之别，恐怕还不如刚成年的她。

又聊了几句，电话那边传来闹哄哄的声音："老戚，还没打完？"

"快了，马上来。乔乔，爸爸要和朋友去写生了。"

"这么晚了还要出去吗？"

"这儿的星空特别漂亮，爸爸准备画一幅送给你。"

戚乔笑说："好啊，那到时候挂我房间。"

"行！乔乔啊，在学校也要照顾好自己，不要只顾省钱，好好吃饭，那些兼职就算了。"

戚乔怕她爸也传染了唠叨的毛病，赶紧说："知道啦，爸爸，你去忙吧，我挂了。"

挂了电话，她才想起刚才电话中听到的好像是一个女人的声音。

在家时，也经常有爸爸书画协会的朋友来家里，男女都有。戚乔没想太多，和妈妈又打了视频电话，聊到十点钟，便准备洗澡睡觉，明后两天还有大事要忙。

很快到了广告片拍摄那天。第一天是棚内拍摄，租下的场地在艺术中心。离得太远，戚乔六点钟就起床出门，地铁转公交，终于赶在约定的时间抵达，摄影棚已经布置得七七八八了。

负责的学长实操经验丰富，见戚乔到了，将自己提前画好的分镜本给她。戚乔接过，翻了几页，看得出来这份分镜图下了不少功夫，示意一目了然。她一边熟悉机位布置和场面调度，一边暗自学习。

没太多工作人员，除了副导演，戚乔还兼任了摄影助理、灯光助理、场记和场务。

挣一份钱，干八份工作，忙到连喝口水的时间都没有。

拍摄服装设计公司宣传短片，不需要演技多么精湛的演员，请来的都是模特。

定好灯光，戚乔和学长沟通，明确他想要的呈现效果之后，便马不停蹄去给演员讲戏。

一共五个模特演员，其中三个模特都有过广告拍摄经验，镜头对他们而言并不陌生,喊开始立马便能进入状态,这几人的戏份拍摄也很顺利。

但请来的小演员今年才六岁半,虽然拍过几支广告,到底是小孩,连拍三次,小演员要么忘词,要么情绪不对。

他们预算有限,不敢在这种地方耽搁时间,学长让戚乔把小演员带下去调整情绪,自己则先完成其他镜头的拍摄。

小男孩名叫柯柯,他妈妈陪在身边安抚,但还是于事无补,柯柯怎么也不肯配合。

戚乔用尽了毕生所学的哄小孩子技能,柯柯一看见黑乎乎的摄影机,还是止不住哭,呜呜地喊着"大妖怪"。

戚乔擦掉额角的汗,眼睛亮了亮。

园区里都是各类私人画廊和设计室,戚乔找了好久,才看到一家卖各种动漫周边的小店,价格比市面贵了一倍。

戚乔狠了狠心,自掏腰包,斥巨资买下一个奥特曼模型。

赶回棚内时,却见柯柯和一个打扮时髦的同龄小男孩玩得正开心,哪里还有她离开时哭唧唧的样子。钱似乎白花了,但戚乔还是松了口气,只要这位小祖宗配合就好。

她走过去,正好听见戴着只英伦侦探帽的男孩对柯柯说:"哇,你拍过这么多广告啦,那你是大明星吗?"

柯柯不好意思地回:"我还不是呢,我妈妈说我是小童星。"

戚乔笑了笑,等那两人又聊了一会儿,走过去,把买来的玩具递过去:"柯柯,你看这是什么?"

"哇,迪迦!"戴侦探帽的时髦小男孩抢答。

"有迪迦保护柯柯,是不是就不怕那个大黑怪物了?"

柯柯欢欢喜喜地抱住迪迦:"嗯嗯!"

戚乔赶紧带着柯柯去找学长,趁他不闹脾气,立刻补完了刚才的几个镜头。

戚乔在旁盯着看完监视器,心口的石头总算落下来。

袖子忽然被人拽了拽,戚乔低头看过去。

"姐姐。""小侦探"眨巴着一双大眼睛,甜甜地喊,"我也想要迪迦。"

"小侦探"可怜又眼巴巴地望着她,谁看了都不忍心。

还没来得及戚乔回答，身后传来道声音："顾念昱。"

听见这声，"小侦探"的脸色一垮，嘴巴一噘。

来人穿着一身干练的白色女士西装，拎着一只手包，手臂环在胸前，往那儿一站，气场十足。

顾念昱"哒哒"小跑过去，小手背在身后，解释："妈妈，我没有在外面要饭。我在和姐姐聊天呢。"

戚乔不禁多看了一眼。那位女士看起来实在不像能生出七八岁大孩子的年纪。

监视器前的学长走了过来："陈总，您怎么来了？戚乔——"学长主动介绍，"你还没见过对吧，这位是一念服装设计公司的陈辛陈总。陈总，戚乔是我同校学妹，她也是导演系的学生。"

陈辛不苟言笑，是位冰冷美人，只冲戚乔点一下头："我顺路过来看看，你们继续，不用管我。"

戚乔回之一笑，便去忙工作。没想到中午休息时，陈辛还没有走。

顾念昱抱着自己的饭盒和戚乔趴在一张桌子上吃饭："姐姐，你觉得我能当大明星吗？"

这小孩长得粉雕玉琢，也不怕生，跟谁都能搭上两句。

戚乔问："你想当大明星？"

顾念昱为自己争取："还有没有像柯柯一样的角色？我不要迪迦奥特曼，也不要片酬，我免费打工！"他说完，长长叹了一口气，"可是我妈妈不让我拍，要不是我今天早上求了那么久，她都不带我来看。"

陈辛在旁接听工作电话，分神中听见顾念昱的话，朝戚乔说："别管他。"

结果好巧不巧，下午刚开拍，柯柯那边就出了状况，吃坏了东西，闹肚子。

但午饭是柯柯妈妈专门带他去园区的餐厅吃的，并不是和其他人一样的盒饭。

陈辛叫来车，紧急送去了最近的儿童医院。

少了个演员，并不是什么大事，但这种小演员却难找到合适的。

学长急得打了好几个电话，都没有寻到合适的小孩。

顾念昱再次悄悄地拽戚乔的袖子，毛遂自荐："姐姐，我可以呀。"

顾念昱是个再合适不过的救场人选。

Chapter 2 / 戚乔乔 067

戚乔与学长对视一眼。

"戚乔，你给他讲戏，我去和陈总谈。"

陈辛虽有犹豫，但场地和机器只租了两天，其他演员的片酬、摄影师的酬劳，甚至饭钱，拖一天就是一天的支出。

犹豫再三，陈辛在儿子热烈的期盼和学长的劝导下点了头。

顾念昱开开心心地去换了衣服。这小孩机灵又活泼，对着镜头与众多工作人员亦不怯场，效果竟比柯柯还要好。

两天的拍摄顺利结束，顾念昱成了全组团宠，嘴巴比蜜还甜，人见人爱。

两天一夜的拍摄行程，戚乔只睡了不到六个小时，但精神却很兴奋。

虽然她不是总导演，但勉强可以算作第一次真正进组拍摄。即便只是一支广告，她也觉得满足。

今天顾念昱的拍摄服装更加绅士，是陈辛亲自设计的一套儿童西装。

"戚乔姐姐，我可以加你微信吗？"顾念昱依依不舍地抱住戚乔的胳膊，卖萌又撒娇，"以后你还给我拍广告，好不好呀？"

戚乔莞尔："你还有微信？"

"我没有，是我妈妈的。但是我有 QQ 号，你有吗？"

"有啊。"

顾念昱掏出自己只能玩 QQ 农场的手机："我可以偷你的菜吗？"

"你也可以偷我的呀，"顾念昱打商量，"我已经二十九级了！"

"顾念昱。"陈辛走了过来。

一句话让人小鬼大的机灵鬼熄火。

陈辛跟戚乔道声辛苦，才挂断的手机又有电话进来。她一手牵着顾念昱离开，一手拿着手机讲工作。

戚乔朝依依不舍、频频回头的顾念昱挥手告别，一直紧绷的身体终于放松下来，累了两天，现在只想回宿舍睡觉。

戚乔坐学长的车回学校，从园区出来，遇见陈辛的车。

开车的是位面容俊秀的青年，戴一副银边眼镜，伸手接过顾念昱。

戚乔两天没有见过陈辛的笑脸，此刻，却瞧见冰冷美人绽开笑颜，莫名地跟着弯弯唇角。

"羡慕？"学长打趣。

"没有。"戚乔想了想，说，"只是觉得这样很好。"

学长说："那位是陈总老公，学的是珠宝设计，两人是大学同学，毕业后一同创业开了设计公司，在北城这寸土寸金的地方，想站稳脚跟多难。他们挺让人羡慕的。"

戚乔目光柔和："我爸妈也是同学。不过他们一个学的是艺术，一个学的教育，感情也一直很好。"

"家庭幸福是很幸运的事。"学长说。

一个小时后，两人抵达学校。

学长准备回在校外租的房子，请戚乔代为归还从学校器材室租赁的设备，只有台摄影机是从学校租借的，不算多。

"我说早了，你拿得动吗？这玩意儿也不轻。"

戚乔点头，器材都装在航空箱里，有轮子，她虽然累了，但推着走也能承受。

"可以，学长放心吧，时间不早了，你也赶紧回家。"

"那行。明天粗剪，我也不找剪辑师了，肥水不流外人田，你接过那么多兼职，这种短片没什么问题，我再跟陈总谈一谈，给你加钱。"

戚乔自然乐意："好，谢谢学长。"

学长很快离开。

天色已暗，戚乔揉揉脖子，刚迈脚，一辆车倏地停在校门前。底盘很高的一辆黑色越野，车灯骤亮，戚乔抬手挡了挡光，看见车尾的三叉星标志。

她正想朝校门口走，忽然听见有人喊她："戚乔？"

戚乔回头，看到了从副驾下来的宋之衍。

北城的十二月已经足够冷。

"怎么一个人，才从外面回来？"宋之衍问。

戚乔点头。

"是不是很重？"宋之衍看向她手里的设备箱，"我帮你拿。"

戚乔怕麻烦别人，怕欠人情，更重要的是，她觉得和宋之衍不熟，因此对于这种帮助更觉得无所适从。

"没关系，不重，底下有轮子的，我推着走就好了。"

话音落下，又有两人从车后座下来，是张逸和蔡洋洋。

戚乔顿了一下，下意识地朝驾驶座的位置看去，眼中闪过一丝光亮。可惜那车隐私性太好,单向玻璃,看不见车内情况。

她的目光还停留在玻璃上,引擎却再次启动,轿车缓缓向前开去。

她抿了下唇角,收回视线。

"戚乔,你怎么一个人?"张逸瞧见刻着学校标志的设备航空箱,诧异道,"咱们才大一你就租机器去外面拍东西了?"

戚乔摇头,只道:"不是,是帮一个学长还的。"

宋之衍再次道:"看着挺重,我送你回宿舍吧。"他的语气温柔有礼。

张逸笑呵呵地说:"那行,你先送戚乔回女生宿舍,我们在这儿等谢凌云就行。"

戚乔愣了一秒:"谢凌云?"

"啊,他停车去了。"

蔡沣洋念叨:"找不到车位吗,怎么还没回来?"

戚乔不由又朝那辆车离开的方向望去。

树下人行道,路灯昏黄地落下层光,一道熟悉的身影渐渐靠近。

他穿了件深色及膝风衣,米色羊毛毛衣,黑色长裤裹着一双修长笔直的腿。

2013年的初冬,最后一片金色银杏叶擦过谢凌云的肩头,在戚乔眼前落下。

谢凌云几步走了过来,瞧见戚乔,微微诧异。他垂眸扫了眼戚乔的脸色,随即道:"干什么去了,累成这样?"

戚乔心里一紧。

高强度的工作让她已经十二个小时未眠,几分钟前下车,迎着北方凛冽的西北风,只觉得仿佛能被那阵风吹过南北分界线。

她轻声说:"兼职。"

谢凌云没有再问:"回宿舍吧,都站这儿等风吹?"

戚乔吸了吸鼻子,下巴缩进毛衣衣领中,身体似乎对北城的冬天还很不习惯,隐隐有感冒的趋势。

她正想伸手去推箱子,还未碰到,航空箱把手上同时落下两只手。

"我来吧。"

谢凌云和宋之衍同时开口。

三人的手同时暂停在空中。戚乔愣了下,才抬眼。

宋之衍与谢凌云四目相对,都没有料到对方会同时伸手。

空气中弥漫着一丝说不清道不明的气息。

张逸忽地上前,用手钩着谢凌云脖子拉了他一把。

"宋之衍刚才就跟戚乔说好了送她。"说着,用肘关节怼在谢凌云的腰侧,压低声音,挤眉弄眼,"这时候不用乐于助人,兄弟,走走走,咱们先回宿舍。"

戚乔并未听见他们后半句的悄悄话,只看见谢凌云面无波澜地松开了手。他的目光在戚乔脸上短暂地停留,而后,手抄进风衣口袋,迈步向前。

航空箱的车轮滚动,向前滑出去半米。

宋之衍神态自若:"走吧,这儿太冷了。"

身体疲惫至极,戚乔道声谢,最终没有拒绝他的帮助。

器材室在教学楼,几人在岔路口分开。

宋之衍陪戚乔去还摄影机,而谢凌云几人则先回宿舍。

戚乔本想拖到明天再归还,但租赁日期只到今天,再拖又得加钱。

她取出学长交给她的各种票据,宋之衍动作自然地接过来。

一楼大厅有休息的位置,他指了指:"你去坐着休息,我上楼还就行。"

"太麻烦你了,没关系,我上去就可以。"戚乔说。

宋之衍展眉笑说:"这点儿小事而已,你就交给我吧。"

男生眼中满是诚恳,戚乔不再推辞。等了不到五分钟,他便乘电梯下来。

"怎么样,我说很快吧。"宋之衍笑说,眼尾微耷,有点像狗狗眼,增添了几分温和的亲近感,"可以回宿舍了。"

才坐了五分钟,戚乔就差点要睡着:"谢谢,麻烦你了。"

她揉揉眼睛坐起来,睡意蒙眬,夜间的灯光笼着她的身体,有种暖融融的色彩。

宋之衍没能移开视线,过了好几秒,在对上戚乔略显疑惑的目光后,才猛地偏头。

"不用客气。"宋之衍飞快说,他率先迈脚,"我送你回宿舍。"

戚乔点头,两人刚出教学楼,一阵冷风席卷而来。

戚乔不禁打了个喷嚏。

宋之衍脚步一顿:"感冒了吗?"

戚乔摇摇头:"还好,可能是这两天被风吹到了,睡一觉就好了。"

"未来四年,你可能都要习惯下北城的风,到明年三四月,估计才能好点儿。"宋之衍说着,绕到戚乔左前侧,不动声色地挡在风吹来的方向。

戚乔并未察觉,到宿舍楼下,再次郑重向宋之衍道谢。

"今天谢谢你。"戚乔思索一番,还是决定直接问,"你有喜欢吃的东西吗?"

"要当谢礼吗?"宋之衍玩笑地问。

戚乔轻轻点头。

"吃的就不用了。"宋之衍掏出手机,"或许,咱们可以加个微信?"

宋之衍回宿舍时,另外三人正围坐在谢凌云桌子前看电影。

听见开门的动静,张逸看表,拖着调子说:"九点了,我们都回来半小时了。兄弟,看来是有点情况?"

宋之衍笑骂了一声,打开抽屉,翻出来一盒东西,放在对床的谢凌云桌上:"明天你们上课,帮我把这个给戚乔。"

谢凌云戴着一副头戴式耳机,声音开得很大,宋之衍的话正好在一个音画静谧的间隙传来。

他点一下触控板暂停播放,拽着耳机,挂到了脖子上。

"她感冒了?"谢凌云问。

宋之衍:"我听见她打了个喷嚏,估计有感冒的趋势,还不适应北城的冬天吧。"

"啧啧,这就开始嘘寒问暖了。"蔡沣洋跟着调侃道。

"你们少来。"

宋之衍自动忽略他的调笑,编辑了一段信息发送后,拍了拍谢凌云的肩膀。

"我微信上跟她说了。那俩没一个靠谱的。你明天记得帮我拿给戚乔,谢了,兄弟。"

谢凌云回答得很快:"行。"

张逸发出长长的吸气声:"还加上微信了?"

蔡沣洋点评:"够可以的。"

宋之衍却皱眉思索了片刻,伸手,将那盒药又拿了回来,他自言自语了一句:"这样会不会太明显了?"。

张逸犀利评价：“路过的狗看了都知道你什么心思。”

谢凌云闻言，顿了一下，望向宋之衍：“你喜欢戚乔？”

“你才看出来？”蔡沣洋略微无语。

“说实话，我不知道。”宋之衍靠在桌前，不知想到什么，眼底含笑，声音温润，"但是她很吸引我。"

周一一早，戚乔起床便感觉到一丝感冒的征兆，她睡够了八个小时，依然觉得脑袋有些昏昏沉沉。她吞了颗感冒药，和于惜乐去上课。

今天气温更低，戚乔却只在大衣里面穿了一件毛衣，临走前怕外面的风太冷，找出来围巾裹住略露在外的脖颈。

这周的英语课在视听教室，戚乔找了个靠近暖气片的位置，将腿贴过去，才渐渐感觉到暖和起来。

"还好吗，要不干脆请个假吧？"于惜乐建议。

这节课有过程性考核，老师两周前就留了presentation（演讲报告），缺席就得少一门平时成绩的分数。

导演系一年的学费就要一万，戚乔想，如果能拿到奖学金，爸妈的负担能够减轻不少。她也并未逞强，感冒的确不重，还是坚持上课。

预备铃响，有人踩点进来。

戚乔正在顺等会儿的PPT，习惯性地从电脑前抬头，不出所料，谢凌云的时间管理严格按照学校作息表，他从不会早到一分钟。

他今日一身黑色装扮，帅得十分冷酷。

戚乔只看了一眼，目光便重回屏幕，嘴角却弯了弯，美色比一片感冒药还要管用。

谢凌云在她身后的位置坐下。

老师调整好电脑，便开始上课。

谢凌云学号排在第一，率先上台。他的口音是很标准的美式英语，无比流畅，偶尔还会蹦出几个俚语单词。传言不假，他的确在美国待过一段时间。

听完他的演讲，等自己也演讲结束，耳旁叽里咕噜的外语在感冒药的副作用下，仿佛变成了催眠咒语。终于挨到下课，戚乔的灵魂仿佛都被抽走了一半。

可惜今天满课,根本没有休息时间。

换教室去上表演课,上一节的学生却还没下课,十几个人站在走廊外等。

怕传染别人,戚乔戴了一只白色口罩,口鼻被捂着,更加想睡觉。意志力打不过瞌睡虫,她靠着墙就这么睡着了。

于惜乐上完厕所回来,眼看靠着墙壁站着的人闭着眼正睡着,脑袋渐渐垂下。

她正想冲过去,有人先她一步。

戚乔被颊边的温热触感惊醒,还没睁眼,先闻见一股熟悉至极的清洌味道。

她猛地抬头,谢凌云不知何时出现在旁边,垂眼盯着她问:"昨晚没睡吗?困成这样。"

戚乔攥紧手指,滚烫的温度从脸颊升腾而上,她一时失语:"我……"

"乔乔感冒了。"于惜乐接话,又问戚乔:"还好吗?"

戚乔点头,无比庆幸出门前戴了只口罩,能把此刻的赧然与窘迫全都藏起来。

她低声对谢凌云说:"谢谢。"

他淡淡地"嗯"了一声,让开了位置给于惜乐,并不在意的模样,似乎只是一个随意的举动。

戚乔抿了下唇,看向走廊外的天空。

空气寒冷,到处都是一片灰白,若没有雪,北方的冬天实在没有什么好看的。

戚乔的视线却流连于校园内唯一一棵四季常青的侧柏上,虽然只看得见一个树梢。

下课回到宿舍,戚乔收到一条来自宋之衍的微信。

宋之衍:感冒了吗?

戚乔:嗯。

戚乔:你怎么知道?

宋之衍:听我室友他们说起的。

宋之衍:好点没有?我这里刚好有盒感冒药。

戚乔隐隐察觉一丝微妙,隔了五分钟,回复:不用了,我吃过药了,谢谢。

宋之衍：那好吧。

戚乔没有再回复，松了口气。

她吃完饭，又喝了药，早早地上床休息，睡了一觉后，感冒好了一大半。

一周后，学长发来了粗剪的片子。戚乔花了一周的时间将其精剪完成。最后还差一个女声旁白，学长找了几位，均不满意。

正好与学录音艺术的计念专业对口，她最近也被戚乔影响，打算勤工俭学，减轻下父母的负担，但投了几份简历，人家对于没有经验的学生都是拒之门外。

戚乔便让计念录了一段，两人一个指导，一个反复练习，花了小半天，将试音发过去。

学长听完，很快回复，竟意外地满意。拿到报酬的那个周末，计念开开心心地请戚乔吃饭。一共才挣了两百块，戚乔选择了消费较低的食宝街，两人吃了份单价十二块钱的花甲粉。听到旁边一桌的人聊天提起，附近的湖面结冰了。

戚乔还没有在结冰的湖面上玩过，听三个北方室友在宿舍说起时便十分心动。

不提赚到了第一笔兼职费，计念光是能为一支宣传片配音便已经情绪高涨了好几天。她当下大手一挥，带着戚乔去滑冰。

来滑冰的人很多。戚乔和计念租了个滑冰车，一前一后坐着蹬脚踏，小车便在冰面上滑行起来。

戚乔第一次玩，比较亢奋，将整个前海都绕了一圈，停下来休息片刻，才突然感觉到腿脚都累得抬不起来。

计念比她还累，说什么也不肯再继续玩了。

休息了半小时，戚乔望着另外半片围出来专门做溜冰区域的湖面，产生了兴趣："咱们去玩那个吧。"

计念累瘫了，恨不得原地躺下："你去，我在这儿等你。"

"好，那你等我，我玩半个小时就回来。"

戚乔的新奇劲儿还没过，她说走就走，蹬着自己的小车往岸边靠。蓦地，风将一道熟悉的声音吹到了耳边。

"加个微信吗？"

"没有。"

Chapter 2　/　戚乔乔　　075

"真的没有吗?"

"我还骗你不成。"

戚乔循声望去,侧前方,谢凌云坐在一辆小小的滑冰车里,手里还拿着两根铁制的滑冰杖。他穿着件白色羽绒服,帽檐儿有一圈绒绒的鹅毛,一双长腿委屈地在车前曲着。头上反戴着一顶棒球帽,可能是怕遮挡视线,帽洞中翘出来几撮头发,却更添几分少年气。

此时,他的小车前堵着一个同样滑冰的女生,看样子是正在搭讪。

"好吧,那你有女朋友吗?"

谢凌云:"有。"

戚乔愣了愣。

这时,不知从哪里窜出来个小麦肤色的男生。

戚乔一眼认出来,是当初开学时去找谢凌云的那位朋友。

贺舟扬声:"美女,他没女朋友,都单身十九年了。"

谢凌云"啧"了一声,抬眼望向贺舟,也是这时,他瞧见了在同一方向的戚乔。

四目相对,他停留了一瞬,随即笑了声:"谁说没有。"

"戚乔乔,"谢凌云喊,"过来。"

戚乔愣在原地。

谢凌云却向堵在面前的女生一指:"看见了吧?我女朋友来了。"

女生失落离去。

谢凌云摆脱纠缠,戚乔愣了好几秒,贺舟差点一个趔趄,摔个狗啃冰面。

"天啊,"贺舟大喘气地说,"什么时候有女朋友了?你不告诉我?"

"嘭"的一声。

戚乔小冰车被撞得往后滑去。下一秒,被人拉住车头,轻而易举地拉了回来。

谢凌云将冰车停在戚乔面前,像个当街拦路的恶霸,语气却挺好:"一个人?"

戚乔:"还有我室友,她累了在休息。"

谢凌云"嗯"了一声:"刚才……"

话还没说完,贺舟从五米之外横冲直撞而来,三辆冰车碰撞在一起。

戚乔毫无防备，且他带着加速度冲过来，那股力差点把她的小车撞翻，连带着身体都歪了过去。

谢凌云及时伸手，扶着车头，伸手按在把手上，戚乔的半边手背碰到了他的掌心。

谢凌云的手很快移开，他扫了贺舟一眼："你属牛的？"

贺舟："我属小狗狗的。"

贺舟不管他，径直将注意力转移向戚乔："妹妹，你看上他什么了？"

谢凌云："滚，谁是你妹妹。"

"不是，我就礼貌地句话都不行？"贺舟低头看着三个挨在一起的车头，道，"嘿，我们仨现在好像奔驰车标。"

谢凌云："傻……"顿了一下，望了眼戚乔，到嘴边的话拐了个弯，"……瓜。"

贺舟抖抖身上的鸡皮疙瘩，十分抗拒："你别这么恶心。"

戚乔却不禁笑了笑。

贺舟两条胳膊架在车头，捧着脸看着戚乔："妹妹，你长这么漂亮，想找什么样的没有？跟我说一下呗，怎么就选中了谢凌云这混蛋了？"

不等戚乔回答，谢凌云突然抬脚在贺舟冰车上踹了一脚，使他连车带人滑出去三米远。

贺舟："啊！"

"甭搭理他。"谢凌云真不理他，对戚乔道，"刚才谢了。"

戚乔轻轻"嗯"了一声："不用谢。"

湖面上吹来阵风，戚乔连围巾都没戴，冷不丁地打了个喷嚏。

"感冒还没好？"谢凌云问。

"已经……"话才说一半，谢凌云忽然摘下自己的帽子扣在戚乔脑袋上。

戚乔愣住。

谢凌云轻描淡写道："戴着吧。"

贺舟"哼哧哼哧"地滑回来："嫌我打扰你们搞对象是吧？"

戚乔摸了摸帽檐，心脏怦怦地跳动，像一支节奏感强烈的探戈，谢凌云便是鼓点。

"戚乔，是我同学。"谢凌云这才介绍，"刚不那样说，那女生能走？"

贺舟拉着长音,瞧着那顶换了主人的帽子,不太信:"真的?"

"嗯。"戚乔说,"我们只是同学。"

那只帽子,戚乔在一周后还给了谢凌云。

她把帽子洗干净,在冬日明亮的太阳下晾干,装进一只挑选了很久的纸袋中。在周五的最后一节课后,趁众人着急涌出教室的时刻,她喊住了他,递了过去。

谢凌云却只是从袋子里将帽子取出来,随手扣在头上,便要离开。

他周末很少会待在学校,或有车来接,或者开车走。今天似乎比寻常更着急走。

张逸的音量一向比别人大很多,戚乔听见他问:"周日回来吗?"

"不知道,再说。"

"回来呗,"蔡洋洋和宋之衍也说,"想给你过十九岁大寿呢。"

戚乔不由被吸走注意力。谢凌云的生日在周日吗?

有男生和戚乔一样听见他们的谈话:"谢凌云生日在这周末?"

张逸说:"可不是,这日子怎么样,冬至呢。"

谢凌云在班上人缘极好,主要是每次出门吃饭,谢大少爷都会请客的缘故。当下,有人听见消息,嚷嚷着要一起给谢凌云过生日。

戚乔也只有在这样的时候,当所有人的目光都投向他的时候,才会将习惯隐藏的视线跟随着大家大胆地落在他身上。

"走吧,谢导,咱们都多久没有出去过了。"

谢凌云却说:"没时间,我爷爷奶奶姥姥姥爷,七大姑八大姨都在家等着我,行程很满,挤不出空当儿。"

"少爷的生日都这么隆重吗?"张逸讶然。

谢凌云:"是的,都这么隆重,走了。"

少年修长的身影很快从视野中消失。

戚乔站在原地发呆,还是于惜乐走出去几步,发现人没跟上,又回头来喊她:"乔乔,干什么呢?"

戚乔回神,跟上来,嘴角却不自觉地翘了起来。

"想到什么了,这么开心?"

戚乔摇头："没什么，一件小事。"但这开心却一连持续了好几天。

她一想到谢凌云的生日在冬至就控制不住心里的雀跃，像藏着一只蝴蝶，在心房中不停地扇动着翅膀。

周日那天，食堂特供了四种口味的饺子。

戚乔的妈妈是北方人，戚乔从小到大，每逢冬至家里都会包饺子。

她从小到大都会惦记着这一天吃饺子。

戚乔今日从起床脑子里就一直盘桓着"今天也是谢凌云的生日"这句话。

好几次点进班级群里，在成员中找到那个备注写着"谢凌云"三个字的头像，却每一次都止步于添加好友。

戚乔叹了叹气，她竟然连这点勇气都没有，连说一声"生日快乐"都畏首畏尾。

"乔乔，你电脑里有没有《一个国家的诞生》？"正在做课程作业的于惜乐问。

戚乔摇头："没有，没找到资源。"

于惜乐塌着肩膀趴在桌上，下一秒，不知想到谁，腾地坐起来，拿起手机："谢凌云说不定有，我问问。"

戚乔愣了下："你加他好友了吗？"

"加了啊，之前想找一部片子，网上到处都没有，我听薛启文他们说谢凌云有超多资源，还都是买来的正版。"于惜乐一边打字一边说，"回我了，他还真有啊。"

戚乔顿了顿，想起自己连添加好友都踟蹰再三，不过……她好像可以模仿于惜乐刚才的做法，这样想着，终于点下好友申请。

他大概正好在玩手机，发出去三秒，列表便弹出来一条消息。

谢凌云：我通过了你的好友请求，现在我们可以开始聊天了。

戚乔找到了一条借口：你有没有《隆台尔的报务员》？

等了三分钟，对面发来：发你邮箱了。

戚乔用电脑登录，果然看到收件箱里静静地躺着一封来自谢凌云的邮件。

戚乔：谢谢。仿佛只是顺带的一句，紧跟着发送，生日快乐。

谢凌云：你怎么知道？

戚乔：周五那天听张逸他们说的。

隔了会儿，最下方弹出来条消息。

谢凌云：谢谢。

戚乔盯着他的头像看了两秒，想起来这是《天堂电影院》中，广场上的众人蜂拥着冲向高空中的光影画面的一幕，他截取的一帧，是所有人都在向前奔跑。

下一幕，他们中有人大声呼喊："快看，电影在那边！"

后来，2021年，《天堂电影院》重映中字预告中剪入了这一幕。

画面淡出之时，屏幕上出现两行字：电影永不散场，热爱永不褪色。

而那时，戚乔已经很久很久没有拍过片子了。

此时，戚乔盯着他的头像看了好一会儿，在好友列表新建了一条分组，将谢凌云的头像拖了进去。

同学、老师、家人，以及系统自定义的好友。现在，多了一条新的，只藏了一个人。

戚乔轻敲手机屏幕上的软键盘，编辑分组，将其命名为——我的秘密。

她将手机倒扣在桌面，电脑中开着才打开不久的《隆台尔的报务员》，她还没有看过这部电影。然而此时，她却没有丝毫欣赏大师作品的心思。

她拿出油画棒，画了《天堂电影院》中的那片大海。

靠墙的暖气片散发出热气，室内有些干燥，冬日下午的金色阳光从窗外透进来，照出一道光路，像台上的聚光灯，尘埃在里面跳舞。

戚乔将脑袋埋在臂弯，看了好久，伸手触碰，什么都没抓到，她的嘴角却一直弯着。她心中一动，提笔在日记本的一角轻轻写下：我在心里藏了一个人，他是我的秘密。——2013年12月22日

手机铃声响，是妈妈打来的电话。

"乔乔，在忙吗？"

"没有，刚吃完饭。"

"吃了什么？"

戚乔说："食堂的饺子没有妈妈做得好吃。"

戚母在电话那头笑了好一会儿："等你放假回来，妈给你做。"

"嗯。"

"乔乔，十八岁生日快乐。"妈妈说。

戚乔眼中包不住笑，满满地溢出来，流淌进这个温暖的午后。

考试周的时间就像一条湍急的瀑布，学生们都是紧赶慢赶地在复习中度过。

戚乔原本答应了几个室友在考完最后一门后要去北城周边的一处古镇玩几天再回家，却在临出发前一天接到妈妈打来的电话，说爸爸出了事。

他们在去一处雪山下写生时意外遇到了雪崩，好在雪崩之势并不大，又有当地的村民及时救助，没有人受重伤。

戚乔听闻消息，脸色瞬间变得煞白。得知爸爸安全无虞，已经坐上返程的飞机，提起的一颗心才放下。她立即收拾了自己的行李，买了第二天最早的火车票赶回家中。

戚怀恩身上只有几处擦伤，并不严重，休息几天便能痊愈。饶是如此，戚乔进家门前，隔着一道门，依然听见了妈妈细弱的抽泣声。

开门进去，只见爸爸头上包着一圈纱布，十分虚弱地躺在床上。左边脸还有一处擦伤，整个人都瘦了一圈。妈妈坐在床边，动作小心地替他擦药。

戚乔一瞬间眼角湿润。

戚怀恩看到了女儿："乔乔？"

戚乔几步走过去，还没靠近，眼泪便淌了出来。

戚怀恩心疼地说："乔乔乖，别哭，你看爸爸这不是好好的。"

"你还说，当初不准你去，你怎么也不肯听，现在伤成这样，还不是我们母女俩伤心。"妈妈睖了他一眼说。

见状，爸爸赶紧抬手，示意投降："是我的错，怪我，怪我。"

"弟妹，您也别生气，怀恩也是为了拉我一把，才被砸到了头，要骂，你就干脆骂我吧。"

戚乔才看到一旁站着的人，是位以前经常来家里的伯伯，姓孙。他身旁还站一个没有见过的女人。栗色的长卷发，长相温婉，穿一件驼色羊绒大衣。看着却很年轻，三十岁出头的样子，额头上也有处伤，想来是同行的朋友。

半小时后，戚乔送走了家中的客人，准备回房再看爸爸，却从门缝里瞧见，妈妈小声地责怪着，爸爸无奈又任她教训的样子，过了会儿，伸手抱着妈妈的肩膀安抚。

戚乔轻轻合上门，回了自己房间。

后来几天，不时就有爸爸的朋友带着水果前来看望。孙伯伯几乎天天过来，戚乔却再没有看见那天的那位女性。

南方没有暖气，戚乔乍一回家竟然还不习惯。连几部老师定下的必看片都是窝在床上看完的。

年三十那天晚上，班群里不知是谁先开始的，互相拜起年来。

戚乔一边看春晚，一边和妈妈包饺子，起初没有关注群里的动向，洗完手再看时，才发现收到了好几个同学的祝福消息。

戚乔一一回复：谢谢，也祝你除夕快乐。往下翻，却没有看到来自谢凌云的消息，想想就知道，他肯定是不会用群发消息的人。

电视中，冯巩老师一声嘹亮的"我想死你们了"将戚乔唤醒。

她莫名冲动编辑了一条群发消息，为了显得更加真实，特意百度了一条祝福，发送。

结果前半夜，她几乎都在回复以前同学朋友的感谢与祝福中度过。直至将要零点，戚乔困得打瞌睡，列表最上方突然出现个熟悉的头像。

谢凌云：戚乔乔，能走点心吗？这条消息我今晚已经收到六条了。

戚乔感觉心紧张地跳动着，睡意也没了。既想好好斟酌用词，又怕耽搁时间，他又不见了，只好赶着点回复。

戚乔：除夕快乐！这次是真心的。

谢凌云回复很快：除夕快乐，戚乔同学。

Chapter 3
意外的吻

大年初一，戚乔意外收到一条顾念昱小朋友的消息，嘴巴依旧很甜：戚乔姐姐，过年好！

戚乔：过年好，顾念昱小朋友，恭喜你又长大一岁。

顾念昱：谢谢姐姐！那为了庆祝我长大一岁，你把农场的菜收掉，快点种点新的吧！

这小孩，还挺锲而不舍，居然还没有放弃。

戚乔放假无聊，也为哄小朋友，登录了好久都没有看过一眼的 QQ 农场。

傍晚时，顾念昱又发来一条语音："姐姐，我二月就八岁了！我妈妈说要找人给我拍生日纪念视频，我一下子就想到了你，你来拍我好不好啊？我叫我妈妈给你好多钱！"

戚乔听完，只当一句玩笑。接下来几天，每日兢兢业业地给农场的花花草草浇水施肥，她的好友里已经没有还在玩这种游戏的人，只有一个顾念昱，每天准时来偷菜。

没想到又过了几天，陈辛从学长那里要到了戚乔的微信，特意来加她好友，说的正是为顾念昱拍摄八岁生日全程纪念视频，给出的报酬比戚乔一年学费还多，她自然承接了下来。

于是，她提前返校。戚乔自己那台微单性能十分勉强，她便借了于惜乐放在学校的一台 BMD 摄影机。

顾念昱家住顺义，戚乔提前搜索过，是个高端别墅区。她按约定时间到门口,给陈辛打了一通电话。没多久,陈辛牵着顾念昱出来,亲自接她。

过了个春节,顾念昱长胖了一圈,一见面,便叮嘱戚乔:"姐姐,你要把我拍瘦一点哦。"

陈辛不给儿子留面子:"年夜饭要啃一整个大猪蹄的时候,也不见你在意形象。"

顾念昱:"那还不是因为姥姥做的菜太好吃啦!"

他的表情太过可爱,戚乔笑着答应:"好,我会帮你后期修一下的。"

顾念昱开开心心地牵着戚乔的手:"那我们快回家。"

顾念昱的生日会请了不少人,同班玩得最要好的小朋友就有四五个,还有邻居家的同龄小孩。

此外,陈辛与丈夫顾岳麟一同创业的同事,以及几位志趣相投的多年朋友也都来了。

陈辛专门请了宴会设计师,将顾念昱的生日派对安排得特别又热闹。

戚乔前两天就拿到了派对的主要流程,又花了一天的时间写了一份拍摄大纲。按照这份计划进行,顺利完成了所有素材的拍摄。

戚乔给顾念昱准备的生日礼物是一本讲植物的绘本,她在书店挑了很久才选中。

顾念昱一天之内收到了几十份生日礼物,甚至还有爸妈的合伙人送来的限量版变形金刚模型,市面上已经买不到了,但他对戚乔送的这本一百多块钱的绘本仍旧爱不释手,尤其对着其中几页讲述农作物的内容,目不转睛地看了好几遍。

戚乔记录下他翻书的画面。别墅的客人已经渐渐离去,拍摄也即将到尾声。

最后一幕,戚乔想要以他们一家人的画面作为结束,却没有在一楼找见陈辛和顾岳麟的身影。在翻阅绘本的顾念昱道:"妈妈上楼去帮我拿衣服了。"

久等不见,戚乔便准备上楼去找,拐过二楼楼梯,却见陈辛像个木头人似的站在书房门外,一动不动。正要开口喊,听见声音的陈辛回头,食指抵在唇前,示意她噤声。

戚乔愣了下,因陈辛此刻过分冰冷的神色。

她依言照做,直觉此刻不宜待在此处,脚还没有迈出去,陈辛却忽然握住她的手，拿走了她手中的摄像机。

陈辛做口型："怎么打开？"

戚乔帮她按下开关，相机进入录制模式。

书房的门开了一道细缝，陈辛将镜头对准。

戚乔听见里面传出的模糊声音。

"你别这样，陈辛就在楼下。"

戚乔听出来是顾岳麟的声音，他语气压得很低，仿佛很怕被人听见。

这样的场景，戚乔不得不联想到某些事。

下一秒，却听里头传来另一道声音："在又怎么样，你怕了？还是不想我，岳麟，我很想你……"

戚乔错愕地望了眼陈辛，她记得这个声音，这个人，是给顾念昱送变形金刚的那位，陈辛与顾岳麟设计公司的合伙人，也是他们的共同好友。

"当初如果不是你妈身体不好，我们早就……"

"你别说了。"

"为什么？"

戚乔想走，陈辛的手却紧紧地拉住了她。

她脸上镇定自若，可拽着戚乔的手却微微颤抖。似乎只有借力才能维持此刻的体面。

书房内传出暧昧至极的声音。

过了半分钟左右，陈辛关掉摄影机，她将机器还给戚乔，无声道："带顾念昱先离开。"

戚乔一个字都没有问，下楼。

客人已经全部离开，顾念昱玩了一天，此刻正趴在沙发上看绘本。

戚乔牵起他的手："姐姐带你出去，再拍几张好看的照片好不好？"

顾念昱一听，立刻点头："好！那我再换件衣服，这件都拍过好多张了！"

眼看着他就要冲上楼去，戚乔立刻拉住："这件也很好看，走吧，等下太阳落山了，就没有现在这么漂亮的日落当背景了。"

顾念昱果然乖了，牵着戚乔，往小区的人工湖那边走。

戚乔心如乱麻。陈辛叫她带顾念昱出来，恐怕已经有了做什么的打算。

万一对方被揭穿，恼羞成怒，她一个人，能对付得了吗？

Chapter 3 / 意外的吻　085

她越想越不放心。

天色渐晚，湖边的垂柳光秃秃的，还未冒出新春的芽。天边没有云，一轮浅金色的落日孑孑地挂在天边，岁暮天寒，毫无生气。

戚乔再次想起下楼时，陈辛脸上的神情像此刻苍白荒芜的天。

顾念昱晃了晃戚乔的手："姐姐，咱们在哪里拍照呀？"

戚乔不知道，她心里想的全是陈辛站在那道门外时按在她小臂上那只微微颤抖的手。

第一次见面时，她穿一身设计感十足的白色西装，利落干练，盯着宣传片拍摄，还能同时处理公司事务。在戚乔尚且浅薄的眼界里，陈辛是第一个让她觉得可以称之为女强人的女性，能力出众，光鲜亮丽，无论何时都能维持外人眼中的风光。

但那道门外狼狈的她，是戚乔从未想象过的画面。可如果回去，顾念昱怎么办？

"戚乔？"有人在身后喊她的名字，带着一丝意料之外的语气。

戚乔转身，毫无预兆地看见了谢凌云。他穿了一件咖啡色毛领短羽绒服，冷风猎猎，他却不怕冻似的敞着衣襟。

谢凌云怀里抱了一只狸花猫，可能是被他抱得不舒服，小猫挣扎了好几下，最后他干脆把它塞进外套衣襟里，隔着衣服单手抱着。

戚乔如见救星，带着顾念昱走过去，拜托道："帮我看一下小孩，我马上回来。"

她似乎确信谢凌云会答应，转身跟顾念昱叮嘱："姐姐回去拿个东西，这个哥哥是姐姐的同学，也很会拍照，你先跟他玩一会儿，好不好？"

说完又将怀里的相机递给谢凌云，顾不得太多，向前一步，踮脚，凑到谢凌云耳畔，低声说："有急事，我暂时不能把他带回家，最多十分钟我就会回来，拜托你了。"

等看见谢凌云点头，戚乔一刻也不再耽搁，迈开步子往顾念昱家跑去。

身后，谢凌云抬手，揉了下耳朵。

贺舟牵着一条边牧，被狗沿湖溜了三圈，累得大声喘气，瞧见谢凌云面前突然出现的孩子，问道："哪来的小孩？"

谢凌云："戚乔刚给我的。"

贺舟蒙道："什么玩意儿？这、这都七八岁了吧，你俩怎么生出来的？"

谢凌云瞪着他，把猫塞给他，顺便也将顾念昱转手："你们在这儿等着，我去找她。"

顾念昱乖乖地站着，眨眨眼睛，冲贺舟伸手："哥哥，我能摸摸小猫吗？"

戚乔回到别墅之时，就听见了楼上传来的争吵声。她屏息，确认没有太激烈的动静才暗暗松口气，正思考要不要上楼去，却听见一声嘹亮的耳光声。

"你们真让我觉得恶心。"是陈辛的声音。

楼上传来扭打的动静，戚乔顾不得其他，立刻上楼。

书房的门大开着，地上全是砸落的东西，靠墙的五斗柜都被掀倒在地。

陈辛身上那件昂贵的定制服装已经皱得不成样，她光脚踩在地板上，发丝凌乱。

她手里拎着两只高跟鞋，用尽全力甩过去。

"陈辛，你是不是疯了！"

"是啊，顾岳麟，哪个女人看到自己的丈夫出轨能不疯呢？"陈辛笑了一声，那笑却比哭还难看，她嘲讽道，"我真是……真是……"真是什么，她却始终没能说出口。

"陈辛，我不是故意想要骗你的……我……"

"不是故意？呵……十几年了，你现在跟我说你不是故意？是不是今天我没有站在这门外，没有撞见你们两个搂搂抱抱，你就永远都不打算告诉我……我陈辛就是个彻头彻尾的傻子，被你们两个当猴子一样耍？"

陈辛已经丝毫不顾忌形象，一声比一声高。

但凡那两个人中有任何一个想要靠近，她便抄起手边的东西砸过去。

"我告诉你陈辛，别太过分了！"那位合伙人一边挨打一边说。

陈辛置若罔闻，瞧见桌上那只花瓶，是上个月和顾岳麟去参观一个展览时买回来的。顾岳麟当时好声好气地哄她，说："老婆，我真的很喜欢，给我买吧。"

陈辛闭了闭眼，双手抱住那只花瓶，砸向了顾岳麟的脑袋。

瓷器落地碎裂，顾岳麟的脸上留下一道蜿蜒血痕。

他还没有反应,神情尽是颓败,身旁的人眼看着就要紧握拳头朝陈辛冲过来,戚乔及时冲进去,拉着陈辛往后退。

"别过来!我已经报警了,警察很快就到!"

那人还要面子,这件事情闹大,对谁都不是好事。

"走啊,岳麟,你还想等警察来不成?"对方生拉硬拽地将面如死灰的顾岳麟带走了。

偌大的房子顿时安静下来,寂静无声。汽车引擎声浪慢慢远去,消失。

书房窗外,最后一丝落日余晖消散,陈辛脱力地倒在地上。

戚乔想要将人扶起来,陈辛却忽然紧紧地握住她的手。

从始至终,她一滴眼泪都没有掉。此刻,在那两人离开之后,她却再也控制不住,抱住戚乔,声嘶力竭地哭了起来。

半个多小时后,戚乔才安抚好陈辛,然后下楼。

她准备去接顾念昱,走到别墅门口,却见谢凌云靠墙站着,像是已经等了很久。听见脚步声,他回头看过来。

"你怎么在这儿?"

"不放心,过来看看。"谢凌云语气微顿,似是斟酌字句,"还好吗?"

戚乔点头:"现在没事了,顾念昱呢?我是说那个小男孩。"

"在贺舟那儿,现在去接?"

"好。"

谢凌云给贺舟打了电话,问了声,带着戚乔直接来了贺舟家。

两栋别墅之间离得不算近。

"你家住这边吗?"戚乔问。

"不是,贺舟住这儿,我今天正好来找他。"

"哦。"戚乔又道,"谢谢,不然我都不知道应该把顾念昱先送去哪里。"

"小事儿,谢什么?"

贺舟将顾念昱带回了自己家,戚乔去时,他怀里抱着只小狸花猫,一人一猫卧在沙发上睡着了。

"顾念昱,醒醒,回家了……"

顾念昱做了一天的派对主人公,已经累得随时都能睡着,听见戚乔喊他的名字,也只是费力地睁了下眼睛,下一秒又自动合上。

谢凌云弯腰拎走那只小狸花，伸手将顾念昱抱起："我抱他回去。"他朝戚乔示意，"走吧。"

戚乔应下："谢谢。"

谢凌云已经抱着顾念昱走在前面，闻言，随口道："戚乔乔，你怎么那么爱说'谢谢'？"

"有吗？"

"我已经数不清你跟我说过多少次了。"

戚乔顿了一下，问："那你为什么老是喊我'戚乔乔'？"

谢凌云说："我喜欢。"

他这三个字让戚乔心中再次泛起涟漪，暗自平息了好一会儿。

顾念昱乖乖地趴在谢凌云的肩上，路过湖面时，吹来阵风。

谢凌云伸手，用外套裹住了顾念昱。

戚乔看见他微小的动作，想起那次表演课考核，她脑袋短路，下台走错方向，他伸手轻轻地拉了她一下。

此时他抱着小孩，也会察觉顾念昱会不会被风吹着。

他看起来做什么都漫不经心，可是这些细节永远令戚乔心动。

快到家时，顾念昱睁开了惺忪的睡眼，脸颊压在谢凌云的肩上，他看向走在一旁的戚乔，揉揉眼睛："戚乔姐姐。"

"嗯？睡醒了吗？"

顾念昱小声说："是我让妈妈帮我去楼上拿衣服的。"

戚乔顿住。

顾念昱低声补充："我准备去房间睡觉的时候，看到那个人拉着爸爸进了房间。"

戚乔心中一片愕然。

从她带顾念昱出来，他都表现得什么都不知道的样子。

完全没有想到竟然是他发现后让陈辛上楼的。

"前几天，妈妈去工作的时候，那个人也来家里找爸爸。他们以为我睡着了，就坐在我的房间里小声说话，后来虽然他们一起出去了，但我有听到一些……"顾念昱趴在谢凌云怀里，他的声音越来越低，最后几不可闻。

谢凌云的脚步缓缓停下，他与戚乔对视一眼。两人都从对方眼中看出同样的情绪。

戚乔深深地呼出一口气,甚至不敢想,那个时候顾念昱到底都听见了什么。

他才八岁。

哪怕看起来比别的小孩子聪明机灵,又被教育得很有礼貌,像个小大人。可是……说到底他都只是一个小孩子。

"你看到他们上楼了,所以才让妈妈去帮你拿衣服的吗?"

顾念昱趴在谢凌云的肩上点头:"嗯。"

戚乔说不出话来,只觉得心口酸涩,她伸手摸了摸顾念昱的头发。

"我以前喜欢爸爸,也喜欢妈妈。"顾念昱将脸埋进谢凌云肩头,闷闷地说,"以后我只喜欢妈妈,我不喜欢爸爸了,我讨厌爸爸。"

送顾念昱回去时,陈辛的状态已经好了很多,她似乎又变成了和戚乔初次相见时,那个光鲜亮丽的女人。

她补了妆,重新涂了口红,脸上气色恢复如初。再见顾念昱时,缓缓绽开笑颜:"回来了?"

可戚乔看得出来,陈辛的眼皮浮肿,再浓艳的妆容也藏不住痛哭过后留下的痕迹。

顾念昱拉着陈辛的手,表情乖巧,又变成了那个陈辛希望的什么都不知道的模样,他小声地征求陈辛的意见:"妈妈,我晚上可以吃麦辣鸡翅吗?"

陈辛没有怀疑,向戚乔投来感谢的目光,低头看着儿子,笑了笑,道:"好,妈妈等会儿带你出门。"

戚乔心口酸涩,或许是见过了这对母子互相为对方考虑的模样,她这个局外人,亦无法保持漠然。

戚乔连小时候看《虹猫蓝兔七侠传》,看到虹猫死的时候都哭完了一卷纸巾。全班一起组织看电影,她也总是哭得最伤心的那一个。

她的共情能力总是比别人更强。

从顾念昱家离开之前,戚乔把书房外拍下的那段视频交给了陈辛,准备离开时,谢凌云自然而然地把她拎着的设备包接了过去。

戚乔站在原地愣了愣,才在他的眼神催促下,快速跟上去。

天色已经完全暗下来,月色很淡,照在并肩而走的两个人身上。

快到贺舟家那栋楼之前的岔路口时，戚乔伸出手："我来吧。"

谢凌云脚步不停："走吧。"

戚乔动作微僵，加快一步跟上去："你不回贺舟那儿去吗？"

谢凌云抬腕看表："都几点了？我也回家。"他偏一下头，"顺路送你回学校？"他的尾音微微上扬，却并不给戚乔拒绝的机会，"走吧，车停在地库。"

"顺路吗？"戚乔问，"你也回学校吗？"

"我回家，戚乔乔，"他从外套口袋拿出车钥匙，"天都黑了，这么晚你准备怎么从这里回学校去？两小时才得了？"

戚乔没想要拒绝，他一定不知道，她比谁都愿意。

她眼角微弯，笑了下："谢谢。"

谢凌云低眸扫了她一眼，唇角微扬："你真的很像个……"

"什么？"

谢凌云眸间含笑："像个乖宝宝。"

"不对。"谢凌云由上到下地扫了她一眼，又改口，"应该说本来就是。"

薄薄的月光落在地上，那样冷淡的颜色，此时却仿佛暖融融的一段光晕，冬日的月色，竟然也这么好看。

草坪间一条青石板小路上，倒映着一高一矮两条影子。

戚乔忽然很想用相机拍下眼前的场景，可惜这样做意图明显，心思昭然。但能用眼睛记录下此时此刻，也已经足够美好。这份美好在靠近小径尽头时，被人打破。

"二位……"贺舟一手抱猫，一手捧着瓜，坐在自家门廊前的台阶上饱含深意地望着面前两人，"花前月下回来了？"

戚乔下意识地有些紧张。藏着秘密的人，被人调侃着戳中心思，都会心跳加速。

她下意识地看向谢凌云。他淡然自若，不紧不慢地掏出手机，打开相机，对准贺舟，拍下一张照片。

贺舟十分敏感，抱着猫挡脸："干什么？我告你侵犯肖像权。"

谢凌云淡声道："大冬天吃冰镇西瓜，你没病吧？"

贺舟反唇相讥："大晚上出门吹风，你们坠入爱河的小情侣都这么不畏严寒？"

Chapter 3 / 意外的吻

谢凌云却一副懒得反驳他的模样，他们大概一直都是这样的相处模式。虽然生命不息，斗嘴不止，但谁都看得出来两人关系要好。

谢凌云用手钩着钥匙，弯腰挠了挠小狸花猫的下巴，打声招呼："走了。"

"跪安吧。"贺舟拽着狸花猫的前爪，冲戚乔一挥："有空再来玩儿啊，小乔妹妹，跟姐姐拜拜。"

那只猫乖巧安静，被贺舟那么抱着，竟然也不挣扎。

戚乔忍不住也弯腰，指尖在小猫咪脑袋上揉了揉，跟猫道别："拜拜。"

谢凌云的车停在贺舟家的地下车库。

戚乔第一次见到这么大的私人车库，每一台车都是高攀不起的价格。

谢凌云走向了其中最招摇过市的一辆——银灰色外观的一辆超跑。

车灯闪烁，谢凌云打开副驾车门，回头才发现戚乔仍傻站在几米外："上车。"

"哦。"

发动机轰隆作响，推背感袭来，戚乔紧靠着副驾座椅，直至出了小区，进入主干道，才终于找回一丝神智。她侧眸，装作不经意扫了驾驶座上的人一眼。

谢凌云目视前方，骨节分明的手指搭在方向盘上，经过路口时，那只手张开，动作娴熟地打方向盘。

戚乔没有放过他每一个微小的动作，看向他时，眼睛仿佛具备天然的慢放功能。

车外是一片人烟稀少的别墅区，路灯一盏盏后退，轻淡的月光夹杂其中，透过车窗投入车内，映在谢凌云的英俊的侧颜上。

戚乔正想收回视线，驾驶座的人似乎有所感应，视线偏了偏。

"看什么？"谢凌云问。

戚乔不知道他以前是不是也都像现在一样帅不自知。

她收回目光，平视前方，处变不惊道："我就是突然觉得你在学校还挺低调的。"

谢凌云笑了声，手肘轻轻搭在左侧车窗，手指的关节抵在太阳穴处，神情散漫，眼尾微扬，整个人透出几分纨绔子弟的浪荡劲儿。

"多谢夸奖，我该荣幸吗，戚乔乔？"

车内空间狭小,低沉的嗓音仿佛带了电流,将那声"戚乔乔"送至她耳中。

戚乔轻咬下唇,却在偏头看向车外倒退的景色时,在谢凌云看不见的方向偷偷地笑了好一会儿。

戚乔用了最快的速度将顾念昱的生日视频剪辑完成。

发送给陈辛那天,对方很快给她转来剩余一半的报酬,还额外地给戚乔包了个红包,为那天的事情道谢。

她的语气稀松平常,戚乔不知道她与顾岳麟现在是什么样的状态,但也没有好奇去问。隔了一周,周五的下午,她忽然收到一条顾念昱的 QQ 消息。

顾念昱语气可怜:戚乔姐姐,你能不能来接我回家?

戚乔察觉到一丝不正常。据她所知,陈辛专门为顾念昱请了个保姆阿姨,负责做饭并接送他上下学。

她赶到顾念昱的学校时,其他小孩已经走光了,顾念昱正坐在老师办公室,捧着手机在玩 QQ 农场。

戚乔跟老师打了声招呼,顾念昱闻声抬头,惊喜道:"戚乔姐姐?"

顺利接到顾念昱,出了校门,戚乔才问:"阿姨今天怎么没有来?"

顾念昱眼巴巴地望着校门外的小卖部,不答反问:"戚乔姐姐,我可以吃个棒棒糖吗?"

戚乔望着他的神色,再怎么会遮掩,到底是个小孩,顾念昱的情绪有些不对劲。

戚乔并未立刻追问,买了支棒棒糖,等他吃着,才问:"怎么了,可以跟我说吗?"

顾念昱耷拉着脑袋,低声说:"姐姐,我爸爸妈妈要离婚了。"他紧紧地攥着戚乔的手,又说:"昨晚我听到他们吵架,是要争我的抚养权。姐姐,抚养权的意思是不是就是我以后要跟爸爸生活,还是跟妈妈生活?"

戚乔点了下头。

已经是三月底,北城终于渡过了漫长的冬天,路边的树开出新生的芽。

顾念昱却像棵被冻蔫了的小树苗。

戚乔正了正他脑袋上戴着的小黄帽,弯腰,与顾念昱平视。

她想了想，说："我不能告诉你，无论他们怎么样，但你都是爸爸妈妈的乖宝贝。不过，顾念昱，你妈妈做得是对的。你也知道的是不是……不然那时候，就不会让妈妈上楼。"

良久，顾念昱点了点脑袋，低低地说了声："我知道……可是，还是有点不开心。"

戚乔正要开口，路口忽然冲过来一个高壮的男子，二话不说，抱住顾念昱就要走。

戚乔被吓了一跳，反应飞快地拉紧了顾念昱的手。

男子戴了帽子口罩，看不清面容，戚乔觉得有几分眼熟，下一秒，想起来他正是那天生日派对上见过的，陈辛公司那位合伙人。

顾念昱受惊不小，手里的棒棒糖掉落在地，"哇"的一声哭了。

那人见戚乔不松手，不管不顾地往前跑。

戚乔怕一直这样拽着弄疼顾念昱，跟着跑了几步，却难以追上对方。在顾念昱的哭声下只能迫不得已松开，紧急之下，只好大声呼救。

所幸这所小学周围还算繁华，离得最近的便利店老板娘拿着凳子冲出来。

"干什么？把孩子放下！来人哪，抢小孩了！"

这声音嘹亮又具穿透力，又是这附近的居民，一下子招来源源不断的人。

戚乔用尽全力跑过去，拽住男人的衣服。对方眼见着人越来越多，狗急跳墙，一脚踹向戚乔。戚乔猝不及防，吃痛松开手。她以为要倒地，却被人从身后扶了一把。

宋之衍出现得及时："戚乔？你怎么在这儿？"

戚乔来不及解释，紧急之下，握住他的小臂，祈求道："帮我拦住那个人。"

这边的动静很快引起了十字路口执勤的交警的注意。交警飞奔而来，与宋之衍合力，三两下制服了那人，果然是那日的合伙人。

戚乔给陈辛打了一通电话，告知这件事。

派出所的警察在五分钟后赶到，合伙人交代了是想帮顾岳麟抢回儿子，一时冲动，才做了这样的错事。顾岳麟很快也赶到了，警察准备把人一起带回派出所。戚乔和顾念昱坐上警车。

门要关上之时，宋之衍打开车门，也跟着上来，自荐道："警察叔叔，我可以当目击证人。"

"行，上车吧。"

陈辛很快赶到派出所，并带来了一位律师。看见顾念昱，穿着高跟鞋便跑过来，仔细检查儿子，并未发现身上有伤，才放下心来。

她语气郑重地向戚乔道谢，随后，便带着律师去见警察。

审问室不断传来争执声。

戚乔坐在门外，从飘出来的声音中才知道，连今天照顾顾念昱的阿姨失踪都是被合伙人事先买通了。

怕顾念昱听见，她带着他去了大厅的休息处。

顾念昱已经缓过来，可受了一场惊吓，小脸到现在都紧绷着。

宋之衍做完笔录出来，远远地看见戚乔单薄的身影。她估计也被吓到了，脸色苍白，此刻却低着头，温声哄着身旁的小孩。他看了会儿，忽然心有所动，出门找了家最近的便利店买了两杯热饮，给戚乔送了过去。

"谢谢。"戚乔没有推辞，接过来，隔着纸杯，感觉到源源不断的温度，绷紧的心弦才渐渐放松。

"今天谢谢你。"这一句，是为刚才宋之衍挺身而出。

宋之衍一笑："这有什么，顺手而已。你们没有受伤就好。"

戚乔心中感激，又觉得只说一句简单的谢谢不足以报答他出手相助。

"改天你有时间的话，我请你吃饭吧。"

宋之衍顿了一下，含笑道："好。"

"对了，这小孩是你的亲戚？"

"不是。"戚乔便将去年随学长去拍摄一事，以及后来又为顾念昱拍摄生日视频都说了。

"这么说，你和他也只是见过几次面而已？"

"嗯。"

宋之衍目光柔和地注视着戚乔好一会儿，在她投来疑惑的眼神时，才又一笑，看向别处，这一眼却意外瞧见了熟悉的人。

"谢凌云？"

戚乔蓦地抬眸，随着宋之衍的目光看过去，只见谢凌云与贺舟正从另一间笔录室走出来。

他穿着件宽松的设计款衬衫，外套搭在手臂上，另一只袖子挽起，露出肌肉紧实的小臂。远远地，戚乔看到他手臂上一条三厘米长的细长血痕，心中忽然一紧。

谢凌云与贺舟已经走到近前。

"你们怎么在这儿？"谢凌云的视线越过宋之衍，落在了戚乔身上，"怎么了？"

顾念昱瞧见他，认了出来："哥哥。"

谢凌云这才看到被宋之衍挡在身后的顾念昱。

宋之衍："你们认识？"

谢凌云："嗯。"

宋之衍心有好奇，看一眼戚乔，却没有问出口。

戚乔抿唇，盯着谢凌云的伤，语气难掩紧张："你受伤了。"

不等谢凌云回答，贺舟吊儿郎当地将手肘搭在他的肩上，与有荣焉道："我们少爷今儿见义勇为去了。"

问了才知道，他们下午撞到一个小偷，还是个有两下子的贼。

谢凌云和贺舟追了两条街才追上，却没料到对方还带着刀。

谢凌云并不在意的模样，视线依旧停在戚乔身上："发生什么了？"

宋之衍将事情经过简单概括，告诉了他们。

贺舟在顾念昱面前蹲下来："小可怜，还记得我吗？上回你抱着我家猫睡得可香了。"

谢凌云走到戚乔的身边坐下。

一排正好五个座位，宋之衍坐在戚乔另一侧座位上。

"你的手不用处理一下？"宋之衍问。

"这点儿伤，要不了多久就好了。"谢凌云说。听他的语气，他简直像个经常受伤的人。

戚乔不禁道："真的没事？"

"嗯。"谢凌云轻描淡写地说。

没过多久，陈辛带人从审讯室出来。

戚乔拒绝了陈辛要绕路送她回学校的建议，顾念昱受了惊吓，还是要早点回家。

陈辛从警察口中听了事情经过，也向宋之衍真心地道谢，和戚乔约定了下次见面的时间，便带着顾念昱驱车离开。

贺舟道："咱也走呗？"

宋之衍朝戚乔看过来："我送你回学校。"怕她拒绝，又补充说，"我本来也要回的，一起吧。"

戚乔这才点头。

宋之衍转向谢凌云两人，默认谢凌云周末不回学校住，便对他们道："那再见了。"

"等会儿。"谢凌云却突然说，"我也回学校，一块儿。"

谢凌云朝贺舟一偏头："送我们回去。"

贺舟："你当我是司机呢？"

谢凌云道："不是只有你开车了？"

宋之衍闻言，却说："没事儿，我和戚乔打车回去就成。"他说完，朝戚乔投去一个征询的眼神。

戚乔也觉得麻烦贺舟不好，他是谢凌云的好朋友，虽然见过几次，但让人家当司机也不好意思。

她点点头："嗯，好的。"

谢凌云扫了贺舟一眼。

贺舟眼珠子转了转："不是，大家别急啊，我也没说不送，送，送，今天这个司机我当定了。"

谢凌云坐上副驾，戚乔和宋之衍坐在后座。

贺舟话多，一路上将今天的事情细致地打听了一遍，多数情况下是宋之衍回答。

即使只是第一次见，他与贺舟却聊得有来有往。两人都是有些社交天赋在身上的。相比于他们的热火朝天，车内另外俩人显得安静许多。

戚乔在看窗外。直到走出派出所的那一刻，她的神经才放松下来。

车辆行驶，让她渐渐犯起困来。忽地，车轮碾过一条水坑，狠狠一震，玻璃上传来的震感让她登时清醒。

戚乔调整坐姿，脑袋靠在座椅上。

宋之衍察觉，微微靠近："困了吗？"

他的声音很温柔，听在此刻的戚乔耳中，有种近乎催眠的力量。

Chapter 3 / 意外的吻　097

她迷迷糊糊地点头:"有点。"

"靠着我睡吧,到了喊你。"他又说。

戚乔只是困,还没到脑袋不清醒的地步。

她笑了笑,礼貌又疏离地婉拒:"我这样坐着就可以。"顿了一下,又小声地补充,"谢谢。"

宋之衍道声"好",并未强求。

他拿视线扫过少女白皙的鹅蛋脸,越发觉得她可爱,连拒绝别人都乖得过分。

车窗外倒退的景色让戚乔愈发想要打盹儿,车又拐弯,她的身体惯性地向另一侧倾斜。拐完弯,她又正了正身子坐好。

戚乔闭上眼睛,神思入梦前,仿佛听见有人说:"开慢点。"像是……谢凌云的声音。

贺舟将车停在电影学院校门外,送他们抵达后,以此做要挟,讹走了谢凌云几顿饭。

贺舟满意,降下车窗,扬长而去前,跟戚乔说了声再见:"走了啊,小乔妹妹。"

三人转身进校门。

"你们之前就见过了吗?"宋之衍问戚乔。

戚乔点头:"贺舟和顾念昱家住一个小区,之前去的时候见过一次。"

宋之衍了然,又望一眼谢凌云,道:"你回学校有事?"

谢凌云说:"电脑忘拿了。"

先到女生宿舍楼下,戚乔停下脚步:"那我先上去了。"

"好,早点休息。"宋之衍道,"别担心了,那小孩已经被他妈接走了,好好睡一觉吧。"

他的确是个很细心的人。

戚乔点头:"好,我知道。"

临走之前,她装作不经意地扫过谢凌云一眼,犹豫再三,还是道:"你的伤口还是处理一下比较好,万一留疤……就不好看了。"

谢凌云笑了声:"你还挺外貌主义啊,戚乔……"

戚乔听出来,他话语顿了一下,像是要习惯性地喊"戚乔乔"的,却不知为何，戛然而止。

谢凌云抬了抬下巴："上去吧。"

"哦，好。"

等她走进宿舍大门，谢凌云的手抄进裤兜，眼神示意宋之衍："走了。"两人并排走着。

微信有新消息进来，谢凌云点开扫了两眼。

贺舟：你舍友喜欢小乔妹妹啊？

贺舟：好刺激啊，谢狗！

贺舟：都在一个片区见义勇为了，你的命好像不太好呢。

谢凌云：跟我有什么关系？有病吃药。

贺舟：你是真不懂，还是跟我搁这儿装傻呢？

谢凌云面无表情地敲击手机屏幕的软键盘，一旁的宋之衍在此时出声："谢凌云，你喜欢戚乔吗？"

闻言，谢凌云头也不抬，随口道："不喜欢。"一条消息发出去，他才从手机中抬头。

宋之衍笑着拍了拍他的肩膀："那我就放心了。"

谢凌云困惑道："放心什么？"

"我要追戚乔，"宋之衍下定决心一般，道，"我喜欢她，我想追她。兄弟，你们一个班的，到时候可得帮我啊。"

谢凌云无奈道："追人还要帮你，你追还是我追？"

宋之衍无视他这句调侃，他确认了自己的心意，又想到因为今天的帮忙，戚乔答应改天一起吃饭，他便忍不住期待起来，步伐也不由越来越快。

谢凌云瞥了一眼宋之衍的背影，只见他堪称雀跃，走出两步，还来了个空气投篮。

谢凌云实在不懂，春心萌动怎么就有这么大的威力，能让一个平时偶像包袱八斤重的人变成个二百五。

手机振动，又进来条新消息。

贺舟：我叔怎么就没把他十七岁早恋，十八岁私奔，二十二岁结婚的恋爱基因遗传给你？

贺舟：您上辈子是块优质木材吧？

Chapter 3 / 意外的吻　099

贺舟：就你这样的以后拍电影怎么拍爱情片？

谢凌云：我拍恐怖片。

贺舟：真行。

过了两天，陈辛亲自开车来接戚乔，请她到家中吃饭。

陈辛亲自下厨，做了四菜一汤。

告别之时，陈辛提出了一个请求，她想让戚乔帮忙照顾顾念昱一段时间。在她没时间的时候，接顾念昱放学，偶尔周末送他去课外班就可以。

陈辛道："不会每天，我分不开身的时候就可以，一周大约两三次。戚乔，我知道这是个不情之请，我会按三倍工资付给你。和顾岳麟离婚的事，我还没有告诉我的父母，我还不知道怎么跟他们说。请阿姨我不放心，万一又和上次一样，现在我能相信的人只有你了……"

她和顾岳麟之间不只有婚姻关系，还有公司捆绑。这几个月，陈辛焦头烂额，不得已想出这个办法。

戚乔考虑过后，答应了她，又先声明，她只要正常的薪资便可。

周六，戚乔如约请宋之衍吃饭。

两人在宿舍楼下碰面。

四月初的北城，天朗气清，风和日丽。

戚乔望着楼底下的一棵玉兰树，白色花瓣迎风颤动，浅金色的晨光照在玉兰花瓣上，几近透光。

戚乔用手机拍下一张照片，抬头之时，便见宋之衍站在几米之外也在用手机拍照。

戚乔愣了下，因他的镜头方向正朝着她。

宋之衍发现她一瞬间的僵硬，笑着走近："抱歉，刚才的画面太好看，学摄影的，大概都不能让它就这样错过。"他说着，将拍下的照片给戚乔看。

少女亭亭而立，微仰着天鹅颈看花，却比那一树的白玉兰花更清纯无瑕。

"很好看。"宋之衍说。

戚乔轻抿唇角，说："我不太喜欢拍照。"

"为什么？毕竟你也是导演系的……"

戚乔轻轻地晃了下自己的手机镜头，浅浅一笑："我还是更喜欢拍别人。"

宋之衍了然，将手机上这张传给戚乔，又道："抱歉，以后不会不经过你同意就拍摄。"

戚乔并不在意，为那天的事又一直心存感激，不答谢他总惦记着，便问："你想去哪里吃饭？"

宋之衍早有计划："不吃饭，咱们去玉渊潭看樱花吧。错过这几天就没有了，那儿的樱花，是全北城最好看的。"

戚乔顿了一下，今早计念、于惜乐、楚菲菲就想说一起去玉渊潭，她约了宋之衍吃饭才拒绝。

可这比起吃饭，似乎更像一次……约会。

戚乔一时没来得及回答，愣神的瞬间，男生宿舍楼走出来几个人。

张逸打头，冲宋之衍打招呼："巧啊！还没走呢，哥们儿？"

戚乔看过去，一眼瞧见站在最后那人。

谢凌云穿着一件蓝色运动卫衣，一条窄窄的白色包带，从肩头延展至腰侧。下身穿了一条白色运动短裤，右腿膝盖处裹着一条运动绷带。

戚乔愣了愣，下意识地看了眼自己的上衣。还没有来得及思考他怎么会在周末出现在学校，身后于惜乐的声音将她的神魂拽了回来。

"乔乔？"

戚乔回头，计念、于惜乐、楚菲菲挽着胳膊走过来。

上学期大家便已经在思修课上见过对方，彼此之间不算陌生。

蔡沣洋挠挠头："大家都要出门春游啊？"

于惜乐："我们去玉渊潭赏樱。"

张逸："我们也是！"

宋之衍垂眸看向戚乔，早就猜到，只有两个人的话，她恐怕避之不及，提议道："那不然一起？"

戚乔慢吞吞地点了点头："好。"张逸早已查好路线，走在前面，装作举着导游旗帜，戏瘾上来，扮领队老师指挥七个小学生："大家跟在张老师身后，不要走丢了。"

戚乔刻意放慢脚步，等待余光中的那人靠近了，才迈脚，暗自与他保持统一频率。

蔡沣洋攀着宋之衍的脖子，低声道："兄弟，到哪步了？"

怕被戚乔听见，宋之衍拖着他加快几步，走到了前面去。

谢凌云不紧不慢地走着，戚乔不自觉地与他步调一致，渐渐地与前面的几人拉开一段不近的距离。

"你这周不回家吗？"戚乔打破了两人之间的沉默。

"嗯。"谢凌云答，"跟我爸吵架了，懒得见他。"

她不由扫了眼谢凌云的胳膊，看来这次的程度还好，没有缺胳膊少腿。

谢凌云注意到她的视线："看什么？"

"没有，我只是想起来去年开学的时候，听见你和贺舟聊天，当时胳膊是因为你爸爸？"

谢凌云"嗯"了一声："不让我学导演，我跟他打了一架。"

谢凌云扫了她一眼，低头笑了一声："所以刚才是在想我这次怎么没有断条胳膊？"

"当然不是……"戚乔说，"我在想，打不过的话，要不就躲着点？"

谢凌云笑意蔓延至眼中，点头，采纳她的建议："行，下次听你的。"

"喂……"张逸喊道，"走快点行不行？"这一声引来前方六个人的注目礼。

戚乔顿了一下，怕旁观者发现蛛丝马迹，悄悄地脚下加速，并肩变成了一前一后。快到近前时，楚菲菲的目光在他们两人身上打转。她围着戚乔和谢凌云转了两圈，一拍手，恍然道："你们看，他们两个穿的是不是超级像情侣装？"

戚乔一愣，指尖捏着衣角。

"你别说，还真是。"张逸摸摸下巴道。

另外几人也跟着调笑起来。

戚乔觉得体温直线上升。

"少开这种玩笑。"谢凌云淡声开口。

加快的心跳因他这句话蓦地降速，戚乔抿了下唇，望了一眼谢凌云，却正好与他四目相对。这次，谢凌云率先移开了目光。

几人刷卡出了校门。

戚乔和室友挽着手，跟在后面，一抬头，这才看见谢凌云肩上的包里，背着的竟是网球拍。她一愣，不是要去玉渊潭吗？看花的话，怎么还背着球拍？回神后又发觉，他身上穿的是运动装。

正傻傻地思考这个问题，一点钟方向传来一道女生的声音："谢凌云！"

戚乔抬眸，瞧见并排停着两辆十分吸睛的车。

声音来自靠在那辆粉色越野车上的女生，那是个很漂亮的女生，十分明艳的长相，往那儿一站，耀眼又夺目。

等谢凌云看过去时，她轻佻而大方地吹了声口哨："想我没有？"

戚乔一瞬间僵住，仿佛整个人都浸入了冰窖之中，僵硬地做不出任何反应。

越野车的车窗也降了下来，里面坐了好几人，戚乔只认识驾驶座上的贺舟。

贺舟："少爷，老奴来接你放学了。"

车里有人附和："少爷，奴才们等您很久了。"

谢凌云面无表情，甚至有些嫌弃："你们有病吧。"他说完，侧了下身，朝身后的舍友和戚乔打招呼："先走了，你们好好玩儿。"

谢凌云背身挥了挥手，朝那台粉色越野车走了过去。

靠在车头的女孩朝他抛来钥匙，谢凌云伸手接住。

"你开。"

谢凌云没说话，但把身后的网球包扔了过去。

是答应的意思。

越野车扬长而去，等彻底看不见车影，戚乔才回神。

"走了，乔乔，公交快到了。"

"哦，好。"

戚乔像个木偶人一样，被计念和楚菲菲牵着走，她的脑袋不清醒，明明还没到夏天，她却像喝了一大杯酸涩的柠檬水，连心脏都跟着紧缩。

"喂，刚才那个女生是谢凌云女朋友？"楚菲菲的八卦之魂在哪里都熊熊燃烧。

她在问谢凌云的室友们，戚乔跟着将耳朵竖了起来。

蔡沣洋先开口："不知道啊，没听说他有对象啊。"

张逸挠头："也没听他在宿舍和女生打过电话啊，老宋，你知道吗？"

"我也不清楚，等他回宿舍再盘问？"

"车到了，走不走啊？"于惜乐背着沉甸甸的设备包，是这群人里最没心

Chapter 3 / 意外的吻

思聊八卦的。

张逸:"走,于导,我来帮您背包!"

玉渊潭的樱花开得正好,戚乔却一整天都没有什么心思看风景。在柳州映月边的亭廊听几位大爷大妈唱戏时,一副失魂落魄模样,甚至连其他人什么时候离开的都不知道。

一曲《锁麟囊》听完,还是宋之衍回头发现她还发呆地站在亭子边的一棵樱花树下。

"你今天怎么了,老是出神?"宋之衍带她去与众人会合的路上问。

"很明显吗?"

"嗯,很明显。"宋之衍笑。

"在想电影史的课程作业,我还没写完……"戚乔撒了个谎。

宋之衍没有怀疑。

"过段时间我生日,想请班上的同学,还有我们宿舍几个人去玩儿,戚乔,有时间的话,你能来吗?"宋之衍又说,"不用担心,人不多,地点我也计划选在学校外那家KTV。"

"我……"戚乔迟疑。

"就当是弥补今天没有能一起吃饭的遗憾,可以吗?"宋之衍语气又低又轻。

戚乔最终还是点头,问:"哪天?"

"6月15号。"

"还有两个月?"

宋之衍笑了下:"我也不知道为什么,现在就已经想要请你去了。"

戚乔顿了一下,宋之衍的目光专注而温柔地落在她身上,那种微妙的预感再次泛上心头,却不等她深思,宋之衍已经望向前方,朗声一笑:"走吧,他们都在等。"

大一下学期的专业课增多了两门,课程安排从早到晚,几乎每天都是早八晚六。

周一上午是门大课,电影美术基础。

戚乔一大早就到了教室,于惜乐昨晚熬夜剪那天在玉渊潭拍的素材,她出门时还没下床，戚乔替她占好座位，才打开课本，准备将今天上课的思维导图先画出大框架，教室后门口传来脚步声。她不为所动，只当是某位同学，然后按开活页本的金属夹，取下一页纸，身旁有人落座。

戚乔一愣，抬眸。

谢凌云神清气爽地出现在她的身边。

"早啊。"谢凌云说。

戚乔好一会儿没反应过来，眼睛眨了又眨，缓缓地回了句："早。"

谢凌云侧眸看她："怎么一副见到鬼的表情？"

戚乔心说她哪里有这么夸张，嘴巴却不听使唤，道："这儿是我帮于惜乐占的座。"

谢凌云"哦"了声，然后，抬手拿起那本用来占座的《西方电影史》，绕过戚乔身后，扔去了她左手边的位置："她坐那儿，这儿是我的。"

"你……"

谢凌云抢答："我就这么不讲理。"

谢凌云跟拿自己东西似的，翻开了戚乔的课本，每一页的笔记都整齐又漂亮。

他打开布满了笔记的一页，调侃道："可以拿去参赛了，戚乔乔。"

"什么？"

谢凌云随口胡诌："全中国最乖学生大赛呗。"

戚乔看了他一眼，又垂下头，心口好像堵了一团棉花，不上不下地卡着，呼吸都不畅。她慢吞吞地将手臂横在桌面上，低下头去，准备趴一会儿，却下意识地朝向右侧，眼里看到的是他，连呼吸里都被青柠味道占据。

戚乔抿着唇，换了个方向，不想看见谢凌云。刚转过去，头发却被人轻轻揪了下。眼睛可以闭上，耳朵却不得不听见他的声音。

谢凌云说："干什么，戚乔乔，我丑到你眼睛了？"

"没有。"她转移话题，"你今天怎么来这么早？"

谢凌云饶有兴致地一页又一页看她记在书上的笔记，漫不经心地回答："昨晚没回宿舍，今早没掌控好时间，不小心到早了。"

"你不是说和你爸爸吵架了，不回家吗？"

谢凌云："没回家，住朋友那儿，他送我过来的。"

Chapter 3 / 意外的吻　　105

戚乔轻声问道:"是周六那天在校门口接你的那个朋友吗?"

"嗯,我发小。"

哦,是青梅竹马。戚乔自动转换形容词。

"都是发小吗?"在他面前,戚乔也忍不住患上刨根究底的毛病。

"都是一个大院长大的,怎么了?"谢凌云问。

戚乔将下半张脸埋进胳膊里,转过头看他,只露出一双流出笑意的眼睛。

"没什么。"她说,眼睛却已经瞒不住心事。

谢凌云在看她的书,并未发现。

夏天如期而至,戚乔每天的安排都满满当当。

除了上课、偶尔去接送顾念昱,便是找拍片的兼职。对谢凌云的那份心思,她悄悄地藏着,谁都没有发现。

六月中,宋之衍的生日派对,戚乔如约前往。

宋之衍提前就跟她说过,不需要准备生日礼物,但戚乔也不好意思空着手去,便量力而行,买了一只中规中矩的水杯。她不喜欢人多又陌生的场合,准备等宋之衍点蜡烛许了生日愿望便走。

到KTV门口,戚乔问好了包间号,上楼。宋之衍开门迎接:"你来了。"

戚乔将备好的礼物递过去:"生日快乐。"

宋之衍伸手接过,语气难掩惊喜:"谢谢。"

沙发上的人招呼:"戚乔?快来快来!"是热情似火的张逸同学。

包间中大半的人都不认识,戚乔不动声色地扫视一圈,并未看到谢凌云。禁不住张逸的热烈邀请,戚乔走过去,坐在靠近他们的那条长沙发上。

有人点了首歌,缤纷的灯光从脸上闪过,电吉他的音浪打破沉寂的气氛。

"一首《离开地球表面》送给大家,嗨起来!"

是摄影系的一位男生,这样毫不怯场的性格和控场力,简直让戚乔怀疑他兼任过酒吧气氛组。

蔡洋洋越过张逸,给戚乔递来一杯果汁,在震耳欲聋的音乐浪潮中大声问:"戚乔,电影声音的作业写完没有?借我抄抄!"

戚乔也没想到能在这种场合听到这样的请求,点头,拉高音量回复他:"写完了!我回宿舍发你QQ。"

蔡沣洋："你说什么？听不见！"

夹在中间的张逸隐隐感觉有耳聋的趋势，伸手捏住蔡沣洋的耳朵，凑过去，大声："写完了！戚乔说回去发你！"

蔡沣洋捂着耳朵大叫一声，推搡着张逸就要揍人。

戚乔莞尔一笑，

打闹中的两人逐渐上头，蔡沣洋压着张逸，两人的身体眼看就要朝戚乔倾过来。两条手臂同时伸过来，各自阻拦住张逸一侧肩膀，施力，原封不动地推了回去。

戚乔抬眸，谢凌云不知何时进来了。

与他同时伸手的人正是宋之衍。

她看过去时，那两人正好也瞥向对方。

宋之衍扬起唇角："你怎么才来？"

谢凌云没什么表情，手抄进裤兜，也不解释，递过去一份礼物盒："生日快乐。"

"谢了。"宋之衍笑道，"坐吧，喝什么随便点。"

谢凌云"嗯"了一声，动作自然地将张逸往另一侧推了一把，在戚乔身边坐下。

这条沙发并不大，原本只是个三人座，他一来，空间一下子变得紧凑许多。但包间里其他的座位都已经有人，谢凌云才不会去坐搁着立麦的高脚凳。好在他们几个都不胖，勉强也能凑合。

戚乔悄悄地侧头看他，灯光从他的发顶闪过，离得太近，鼻腔闯入一股淡淡的青柠与佛手柑清香，和之前单纯的青柠味道不太一样了。他应该是换了洗衣液，或者洗发水。

谢凌云刚洗过澡，身上的衣服和下午上课时不是同一身。

简单清爽的白T恤和短裤，除了左腕上戴着的一块表，身上再没有其他装饰。

戚乔却仍觉得好看，恐怕哪天谢凌云披着麻袋去上课，她都会达到意乱情迷地觉得好帅的疯狂地步。

谢凌云只要了杯苏打水，喝了半口，大概是觉得味道不佳，搁在桌上没有再动。

戚乔低头，抿了一小口蔡沣洋刚才递来的果汁，冰凉的液体刚碰到舌尖，微辛的感觉刺激到神经，戚乔没忍住，轻轻咳嗽了两下。

"怎么了？"谢凌云偏头看过来。

"这个不是果汁吗？"味道太刺激，戚乔没忍住，说着又咳了两下。

手中的被子被人拿走，谢凌云低头轻嗅，下一秒，抬高杯底，尝了一口。

"长岛冰茶。"他望向戚乔，"谁给你的？"

戚乔藏在身侧的另一只手捏着裙边，目光扫过他碰过的杯口，眼睫不由轻颤。

"蔡沣洋。"戚乔答，"他说是果汁……但尝起来好像有一点点酒精的味道。"

"是酒。"谢凌云说着，将那杯长岛冰茶放在前面的茶几上，又取来一只玻璃杯。

戚乔目睹他将桌面上好几瓶酒依次倒入杯中，随后伸手递向蔡沣洋。

蔡沣洋："给我的？"

谢凌云："特意给你调的。"

蔡沣洋受宠若惊："太阳打西边出来了？"他一边怀疑，一边接过杯子，仰头干了。

张逸不服："没我的？"

"你要？"

"当然要，你给蔡沣洋调不给我？"

谢凌云笑着说："行。"说完便又为张逸调制了一杯。

调完酒，递了过去，然后从茶几另一头拿来一瓶橙汁倒出一杯，递给了戚乔。

灯光一闪，一缕白色冷光正好落在两人交接的手上。

谢凌云忽地伸手，轻轻地握住戚乔的手腕："这儿怎么了？"

戚乔低头，这才看见小臂上冒出来一个小红点。

"我酒精过敏。"她迷茫道，"刚才只抿了那么一点，怎么也长出来了。"

谢凌云蹙眉："去医院吧。"

戚乔小声说："不严重的，只喝了一点点，等下就好了。"

谢凌云这才松手。

戚乔握了握拳，想要尽力忽略手腕上的温度，可只觉得那里越来越烫。

他好像总是这样，不经意的举动总让她心跳加快。

戚乔咬唇，屁股往另一侧挪了一点。她舒口气，好像应该离他再远一点。这样子，心口的小鹿应该就不会再随意乱撞了吧？

包厢的人到齐了，点了蜡烛，唱过生日快乐歌，宋之衍许完愿，这场生日派对才算过了一半。

戚乔本想现在就回学校，宋之衍却送来一块才切好的蛋糕："吃完再走吧。"

寿星的面子不好拂，戚乔又坐了下来，用叉子一小口一小口地吃着蛋糕，顺便侧耳听谢凌云与张逸他们聊天。

摄影系的几个人要玩真心话大冒险游戏，腾空了最大的那张桌面，找来一只空酒瓶，转到谁，谁就要接受惩罚。

众人都有点故意在今天的主角宋之衍身上找乐子的意思，转到了别人，也要伸手将瓶口手动指向宋之衍。

好奇的问题无非就是那几个，真心话就问谈过几次恋爱，大冒险就让跟异性打电话表白。

宋之衍答了一次没有，然后跟他妈妈打电话说我爱你，之后又连喝了三杯酒，终于扛不住了，讨饶："你们放过我吧，好好玩儿不行吗？"

见他脸都有些变红了，众人才放过他，这才让瓶子随机挑选天命之子。

第一个命中的就是蔡沣洋，他毅然决然选择大冒险，然后和张逸抱在一起，又哭又闹地演了段《情深深雨濛濛》。

包间的气氛一时达到高潮，连戚乔都觉得不自在感减淡许多。

她今天的幸运值好像还可以，身边的人几乎轮了一遍，瓶口都没有一次指向自己。这个念头才闪过，桌上的酒瓶缓缓停下，瓶口直直地指向戚乔和谢凌云的中间。

"这怎么算？重来？"有人问。

张逸晕乎乎地站起来，已经醉得不轻，大手一挥："哪那么麻烦，两个都来不就行了？他们俩都还没中过呢，机不可失！"

"行，真心话还是大冒险？"

戚乔望了眼谢凌云："大冒险。"

谢凌云同时开口："真心话。"

宋之衍说:"那谁先来?"

"我先来吧。"谢凌云的语气漫不经心。

摄影系的一个男生站起来,拿着刚搜索出来的真心话问题集锦,选了个其中最柔和的:"谈过几个对象?"

谢凌云毫不犹豫:"没有。"

"真没有?"在场的人没一个信,张逸大张着嘴巴,问,"我不信,你别是诓哥几个,一个都没有?"

"没,骗你有意思?"谢凌云道。

"暗恋呢?也算,这也没有?"

戚乔捏紧了指尖,用力到指甲边缘泛白。

谢凌云却笑了声:"暗恋?"他似是觉得这词太遥远,和自己八竿子打不着。

"我不会。"谢凌云说。

戚乔收回视线。是啊,他一向直白又坦荡,怎么会做暗恋这种低微的事。

"行吧。那戚乔,你确定选大冒险?"

戚乔点头:"嗯。"

那男生说:"那就……选在场的一个男生喝交杯酒。"

戚乔还没有来得及以酒精过敏的理由婉拒,身边的人已经开口:"换一个,她不能喝。"

"你怎么知道戚乔喝不了?"张逸困惑道。

谢凌云没有回答,戚乔打破短暂的缄默气氛:"我酒精过敏,不好意思。"

"这样啊,那……那就任选在场的一个男生,和他对视十秒钟,怎么样?"

"怎么选?"

主持游戏的同学道:"这个随你。"

戚乔犹豫一秒,轻轻地点了下头。

只要不是谢凌云,其他换成谁可以,那样她都不会出糗。正要环视整个包厢,打算投向张逸或蔡沣洋其中之一时,面前落下一道阴影。

宋之衍主动站出来,笑着替她解围:"选我吧。"

戚乔顿了下,随后点头同意:"好。"

宋之衍笑意加深,目光似是无意般地略过谢凌云,若有所思。

这个游戏,先败下阵来的人要喝酒。

宋之衍为戚乔拿来一杯果汁，又为自己开了瓶百威。

"你输了喝果汁，我要是输了，喝它。"宋之衍轻晃手中酒瓶，"可以吗？"

"嗯。"戚乔接过杯子。

蔡沣洋主动当裁判，打开手机里的秒表开始计时。

戚乔赶鸭子上架，在起哄声中站了起来。

好几人齐声倒数："十、九、八……"数到"五"时，宋之衍率先败下阵来，挪开了目光。

围观的同学发出一声整齐的"吁"声，宋之衍垂眸，无奈地笑了。

包厢闪烁的灯光遮住了他泛红的脸，也因此无人注意到。他十分自觉地端起酒杯，在饮尽前，不经意地望了一眼谢凌云。

男生靠在沙发里，姿态懒散地玩着手机，似乎对这边发生的事情毫无兴趣。

宋之衍莫名觉得松了口气，抬高玻璃杯，两口干了。

戚乔提前告辞，回宿舍时还不到十点，打开门，只听于惜乐抗拒地大喊："放屁，我不信，楚菲菲你就瞎编吧。"

戚乔大概猜出来她们在干什么。这学期楚菲菲迷上了各种非科学预测法，已经先后研究过八字和周易，最近从古老的东方秘术转战到了塔罗牌与星座。

"五行属火的话，在感情里一般是主动的那一个。而且你是狮子座，都比较喜欢新鲜刺激的东西，做事好胜心很强，和双子座的男生比较配。"

于惜乐："楚大师，你确定？"

"那必须的，我都研究三个月了，还是有两把刷子的，信我。"

计念听见戚乔回来，招手："乔乔，快来，让菲菲给你也算一卦。中西结合的呢，可牛了。"

"我不信这些。"戚乔道，"澡堂快关门了，我先去洗澡，你们继续。"

没想到等她洗完澡回来，算命议题还没有结束，并且已经快进到了如何寻找另一半的授课内容。

"天秤座的男生很好追的。"

楚菲菲翻出自己购买的星座大全，照着某页给于惜乐朗诵一段，最后问："记住没有？"

于惜乐摇头："没有。"

计念眼睛转了转，问她："谁是天秤座的？"

于惜乐一愣,开始装傻:"就……就有这么个人。"

楚菲菲近期所学已经先后在计念和于惜乐身上应用了一番,见戚乔回来,也不放过:"乔乔,你什么星座的?"

戚乔刚才听得一愣一愣的,也开始觉得楚菲菲好像真的有点东西,压不住心里的好奇心,问道:"那摩羯座的要怎么追?"

楚菲菲摸摸下巴说:"摩羯座的一般都比较高冷,毒舌,有很强的时间观念……"

戚乔听到这儿,天天踩点上课,算有很强的时间观念吗?

楚菲菲又说:"而且,摩羯座的占有欲都很强的,对感情专一。他们擅长等待,喜欢试探,直到确认对方的心意,才会有所行动。摩羯座也很难忘记一个人……"说到这儿,楚菲菲停下来,兴致高昂地盯着戚乔,"谁是摩羯座啊?"

计念和于惜乐双双侧目,三个人用审判的目光盯着戚乔。

戚乔:"我……"

八卦的三人眼中瞬间失去光芒,楚菲菲怅惘道:"我还以为你准备要追谁呢!"

"对了……"于惜乐喊戚乔,"班群里说,放假前要组织一次班聚,大家投票去轰趴,还是雁栖湖那边,还有人想去密云那边的农家乐,还剩个私人影院的备选方案,你也投一票吧。"

戚乔应了一声,点进班级群,只剩下包括她在内的三个人还没投票。

实名投票,戚乔打开,一眼看到谢凌云孤零零地选了私人影院。

上了一学期的专业课,拉片拉到精神恍惚,好不容易放假了,谁都想要选个跟电影八竿子打不着的活动放松。也就他,不知道是不是还没被专业课老师们虐够,选择独树一帜。

戚乔弯了弯嘴角,指尖轻触屏幕。谢凌云的名字旁边多了个"戚乔"。

投票结果最终还是雁栖湖高票数领先获胜。

班长提前联系包好了车,考完最后一门电影美学基础的当天下午,准时停在电影学院门外。

戚乔和于惜乐提前到达,先一步上车。

于惜乐不喜欢坐这种大巴车,偶尔会晕车,她们便选择了前排的位置。

戚乔扫视车厢后排，没有看到谢凌云的身影。

十分钟后，快到集合指定时间，修长的身影出现在校门口。

旁人都背着装着洗漱用品的大包小包，或是相机三脚架，个个行囊沉沉。

谢凌云却只背了一只容量狭小的运动挎包，一如既往的短袖短裤装扮，脖子上倒挂着一副头戴式耳机。比起出门参加两天一夜的集体团建，他夹在同学中间，倒真像个无事一身轻的大少爷。

夏日午后的阳光炽热，张逸、蔡沣洋还和几个男生在底下聊天，谢凌云伸手压低帽檐，大步流星地跨上车来。

戚乔低下了头，没有明目张胆地望向车头。

谢凌云在后排靠窗的位置落座。

全班到齐，司机师傅发动了车辆。从北四环，绕上高速，约一小时的时间，顺利抵达雁栖湖景区。

班长提前预订了民宿。

众人到了才发现，所谓的民宿竟是一栋坐落于绿树掩映间的高达四层的白色小洋楼。

蔡沣洋讶然道："班长，咱们那点儿班费租得了一个晚上？"

戚乔看到班长笑望了一眼谢凌云，才回答："都别担心，我拿到了友情价，便宜得很。"

分了房间，班长便通知大家各自上楼，半小时后集合，再一块儿去游湖。

于惜乐背了一台相机、一台摄影机，戚乔干脆扔下了自己那台微单，帮于惜乐分担重量，要用设备的时候也直接共享。

分给女生们的房间在视野最好的三楼。

戚乔在夏天容易出汗，搬上搬下，没一会儿就觉得身上黏腻。

她打算冲一下澡，再去找大家。

于惜乐先行下楼。

戚乔洗完澡，换了一条浅绿色裙子，背了只奶油白异形云朵包，打开门准备下楼，四层有人慢步走下来。

谢凌云似乎也是刚洗完澡。他换了身衣服，手里拎着一台复古胶片相机，一边下楼，一边将一卷全新的胶卷安装好。

谢凌云听见声音，抬头问："怎么还没走？"

戚乔说:"洗了个澡。"

谢凌云已经走到她的身边,脚步略微暂停,说了声"走吧",等她一同迈脚,才一起下楼。

"你不是没有带衣服吗?"

谢凌云随口道:"楼上有。"

戚乔脚步一顿:"这房子是……"

谢凌云没有隐瞒的意思,说:"我家的。"大少爷果然是大少爷,家门口就是度假区,怪不得投票只投看电影。

"还不走?"她愣神的瞬间,谢凌云催了声。

"哦,来了。"

两人走出别墅,入目便是雁栖湖及远处山林的景色,山青水绿,恍如人间仙境。

戚乔第一次来,看得入迷,并未发现并行的人脚步渐渐变慢,甚至落后她好几米远。回神时,转过身去看,却见谢凌云举着手中那台相机,对准她按下快门。

戚乔怕会错意,拐弯抹角地问:"我入镜了吗?"

谢凌云说:"你是主角。"

戚乔抿了下唇,没有抗拒,转移话题:"胶卷相机吗?"

"嗯。"谢凌云装好胶卷,将缠在手腕上的相机带解开,递了过来,"试试?"

雁栖湖周边景色宜人,盛夏时分,满目苍绿。

戚乔接过来,将镜头对准远处成片的林荫按下快门。

小时候第一次见到的相机就是一台傻瓜机,还是爸爸送给她的。戚乔用那台傻瓜机拍下无数行人与草木。

数字时代早已吞噬了整个电影市场,她却仍对胶片记忆情有独钟。

戚乔一时间拍得忘我,拍下几张风景,忽然觉得胶片的质感更适合将人物框入画面。她侧身,将镜头对准了身边的人,却没想到正好抓拍到谢凌云望向镜头的一幕,连谢凌云自己都好像没有反应过来,抬手挡住她的镜头:"招呼都不打一声,戚导,你还没问我愿不愿意吧?"

戚乔放下相机,由衷说道:"你很上镜。"

谢凌云笑了声:"废话。"

"那我能……拍你吗?"戚乔又问。

"给出场费吗?"

"嗯,不要太贵的话,我就出得起。"

"那不巧,"谢凌云挑了下眉,道"我很贵的,戚导。"

戚乔今日的勇气值还没有用完,执着地想要将他记录在自己的镜头中,她问:"多少钱?"

谢凌云难得停顿了一下,片刻,眼尾微扬,还没收到出场费,竟然妥协:"算了,给你免费,看在……"他想了下,道,"咱们是同学的分上。"

戚乔惊喜又意外,连退几步,将景深掌握在最佳距离,喊了声"谢凌云",在他望向她的瞬间,按下快门。她仍觉不够,更换角度和背景,指挥谢凌云按要求站好,又拍了好几张。

谢凌云见她居然有不知餍足的趋势,开口喊停:"戚乔乔,我要晒死了。"话音落下,两人侧后方传来一声悠长而轻佻的口哨声。

戚乔回眸,意料之外地看见之前在校门口见到的那位开粉色越野车的女生。她今日的装扮比那天还要耀眼。

黑发间挑染了几缕烟紫色,编了三四股细细的麻花辫,隐在披发之中。穿了一件露脐装吊带上衣,牛仔短裙下露出一双白皙修长的腿。

她笑意盈盈地看过来,视线扫过戚乔。

戚乔不知道该怎么形容那种眼神,竟然觉得有点……佻达。

"答应了要给我介绍朋友,你倒先搞起对象来了。"女生说。

戚乔有些呆傻地站在原地,没有来得及反应,手腕被人轻轻一拽,谢凌云侧身挡在她前面。

"谁答应你了?"谢凌云说。

傅轻灵走上前来,想要绕过谢凌云,看清戚乔的样子,却被人严丝合缝地挡着。

她往左一步,谢凌云跟着往左走一步。

傅轻灵没好气地说:"宝贝成这样啊?"

戚乔从谢凌云身后探出个脑袋,好奇地看向面前的女生。

傅轻灵冲她一笑,媚眼如丝:"你好呀。"

谢凌云低头,将戚乔的脑袋摁了回去,警告道:"甭搭理她。"

Chapter 3 / 意外的吻　115

戚乔："哦。"

傅轻灵："哼。"她意有所指，"怎么忽然过来这边？你不是……不喜欢这时候来这儿吗。"

"班级聚会。"谢凌云言简意赅地回答，并未提别的。

戚乔觉得他们应该还要聊天，便主动提出去找于惜乐他们，要将相机还给谢凌云时，他抬抬下巴道："你先玩儿。"

戚乔应一声，转身离开时，听见傅轻灵调笑着问道："真是你女朋友？"

谢凌云没有正面回答这个问题。

张逸和薛启文在湖边草坪的一片阴凉地搭了帐篷，戚乔到的时候，烤肉架已经准备就绪，野餐布上放满了零食和水果。

"乔乔，快过来！"于惜乐远远招手。

戚乔走过去，在她身边的位置坐下。

"胶片相机？"

薛启文看了过来，大概学电影的都对胶片有深深的情怀，听见这句，戚乔身边围过来一群人。

"戚乔，是你的吗？这台相机现在好难买到了。"蔡沣洋说。

"谢凌云的。"戚乔停顿了一下，又弥补似的道，"刚才下楼碰见他，他让我帮他捎过来。"

张逸听了道："怪不得，他连胶片摄影机和放映机都有，有这么一个相机算啥。"

薛启文问："胶片放映机？"

张逸点头："是啊，据说花了十几万买的，而且还能使用，有钱真爽啊！"

于惜乐凑过来，目光灼灼道："谢凌云呢？怎么还不来，我要问问他在哪里买的。"

"于导，有兴趣啊？"张逸问。

于惜乐点头："我之前一直没有找到靠谱的买家。"

张逸顿了顿，小心翼翼道："你不是贫困户吗？"

张逸："没有别的意思，就……每次去二食堂碰见你，你都在排特价窗口一块钱的炒土豆丝，我就……先入为主了。"

薛启文接话:"她只是对自己比较抠,买器材设备都是挑贵的买。"

蔡沣洋:"你怎么知道?"

薛启文摸了下鼻子:"看平时用的电脑和相机什么的不就知道了。"

戚乔眨眨眼睛,问薛启文:"你什么星座?"

还没问完,于惜乐一把伸过来捂住了她的嘴,半拖着戚乔往旁边走:"哈哈。我们去看看烤肉好了没有。"离那群人远些,于惜乐才松手放开戚乔。

戚乔一边调整呼吸,一边说:"我本来只是随口一问,你这个样子,此地无银三百两,我反而确定了。"

她瞪大了眼睛盯着戚乔,没几秒,垂着脑袋叹了口气:"你别告诉别人啊。"

戚乔点头:"嗯嗯。"

于惜乐又叹气:"其实我都不知道这是不是喜欢。但薛启文确实有点厉害,他阅片量几乎是我的一倍,上次电影史小组讨论,他真的懂好多哦。"

戚乔第一次见到于惜乐露出这样崇拜的神情,笑了一下,故意开玩笑:"也不知道是谁说过,以后再也不想跟他小组合作。"

于惜乐脸涨得通红,狠狠地跺脚:"那我也管不住自己,有什么办法!"

戚乔对此深有同感。

如果人们能够管得住自己的心,又怎么会有荡气回肠的浪漫故事?

于惜乐蹲在湖边揪草,第三次叹气:"不过薛启文吧……"

戚乔并排抱膝蹲下来,眺望远处湖面上的一对天鹅,问:"怎么了?"

"他虽然厉害,可仗着自己比咱们这些没经验的学生拍过两年片子,自负得很,不听别人意见,很气人,偏偏每次他说得都挺对。烦死了!"于惜乐对薛启文很有意见,"而且,他那个发型真的好像个文青。还有啊,他不光看起来比咱们老,是真的比咱们都大好几岁,经验不都是比咱们多出来的那几年积累出来的吗,就这样还老是跟哄小孩似的,说我什么都不懂,都是纸上谈兵……"于惜乐数落起来一条接一条,嘴巴都停不下来。

戚乔听完,语调缓慢地说:"可你还是喜欢他。"

于惜乐:"是啊!我好像有病。"

夏风袭来,越过湖面,扑在人脸上,夹杂着一丝潮热的湿润气息。

"乔乔,你有喜欢的人吗?"于惜乐忽地开口。

戚乔愣了愣。

于惜乐整个人身子歪过来，靠着她，看远处的山林，就在戚乔准备开口时，她说："算了，不问我也知道，我们乔乔心里只有学习和挣钱。"

戚乔笑起来，点头附和："嗯。"

没一会儿，班长喊大家去吃烤肉。

谢凌云也过来了。

张逸递给他一根烤串，他嫌弃得偏过头去，转而走去桌边，开了瓶橘子汽水，仰头喝下去半瓶。

"谢导，给我也开一瓶呗。"

谢凌云道："自己开，使唤谁呢？"

张逸哽住，故意夹着嗓子道："都做了一年兄弟，你连瓶北冰洋都舍不得给我开。"

谢凌云："滚。"

张逸笑着扔过去一袋薯片，没打中人，被谢凌云伸手拦截在空中。

几个男生加入混战，也不知道从谁开始的，把几袋薯片当沙包，抛来抛去。

戚乔笑了一下，找了个角度，打开那台胶片相机，留下张照片。

她下意识地将谢凌云放在了镜头焦点，反应过来，才掩饰地又拍了几张别人。

于惜乐递给她一串牛肉，戚乔收好相机，小心地装好，才接过油水满溢的烤肉串，瞧一眼肉粒上鲜红的辣椒片，问："辣吗？"

于惜乐已经啃第三串："不辣不辣。"

戚乔这才张口，咬了一口，嚼了两口，辛辣的味道在口腔迅速四散开来，囫囵吞下去，依然被辣得连吸好几口气。

"辣啊？"于惜乐有些蒙地说。

戚乔根本顾不上和她说话，正四处找水喝，眼前有人递来一瓶橘子汽水。

她一手拿着相机，一手举着烤串，腾不出手。那人似乎看出来，瓶口举高，送到了戚乔嘴边。

戚乔错愕几分，怔怔地抬眸，望着谢凌云。

班长在此时开口："谢凌云，别墅里是不是有影音室？"

谢凌云仍低眸望着戚乔，见她一动不动，便说："才开的，没喝过。"

这话说完，才回头，转向问话的同学，轻声答复：“负一层有。”

戚乔低头，扫过握着玻璃瓶身的那只手，拇指指节微曲时，能看见薄薄皮肤下的青色血管。

她轻轻屏息，张开嘴巴咬住吸管连喝好几口，冰凉的甜意才将辣味压下去，喝完抬眸，才发觉谢凌云不知何时回过头来，漆黑的眼眸蕴藏一丝笑意。他在戚乔喝完后，不动声色地将那瓶北冰洋随手搁在旁边的桌子上，继续跟身旁的人聊起最近要上映的某部影片。

夏风拂过，戚乔望着他的背影，却觉得这阵风仿佛并未降临大地，只经过她的心田。

骄阳似火，这个年纪的他们却好像无所畏惧，十几个人在雁栖湖边的草坪下待到了日落都不肯离去，畅谈人生。白日梦想家们已经幻想三金到手，逐梦奥斯卡。

那天，雁栖湖的落日格外好看，少年不识愁滋味，浮云蔽日，霞光万道。

不知道是谁开启了话题：“哎，你们都为什么报导演系？”

有人回答：“反正我是因为看了《阿凡达》，真的太牛了。”

张逸：“我也是！那会儿才高一，我压根不知道以后干什么，阴差阳错跟朋友去了趟电影院，一下子就陷进去了，结果就是害我爹到现在已经砸了二三十万供我。”

“你们呢？”

蔡沣洋说：“我记得以前听一位老师说过，电影不只是艺术，也可以是社会现实的缩影。不是所有人都能洞悉那些不在自己眼前的社会问题，把那些现实苦难讲出来。意大利那群现实主义大师太了不起了，再往后二十年，恐怕都没人能超越。”他嘿嘿一笑，"我想成为这样的导演，所以当初义无反顾报了导演系。我跟你们坦白，其实我考了三次，复读了两年才考上。"

张逸伸手比了个大拇指："不愧是我们老蔡，一开口就拔高了这个话题的高度。"

蔡沣洋挠头，笑起来却有些憨傻："我是真的这么想的。行了，说说你们吧。"

"我是因为从小到大没喜欢过别的东西，就爱电影。"薛启文道，"没想过去学其他专业。"

于惜乐紧接着说:"我是因为想拍纪录片。"

"《动物世界》啊?"张逸嘴巴犯贱,"春天到了,又到了动物们……啊!"

话没说完,被于惜乐砸过去一只包,击中正脸。

"于惜乐,你是不是想我死?"

"答对了。"

这两人打打闹闹,蔡沣洋接过主持人的任务,问:"你呢,戚乔?"

"小时候我爸妈带我去电影院看电影,我还记得是《放牛班的春天》,那时候就被这种黑房子里看的故事吸引了。我喜欢画画,后来经常把自己脑子里的画面画出来,我爸爸问我是不是想当漫画家,我那时才十多岁,什么都不懂。后来他又带我去看了一场电影,告诉我,有种职业叫导演,可以把心里想的故事变成比绘画更生动的画面。"戚乔轻声说,"所以才萌生了做导演的想法。"

"那时候你才小学吧,还是初中?就已经有计划了吗?"

"确定要学导演专业的时候是初二,我后来转了艺术生,考哪所艺高,选哪个大学,都很早就计划好了。"

"厉害。喂,谢凌云,就你没说了,跟大家聊聊呗。"

谢凌云伸手,拿了罐啤酒,他身形松散,单手按着瓶身,修长的食指钩住金属环。"哧"的一声,啤酒的泡沫从瓶口溢出来。他举着灌下去一口,语调吊儿郎当地开口:"我吗?"他话语顿了一下,道,"想学就来学了。"

戚乔轻轻抿唇,他身上有股自由散漫的劲儿,说不清道不明。

她只知道,这样的谢凌云与一向按部就班的她天差地别,可偏偏意外地吸引她。

六月的天气变幻莫测,晚间之时,乌云遮天,凌晨时分,一场暴雨突如其来。

戚乔被雨声吵醒,翻身下床,拉开窗帘看向外面。她的房间正好对着远处的雁栖湖,雨点淅淅沥沥地砸在湖面上,雨声跳跃进耳中。

戚乔打开一点窗户,伸出手去,让雨滴落进掌心。

她笑了下,又看了会儿雨,才合窗上床,伴着雨声,睡了个好觉。

清晨时分,骤雨初歇,雨后的夏日清晨,风轻云净。

戚乔在门口拿了把小伞,准备出门走走。

西山栈道边，绿意盎然，林木的叶片上挂着还未消散的雨珠。戚乔沿着栈道散步，享受此刻林间的静谧。踏上台阶，拐过一道弯时，一人从前路小跑过来。

谢凌云穿了件素版的白色短袖，深色运动短裤，戴着耳机，从前方跑来。

他的神情疏离而淡漠，整个人都透着"生人勿近"的气场。戚乔下意识地停下脚，她敏感地察觉，谢凌云今天的心情好像不太好。

她忽然不敢喊他，并非胆怯，而是不知道以他们现在的关系，可不可以问他一句，你怎么好像不开心？

前方的人在此时也注意到了她，谢凌云停下慢跑的脚步，摘下耳机，缓步走了过来。

"怎么起这么早？"他问。

戚乔说："想出来看雨。"

谢凌云扫过她手中的伞，望了眼天色，说："不会下了。"

戚乔"嗯"了一声。

"你……"

"喜欢下雨天？"

两人同时开口。

戚乔将自己的问题咽了回去："喜欢。"她把问题抛回去，"你呢？"

谢凌云眉峰轻蹙："不喜欢。"

戚乔语塞，大相径庭的喜好堵住了她想要询问下去的冲动。

谢凌云曲肘，撑在木质栏杆上："你怎么会喜欢下雨天？"

"因为一部电影。"戚乔回答，"是……"

"我猜猜。"谢凌云打断她，"《肖生克的救赎》？安迪爬过下水道后的那场雨。"

戚乔摇头。

"还是《魂断蓝桥》？费雯丽和罗伯特雨中求婚那段。"

"也不是，没有那么浪漫少女心的原因。"

正当她要说出答案时，谢凌云低笑了声，胸有成竹道："我知道了。"

"什么？"

"《雨中曲》，对吗？"

戚乔顿了一下："你怎么猜到的？"

谢凌云挑眉，十分欠揍地说："聪明呗。雨有这么大魅力吗？"

戚乔站在了他的身边，望着远处清透的湖面。

"高三备考的那年，我把《雨中曲》看了五遍，每次难过的时候，不想学习的时候，看完它，就觉得还能继续坚持下去。"

谢凌云视线偏了过来。

戚乔却不知情，剖白道："我以后想拍一部能够让观众感受到这种细微又潜移默化的力量感的电影。这是我现在的愿望。"

少女的侧颜淡然恬静，眉眼却温和而坚定。谢凌云看了会儿，在她也要转过头来时，错开了视线。

"你会得偿所愿的。"他说。

澄净的天空忽然砸下来一滴雨，正好落在戚乔的鼻尖。

"下雨了？"戚乔惊喜道。

谢凌云也感觉到了，他动作自然地接过戚乔手中的雨伞，撑开，像她倾去。

"跟我走。"他说，"带你去个看雨的地方。"

雨滴落在伞面上，发出清脆的声音。

戚乔却因他这句话愣神，脚下的栈道遇水，变得湿滑起来。晃神的一瞬，她没有看清脚下台阶。

戚乔一脚踩空，差点跌倒时，谢凌云及时伸出手，揽住了她侧腰。他掌心温热的触感，隔着一层单薄的布料，传至她的神经末梢。

戚乔心跳加快，睁大了眼睛，蓦地抬头，却不料谢凌云以为她吓傻了，同时低头垂眸。

柔软的唇瓣从谢凌云的下巴擦过，两人皆是一愣。

雨珠"滴答滴答"地落在伞面上。

夏风卷来山林原野间的清新气息，弥漫开一层淡淡的雨后青草味道。

短暂却滚烫的一个"吻"。

戚乔怔怔地望着谢凌云，小鹿似的双眸连眨都没有眨一下，她脑子一片乱麻，连雨丝斜飘进伞下，落在身上都丝毫没有察觉。

谢凌云明显也有一瞬间没有反应过来。

戚乔第一次看见他的脸上露出这样的神情。他率先移开目光，视线眺向不远处苍黛交错的山脉。

戚乔紧紧地抿着唇角，一时之间根本不知道说什么好，嫣红的唇瓣被她咬出了白色牙印，好一会儿，蹦出来三个字："对不起。"

戚乔支吾道："我……"

谢凌云却打断了她，也没有看她，只道："走吧。"

他的反应冷淡而平静，以至于让戚乔怀疑刚才的一幕是否真实发生。

她陷入了怪圈，怕他在意，更怕他不在意。

连此时温柔的雨丝都变得失去了欣赏的价值。

经过栈道的分岔路时，戚乔忽然说："我突然想起来，于惜乐让我喊她早起，我先走了……"留下这一句，不等谢凌云反馈，她便逃离似的从岔路口下山回住处。

"戚……"一个名字都没有完整喊出口，少女匆匆的背影已然从眼前消失。

谢凌云收回视线，面色如常地沿原路向前，走出几步之后，脚步却渐渐变得又慢又轻，直到彻底停下来。

他抬手，轻轻地碰了碰下巴处——那个方才，被戚乔吻到的位置。

回程之时，谢凌云没有随大部队一起。大巴车停在园区大门外，启程离开前，戚乔都没有看到他。只是听张逸提起，谢凌云还在四楼睡觉。

已经放暑假，没有再回学校的必要了。

谁都没有提起清晨细雨中那个意外的亲吻，就好像从来没有发生过。

戚乔在车上接到了顾念昱的电话。

陈辛和顾岳麟的一场离婚官司打得旷日持久。

顾岳麟本就在公司分管财务和法务等一系列非专业设计类的工作，他又认识不少知名律师。陈辛费了一番功夫，才请到了一位能力尚可的离婚律师。可她一人形单影只，除离婚这桩官司外，还要为婚后共同财产分割劳心劳神。

这几个月，戚乔都快成了顾念昱的"贴身侍卫"。

暑假前的最后一天，学生们都比较兴奋，忧郁小学生顾念昱却不太一样。

戚乔到校门口时就看到他背着书包，四十五度仰望天空，一副提前步入青春期的模样,见到戚乔也只是一副忧愁的表情,没精打采地喊了声"戚乔姐姐"。

司机等候在路边,戚乔带他上车才问:"怎么了?"

顾念昱未语先叹气:"唉。"叹得九曲十八弯。

戚乔好笑道:"到底怎么了?"

"我要有两个月见不到思思了。"

"思思是……"

"我的同桌啊,戚乔姐姐,我都跟你说过……"他扳着手指,"起码六、七、八、九回了!怎么还是不记得?你都是敷衍我,都没有上过心!"

"对不起。"戚乔笑说,"谁让你已经换过三个小同桌了,我还停留在小美的阶段。"

顾念昱哼哼两声:"那都是好久之前了。"

"今天送你回别墅?"戚乔又问。

"回家之前,咱们可不可以去吃肯德基?"

"可是你妈妈说……"

"咱们不告诉妈妈!"

戚乔最终还是带顾念昱去了最近的肯德基,不过也是在征求了陈辛同意的前提之下。

顾念昱已经听同学念叨了一周送皮卡丘的儿童套餐,心愿达成后,连思思都忘到了脑后。

吃到一半时,遇到一个在旁边取景拍摄的剧组。

戚乔一时难掩好奇,她还没有见过真正的拍摄是什么样子,很想和周围的大爷大妈一起去围观。无奈身边还有个顾念昱不能丢下,戚乔只能远远地望一眼。别人的目光焦点都在镜头前的演员身上,只有她关注的是导演。

今日运气爆棚,碰到的居然是一位在圈内声名鹊起的悬疑剧导演。

场记打板,坐在监视器前的导演一声令下,整个摄制组便有序运转起来。

"戚乔姐姐,你是不是想过去看?"顾念昱啃着鸡腿问。

"想是想,但你在这儿,我还是要乖乖陪你。"

顾念昱眨巴眼睛:"那我陪你去看啊。"

戚乔摇摇头:"算啦,你快点吃完,我早点送你回家。"

顾念昱满足心愿之后，是个非常听话的小学生，狼吞虎咽地啃完鸡腿，汉堡拿在手里就准备要走。

两人路过剧组拍摄地时，正好听见导演连珠炮似的骂演员。

顾念昱晃了晃戚乔的手，语重心长道："姐姐，你以后当了大导演，千万不能变成这样，不然我就不敢拍你的戏了。"

戚乔笑："你怎么知道我以后一定能成为大导演？"

顾念昱小手握成拳："你一定可以！"

戚乔笑了起来，顺着他的话说："那就借你吉言啦，顾大明星。"

话音落下，有人拨开剧组围观人群，浩浩荡荡地走出来。

最前面是位大腹便便的中年男子，身后跟着一位普通长相的矮个男子，他护着的那位却是个高瘦的男生。约莫也就二十岁出头，不知是不是剧中造型所需，染了一头金发。他皮肤很白，这样的发色竟然也毫无违和感，反倒更加突出本人俊美的特点。是这几年十分盛行的韩式美男的长相风格，他本人气质却并不阴柔。迎面走来，只觉得形貌昳丽，面若冠玉。

戚乔本无动于衷，却没预料到那一行人走近之时，顾念昱夸张地叫出声："哇。"

他们停了下来。

金发帅哥低头瞥过来，笑了笑："怎么了，弟弟？"对方倒一点明星架子都没有，温和近人。

戚乔一把捂住顾念昱的嘴巴，歉疚地说："不好意思。"

"江老师……"助理开口。

"没事。"被称作江老师的金发帅哥开口，声音温和。

顾念昱比戚乔会社交，再次开口："哥哥，你这个发型好酷啊。"

"你喜欢？"

"嗯嗯，我也想染。"

"那不行，小孩子染头会变笨。"

"江老师，造型师还在等。"助理低声提醒。

金发帅哥点点头，又朝戚乔颔首示意，离开时，顺手在顾念昱的脑袋上揉了揉。

等那人上了保姆车去化妆，顾念昱钩钩戚乔的手指，问："戚乔姐姐，你知道那个哥哥叫什么吗?"

戚乔摇头,见顾念昱好奇,便顺手打开手机搜索了该剧组的主演阵容。

在一条开机发布会新闻中,看见了当时还是黑发的男生。

主演阵容名单下,"江淮"二字居于首位。

七月初,戚乔买了回家的车票。

盛夏时节,热浪裹挟了整个城市。一整个假期,她几乎没怎么出过门。

大多数时间都待在房间拉片看电影,或接几个剪片子的兼职挣钱,以及开始写长片剧本。

班级群中偶尔有人聊天,或问某部影片的资源,或拉帮结伙组队开黑,或议论即将开幕的金鸡奖各大奖项花落谁家……谢凌云常被提及,他本人却始终没有出现。

张逸说他是一放假就跟归隐山林了似的。

戚乔却觉得不是。去年寒假,他并未像这个夏天一样,消失得无影无踪。

戚乔想起六月时的那个雨后清晨,总觉得那个时候的谢凌云藏着不愿为人所知的情绪。

戚乔只有他的 QQ 号。

谢凌云以前还会偶尔出现在某些同学的动态点赞中,这两个月,戚乔次次留心,连张逸和蔡洋洋的动态中,他都没出现过。

一千多公里的距离,就好像连那个人都变成了虚幻的泡影。他不主动出现,她连听闻他消息的机会都找不到了。

八月底,戚乔得来一个好消息,她爸要开画展了。

虽然只是本地一次小型主题画展,但依然得来不易。有位经纪人不知道从何处看过戚怀恩的画作,经多人打听,辗转三地,才找到戚怀恩的消息,寻上门,要与他签约,将他的画宣传出去。

戚乔在家待的两个月,就见过那位经纪人多次上门游说,最终,爸爸答应了他的提议。

经纪人能力超群,竟然只花了一个月就以高价将爸爸的两幅画卖给了知名收藏家,还殚精竭虑预备筹办一场画展。

可惜举办时间定在十月中旬,那时戚乔早已返校上课。

一家人一起出去吃了顿大餐，开学前的那晚，戚乔完成了一个十万字的剧本。

这是她真正意义上创作的第一个长片剧本，有种从未体验过的成就感。近来的好事一件件地发生，好像什么都变得顺利许多。

窗外的蝉鸣歌颂着夏日乐章的尾声，戚乔福至心灵，忽然想要记录。

她花了半个小时挑选照片，和爸妈去吃大餐的、拉片学习的、和妈妈散步遛弯的，还有熬夜写完剧本时隔窗看见的夜空明月、出门觅食遇到的一只流浪猫，以及这个暑假见到的第一场倾盆大雨，还有她私心留存的，在雁栖湖时拍下的绿野山林。

可惜那台胶片相机拍下的照片还留在胶卷之内。

谢凌云恐怕早已忘记将它们洗出来。

戚乔觉得遗憾却无可奈何。

挑出的照片修剪调色后，戚乔破天荒地发了条动态，两个月的生活碎片，记录了这个夏天所有的美好瞬间。

戚乔：夏天快乐。

才发完，妈妈喊她整理明日回学校要带的衣服。

两个小时后，戚乔才有空再看手机，二三十条"与我相关"。

她点进去，多是同班同学的点赞与评论。

戚乔动态中拉片分析出镜的是《记忆碎片》和《盗梦空间》，于惜乐第一个留评，分享自己的观影感受，就四个字：诺兰厉害！

戚乔笑着回复完，继续往下翻时，目光忽地顿住。

谢凌云的头像瞩目地夹在点赞队列中，十分钟前，他评论了一张图，还没来得及点开大图，戚乔便已经愣住。

他留下的这张正是那天雁栖湖边的一幕风景。

谢凌云没有扫描转为电子版，而是拿着那一张相纸，用手机拍下后留评。

戚乔的目光不自觉从图中的照片转向左下角出镜的手指。

视线落在他拇指的指甲上，那个形状漂亮的白色月牙，之后才注意到谢凌云在图片下方又留下一条文字评论。

谢凌云：不快乐的话，戚导有办法治吗？

戚乔愣神好久，才点回复框，编辑道：我的办法很笨，你……要试一

Chapter 3 / 意外的吻

下吗?

谢凌云在三分钟后回复:试。

戚乔不禁弯了弯眼尾,才准备继续回复他,最底下却忽然弹出来条新评论,是张逸发的:张逸:谢凌云,群消息一条不回,倒有时间点赞评论说说呢?

谢凌云没理张逸,没过一会儿,蔡沣洋也加入战场,和张逸合力,在她那条说说下疯狂抨击谢凌云的不齿行径。

幸好她没有加宋之衍的QQ,不然这条说说恐怕要变成他们宿舍的乱战现场。

十几分钟后,谢凌云一直没回复,张逸和蔡沣洋也渐渐消停。也不知道谢凌云是不是被他俩烦得妥协,反正戚乔望着垒成高楼的评论区,眼睛有些被吵到。

她点开了与谢凌云的对话框,想了想,敲下几个字,发送:那些照片你洗好了吗?

很快,谢凌云的消息跳了出来:嗯,要吗?

戚乔:要。

谢凌云:开学给你。

戚乔:好。

戚乔:你最近为什么不开心?

谢凌云:因为天气太热。

戚乔盯着这几个字笑了下,他有时候还挺幼稚。

谢凌云又发来一条:你喜欢夏天?

戚乔:嗯,你不喜欢吗?

谢凌云:不喜欢。

不喜欢雨天,也不喜欢夏天,不喜欢按部就班的计划。他们好像有太多不同了。

戚乔打开手机的天气预报,将城市切换回北城,八月下旬的气温已经有所下降,不到三十摄氏度。

她用指尖敲击键盘:北城今天才二十九度,还很热吗?

谢凌云发来一张照片,海边、沙滩,还有光看都觉得要被晒死的骄阳。

随后附了一张天气界面截图,三十三度的高温,重点是,定位显示的是巴厘岛。

大少爷就是大少爷,随便放个暑假,都能去巴厘岛度假。

谢凌云:贺舟那帮白痴非要这个季节来晒太阳。

系统提示:谢凌云撤回了一条消息。

谢凌云:贺舟那帮蠢货非要这个季节来晒太阳。

目睹了全过程的戚乔愣住了,心想,这两个名词,好像也没有差太多。

戚乔:我看到了,大少爷。

谢凌云:大少爷?

戚乔心里嘀咕,明明就是大少爷,怎么本人心中还对这个头衔不满意。

她慢吞吞地敲字,一条最新消息蓦地弹出来。

谢凌云:戚乔乔,我没名字?

戚乔没忍住,努力绷着上扬的唇角,卷着被子在床上打了一个滚。

Chapter 4
不喜欢 xly
（谢凌云）一秒

九月初，开启新的学年。

到校的那天，新的一批大一生穿着迷彩服，集结前往军训基地。

戚乔心中微微恍惚，竟然已经过去一年，她都成了大二的学姐。

傍晚，戚乔和于惜乐去领新学期专业教材时，正好碰到了张逸和蔡沣洋，后面还跟着被迫来当苦力的宋之衍。

两个月不见，才处了一年的同窗情谊好像也一下子被变淡了。

于惜乐还脱口而出给张逸和蔡沣洋互换了姓氏，叫成了蔡逸、张沣洋，为此，在抱着书从图书馆回到宿舍时，张逸哭喊了一路。

于惜乐不胜其烦，抱着一大摞书健步如飞。

宋之衍手里拿了五六本书，瞧见戚乔，腾出一只手走过来："我帮你拿。"

戚乔抱得动，摇头："不是很重，我拿得动。"

宋之衍笑说："我知道，但我想帮你拿。"

戚乔顿了一下，垂下眼睫，思索片刻，说："没关系的，很快就到了。"

宋之衍凝视她片刻，神情却并无尴尬，自己顺着台阶下来："好吧。"

"谢凌云什么时候到？还说好了一起出去吃饭，这家伙该不会是忘了吧，要是放我们鸽子我可饶不了他。"蔡沣洋的话打破了两人之间尴尬的氛围。

宋之衍应了一声，戚乔注意力被转移，问道："你们约了几点？"

蔡沣洋："五点半的时候说从学校出发。"

现在已经五点二十五了。

戚乔说:"他应该快到了。"

话音刚落,怀里搂抱的书忽然被人全部抽走。谢凌云不知道从哪里冒出来的,无声无息地。

戚乔愣了愣。

谢凌云望她一眼说:"发什么呆,还不走?"

他迈步向前,又望一眼蔡洋洋,道:"饶不了谁?"

"天啊?"蔡洋洋震惊道,"说曹操曹操到,戚乔,你嘴巴不会是开过光吧?"

这也不难猜啊,他不是干什么都踩点到嘛,心里这么想着,她却没有开口。

宋之衍的目光在戚乔的身上停留一会儿,又移到了谢凌云刚拿走的那摞书上,表情微不可察地僵硬一秒,又很快恢复正常。他审视地瞧了眼谢凌云自然而然的动作,随意地问了句:"怎么才来?"

谢凌云:"又没迟到,着什么急?"

戚乔跟上他的脚步,轻声问了声:"你什么时候回来的?"

"昨天。"谢凌云打了个哈欠,眉眼间露出三分倦色,好像没睡够的样子。

前方,张逸追寻于惜乐讨说法没结果,坐在挡车的球石上休息,远远看见谢凌云,又一瞧戚乔变得空荡荡的手,一下子气不打一处来。

"哥几个顺带给你领书,您倒好,有手学雷锋乐于助人了,瞅瞅身后老宋,像不像个冤大头。"

宋之衍一早就和自己班的同学去领了自己的书,因为谢凌云还没到,他又去一趟,和张逸、蔡洋洋分摊了他的书。

宋之衍手里的书最多。

闻言,谢凌云才回头,朝宋之衍抬了抬下巴,示意:"给我吧。"说完也不等他反应,伸手将那几本书拿了回来,和戚乔的书一齐抱着。

他的脚步太快,戚乔要小跑着才能追上:"谢凌云。"

"嗯?"谢凌云慢下脚步。

戚乔与他并肩,才伸出手去:"给我分一点吧。"

谢凌云低眸看她,笑了一声:"得了,就你这细胳膊细腿儿的,就这几步路这几本书,少爷我还累不死。"

谢凌云欣赏了一秒钟少女蹙眉的神情,又笑了声:"不是你先叫的大少爷？"

戚乔一本正经："那怎么能让大少爷干粗活？"

谢凌云似乎被噎了一下，良久，才瞥了眼戚乔，却只是勾着嘴角，笑了会儿，什么都没说。

日落将两个人的影子拉得很长，斜阳的角度使他们的影子交叠在一起，没有一丝空隙。

身后，宋之衍望着逐渐远去的人，身体有些僵硬。

蔡沣洋还以为他只是走不太动，催了两声。

宋之衍忽地问："谢凌云和戚乔在班上关系很好吗？"

"还行啊，挺不错的，他们好几次都被分在一个小组，所以才比较熟悉吧。"

"是吗？"

"是啊，是真的还算熟，谢凌云暑假这俩月都没回过咱们宿舍群消息，前天要不是我跟张逸发现他给人戚乔的说说点赞评论，还以为他老人家真断网了。"

宋之衍想起来，怪不得前天晚上，谢凌云时隔两个月回群消息，张逸还和蔡沣洋愤怒地谴责了好久，说他有空给人家说说点赞，没空看群。

原来那个"人家"是戚乔。

见宋之衍手空了，蔡沣洋乐见其成地将自己的书分过来一半，又道："其实你要真想追戚乔，可以让老谢帮你啊，咱们宿舍，就他和戚乔关系最好。"

宋之衍笑了笑："他会帮吗？"

蔡沣洋："怎么不会？怎么说都是兄弟啊！"

大二课程明显比大一紧张了许多。

这学期开始有了课程拍摄作业，期末的时候需要上交一部五分钟的作业，等到下一学期就会递增为十五分钟、三十分钟的拍摄作业。

五分钟说长不长，说短也不短。

戚乔还有没实践过，虽然大一一整年的兼职已经让她攒下两万多块钱，但拍东西的花费有下限无上限，也不知道这点钱够不够。

计念之前加入的配音社最近正好差一个女生角色。先找了专业最对口的楚菲菲，被楚菲菲以自己只是个"专业能力为零的美丽废物"为由拒绝，然后便找上了戚乔。

戚乔正好有空闲时间,见录几句干音还有钱赚,立马就答应了。

开学后的第一个周末,计念就带着戚乔去了配音社租的一间录音室。戚乔的词总共才一页,和导演商定好,录了不到一小时便顺利收工。配音导演跟计念戏言:"你这同学很有天赋,怎么不来搞配音?"

计念用绝无可能的语气说:"那不行,我室友可是我们学校导演系的,以后那是要成为大导演的人。"

戚乔虽然坚定了以后的理想和人生规划,可她对自己都没有这么大的信心。

等计念进去录音时,她旁听了会儿,主要观察配音导演的工作过程,以后也是她工作的一部分。看了半小时,戚乔去了趟卫生间。

这栋大厦的内部结构十分复杂,循着指引牌拐了好几个弯才找到卫生间。她出来时,竟然找不到回去的路了。她左拐右拐,都没找对路。

走廊尽头的窗边站着一个人,逆着光,看不清脸。

戚乔上前,想开口询问。

光影中的那人动了动,轮廓被明亮的光线勾勒出一圈虚化的光圈,他指间夹着根烟,闪烁着一点猩红的光。

戚乔一愣,因为那人头上瞩目的金发,当认出那人是江淮时,已经脱口而出:"请问……"

"什么?"他放下手中的烟,窗口的一股风将苍白一缕烟很快吹散。

戚乔条件反射地抬手掩鼻。

江淮掐灭了烟,又问:"刚说什么?"

戚乔道:"请问您知道配音室怎么走吗?"

身后传来一阵脚步,江淮的目光越过戚乔,看过去,他吩咐道:"带她去配音室。"

"好的,江老师。"

戚乔微微颔首:"谢谢江老师。"

助理负责地将戚乔送到了门口,被正好从棚里出来的计念看到。

"那是谁啊?"

"江淮的助理。我刚才迷路,请他帮了个忙。"

"江淮?"计念道,"那个最近特别火的男演员江淮吗?"

"嗯。"

"哇,没想到他在这里,你说,我等下去外面转转,能不能偶遇大明星?"计念想到什么,又道,"你知不知道,他是我们学校表演系毕业的,也算是我们学长呢。"

戚乔摇头,这个她还真不知道。

隔周的周一正式开始上课。

谢凌云踩点进教室,在老师正式上课前,信守承诺,将雁栖湖的照片带给了戚乔。

他坐在她的后排。

铃声已响,戚乔只能收拢心思开始听课。等到课间,她转过身,问:"现在哪里还能洗胶片?"

谢凌云的胳膊搭在桌面,指节抵在太阳穴处,随手翻着书说:"我洗的。"

戚乔:"你洗的?"

她的语气太惊讶,谢凌云抬眸,挑眉:"厉害吗?"

戚乔傻乎乎地点头:"厉害呀。"

谢凌云笑了声。

戚乔又问:"你什么时候学会洗胶片的?"

"这个暑假。"

戚乔数了数手中相纸,当初她给谢凌云拍的那张却不在其中。

"我给你拍的那张呢?"

"洗坏了。"

戚乔不信:"你就是不想给我。"

谢凌云:"肖像权人不同意外传。"

戚乔又问:"那好像还有一张你拍我的照片。"

谢凌云蛮不讲理:"这张著作权人决定去留。"

去上卫生间的张逸回来,只听见最后两句,语气认真道:"你留着人家戚乔照片干吗?"

谢凌云瞥了他一眼,道:"你管得着吗?"

离得近的去上厕所的周围同学陆续回来。

戚乔打开手机，敲开谢凌云的头像，编辑：肖像权人要求著作权人归还。

后排桌面的手机发出振动的声音。

三秒后，谢凌云的回复消息：你转过来。

戚乔很快转过去。

谢凌云指腹压着一张背面朝上的相纸，推到她手边。

戚乔拿走。

谢凌云望着她，眼尾微扬，道："你是不是忘了……"

"忘了什么？"

谢凌云："我有底片。"

戚乔小声商量："那我们要交换，你把你的那张照片给我。"又补充一句，"那是……我的作品。"

"真洗坏了。"怕她不信，谢凌云又道，"不骗小姑娘。"

"底片也坏了？"

谢凌云面不改色："坏了。"

戚乔就信了，微微耷拉着脑袋转了回去。她看不见时，谢凌云屈指摸了下鼻子。

大二开始的课程，已经具备了导演系最显著的专业性。

导演创作、导演剧作和导表实践，这三门课都不是能够并行开设的课程，学了导演创作和剧作后才能进行实践。

因此，系里把这几门课程分别安排在了教学周的不同阶段，而单独一周内，一门课要连上四天。

前八周学习中国电影史，九到十周则学习系统的电影剧作理论，剩下的时间全部留给了最重要的导表实践。

一周四天早八晚五，晚上还有一个半小时的纪录片创作。

第一周上完，全班没一个学生成功适应的。就连戚乔都在周五上完所有课时，脸色和周一那天差了十万八千里。

"好，这周的课就上到这里，大家周末好好复习，下周我会随堂提问。"老师夹着课本翻翻离去，教室里十六颗脑袋耷拉下去大半。

"兄弟们，我真的扛不住了啊。"蔡洋洋虚弱道。

张逸打着哈欠说:"我要回宿舍睡觉了。"

他正好起身,转过身来,于惜乐抬眼望见,没忍住也跟着打了个哈欠。

戚乔侧趴在桌面上发呆,脸正巧朝着于惜乐,没控制住,也跟着打了个哈欠,随后便听见一声轻笑。

戚乔循声望去,斜前方,谢凌云的嘴角还扬着。

四目相对,他轻声开口,夹杂着笑意地说了一声:"三只小猪。"

戚乔还没回应,于惜乐大声质问:"谢凌云,你骂谁呢?张逸,你家谢凌云骂你是白痴,这还不打回去,还是男人吗?"

"骂什么了?"

于惜乐道:"白痴啊。"

戚乔纠正:"小猪。"

这两个词差别还是挺大的。

张逸看看谢凌云,又瞧瞧于惜乐,选择相信戚乔:"想挑拨我们兄弟关系是吧,嘿嘿,我不上你的当。再说,小猪能是骂人的吗?蔡沣洋天天跟他女朋友视频,恶心巴拉地喊猪猪宝宝——不行我现在想起来还有点想吐,哕。"

"谁喊了!"蔡沣洋果断澄清谣言,"我哪有这么恶心?"

戚乔悄悄地瞥了一眼谢凌云,却见他姿态闲散地靠在椅子上,眼尾含三分笑意,乐见其成地欣赏转移至张逸和蔡沣洋身上的战场,仿佛心有所感,他的目光一转,蓦地朝戚乔看了过来。

戚乔一愣,佯装不经意扫过,目光飞快地转向了别处。

锁屏的手机屏幕收到一条 QQ 消息。

戚乔点进去,谢凌云的头像弹到了最顶端。

谢凌云:躲什么?

谢凌云:抓到你了。

戚乔心肝一颤,呼吸都快了一秒。

"看什么呢?"于惜乐突然说着凑过来。

戚乔以最快的速度按灭屏幕,有些慌乱,摇头否认的动作和语速都不自觉加快了一倍:"没什么。"

"那快点回宿舍吧,累死了,我要睡个两天两夜。"

话音落下,许久未见的班导推开前门走进来,扫一眼个个苦瓜似的脸色的学生们，乐得嘴角咧到了耳后根，笑完才想起此行目的，慰问道："都还适应吗？"

"适应得快要死掉了。"前排一个男生有气无力地回应。

"我从来没有这么后悔选导演系过，真的，这不是人过的日子。"

"这书谁爱念谁念，我要退学！"

班导笑呵呵地道："那给你们个放松的机会？"

这话简直像往汽水中扔了一颗曼妥思。

教室里瞬间炸开，学生们都挺直了腰板坐起来，连声欢呼。

"什么放松机会啊，老杨！快说快说，别卖关子。"

班导道："系里的新老生见面会，正好给你们个机会，和大三大四的学哥学姐们聊聊，问问看他们大二这一年都是怎么过的。更重要的是，也去和你们今年的学弟学妹们见一面。"

才刚说完，方才还兴奋得像养了一教室猴子的氛围立马降到冰点。

"这叫放松？"

欢呼变成了哀号，累了一周还要被迫"补课"，没一个开心的。

班长无精打采地履行职责，询问："老杨，定在什么时间啊？"

"周六晚上七点，不见不散，一个都不准缺席迟到，都听见没有？"

众人有气无力道："听见了，两只耳朵都听见了。"

班导还不满意，点某人姓名："谢凌云，听见没有，不来上课罚五百充班费。"

谢凌云掏手机："我现在给你转一千……"

班导："德行！钱多烧得慌？必须来，不来我去宿舍堵你。"

因为这见面会，戚乔和几个室友约定好的周末去看摄影展的计划都泡了汤。休整了一天，她和于惜乐乖乖地抵达见面会地点。

新生全员到齐，穿着统一的新生文化衫，才军训结束，都被晒成了黑煤球。但眼神都很稚嫩，正是风华正茂的年纪。

他们这一年级就到了三五个，等了十分钟，其他人才陆续抵达。

戚乔盯着手机时间，剩一分钟时，开始倒数。

谢凌云踩着最后十秒的底线，迈进了教室大门。

他穿着黑色衬衫、黑色长裤、黑色球鞋，就连新换的腕表都是黑色系。

他冷着脸,一副"都别惹我"的表情,比《独行杀手》里的杰夫还要冷酷无情。

也不知道谁惹了大少爷。

谢凌云撩起眼皮,扫了一眼后,便迈步走来,在大二一级最后一排的空位坐下。

张逸坐在第一排,回身挥手:"坐前面来啊,给你占的座在这儿。"

谢凌云压下帽檐,往椅背中一靠,撂下俩字:"不去。"

这种场合,学生都按点到了,也还得等等诸位老师。

戚乔转身,犹豫一秒,还是轻轻地敲了下桌子。动作很小,声音几乎被嘈杂的说话声淹没。

就在戚乔以为他是不是没听见,准备放弃时,眼前的人忽然动了下。

谢凌云抬高下巴,居高临下地看着她。

压低的帽檐挡住了他一瞬不耐烦的情绪。在看清眼前人时,他那拧起的眉头缓缓放松了下来。

他坐正,摘了帽子,随手捋了两把被压瘪的头发。

"怎么了?"谢凌云出声问道,他的声音比平时更为低沉,带着三分倦意,穿过耳膜,仿佛世界上最动听的一段贝斯音。

戚乔摸了下耳朵,才问:"你怎么了?"

"我怎么了?"谢凌云似是不解。

戚乔便说:"谁惹你了吗?"

谢凌云:"老天爷。"

戚乔试着猜了猜:"你是不是感冒了?"

谢凌云低低地"嗯"了一声。

"这个天气怎么会……"

身旁的于惜乐一直在听着,插了一句:"你忘了昨晚男生宿舍楼下的澡堂没热水吗?不会是洗澡冻的吧,谢凌云?"

谢凌云没作声。

戚乔道:"可不是说七点就说没热水,十点修好了才通知让去的吗?"

"不巧。"谢凌云身体向前倾了倾,手肘撑在桌面上,朝戚乔望过来。

阶梯教室的前后排的间距窄小,戚乔本就是靠着椅背回头,他这样坐着,两人视线的距离几乎不到二十厘米。

戚乔呼吸凝重,这一瞬间的心跳,都因谢凌云的举动而加快一倍。

谢凌云却毫无所觉,他的眼睫低垂,携着倦意和病色,嗓音越发低哑:"我就是那个七点洗到一半没热水的幸运儿。"

戚乔眨了眨眼睛,一阵风吹来,鬓边的发丝抚过脸颊,遮挡住一半的视线。刚准备抬手拨弄,谢凌云伸出手来,指尖似有若无地点在额角,往下滑,帮她拂开了乱飞的头发。

戚乔一下子愣住,随后眼睫颤了好几下。

谢凌云的目光微顿,视线停留在少女清澈澄明的双眸上,停在她耳侧的指尖仿佛卡顿的胶片电影,好几秒后才收回来。

戚乔抬眼望着他,两人的视线在空中交汇,谁都没有先开口。

戚乔心慌意乱,整个人都像飘在空中,语言能力在这一瞬间降低为负数。她忽然想起六月的那个雨后清晨意外发生的吻。

谢凌云是不是又会当作什么都没有发生。

可那次,的确是她"主动"在先。

这一回,明明是他亲手在这股穿堂风里搅扰了她的心。

怎么可以把兵荒马乱只留给她一个人?这样不公平。

戚乔抿了下唇角,看着谢凌云。这一次,他没有移开目光。

戚乔才想要开口,问他一句什么意思。气氛却忽然被一阵连绵起伏的爽朗大笑打破。

"哈哈!"是于惜乐天生的大嗓门。她拍了拍坐在前排的薛启文的肩膀,几乎要宣传给整个教室的人听:"谢凌云洗了个澡还给洗感冒了,好娇贵哦。"

戚乔飞快转身坐好,胸腔的心跳强有力地提醒着她刚才发生了什么。

老师们到齐后,新老生见面会很快开始。

整整两个小时,戚乔却一直不在状态。

她的注意力,她的魂魄飞去了后排,听见一声喷嚏才回了一次头,下一秒,却撞上了谢凌云的视线。

那双眼眸若点漆,幽深似渊,叫人猜不出他在想什么,自己却仿佛被他这样一眼尽数看透。

戚乔的心一乱,她又立马回身坐好,之后一直克制着,再也没有回头看

Chapter 4 / 不喜欢 xly(谢凌云)一秒　　139

一眼。

教室里已经到了两位班导组织成立新老两级导演系大群的环节，张逸像个交际花似的，主动跟好几位大一的学弟学妹加上了好友，聊得热火朝天。

半响，平时咋咋呼呼的那几个男生挤眉弄眼地撺掇着去加学妹的联系方式。

秒变大型联谊现场。

于惜乐瞥见薛启文也加入了那几个男生的队列，心里憋着一口气，拉着戚乔要去卫生间，眼不见为净。

戚乔没法拒绝，走到教室门口时，回了一次头。

谢凌云还是坐在那儿，有人拿着手机走过去，他拿起棒球帽往头上一扣，盖住了整张脸，连表面寒暄都懒得做，又变成了那副冷淡的少爷模样。

于惜乐抱怨了一路，将薛启文从头数落到脚。

戚乔忽然羡慕她的性格，喜怒哀乐明目张胆，不用委屈地藏在心里。

那人随意一个举动，她却要在心里百转千回地思索——他到底是什么意思？

回教室时，见面会已经结束，只留下还在交谈经验的部分学生。

谢凌云并不在。戚乔心中闪过淡淡的失落。

一位听闻她大一学年各科成绩名列前茅的学妹主动前来讨教，戚乔自知没资格教什么，只加了QQ号，之后给她聊聊自己的经验。

两个同班男生准备离开，戚乔顺耳听见一句。

"听说今天表演系也在隔壁教室开见面会，要不要过去看看？"后半句语气中的意图不遮不掩，戚乔蹙了蹙眉。

教室的窗帘被风吹得在空中舞动，戚乔看了会儿，拍下一张窗口照片。

今天的小画是随意撩拨别人的，讨人厌的风。

戚乔拿了书包，才要准备离开教室时，一抬头，忽地瞥见谢凌云迈步进来。

原来他还没走。

戚乔望过去，下一秒，却见他身后只隔了两步的距离，跟进来个穿着新生文化衫的女孩。

才从军训基地回来，大一新生几乎都黑了一圈。

那个女孩儿却有着白得发光的皮肤。气质出众，身材纤瘦，又玲珑有致，五官精致又漂亮。与妆容无关，她身上有种天然美，明媚又张扬，一踏进教室，便吸引了不少目光。

远远地，只听见那女孩说："你别这么无情嘛，学长。"

戚乔愣了下。

谢凌云脚步不停，抬头，朝教室后排望了过来。

戚乔不确定他是不是在看她，可那目光的方向的确朝向此处。饶是如此，她都无法确定。

女孩紧追不舍，谢凌云却毫不留恋，头也不回一次，大步流星走来。最终，在戚乔身边停下来。

戚乔抬眼看过去，只一秒，又装作心不在焉地看向别处。

"学姐。"跟在她身后的那女孩开口，又重复了一遍，戚乔才发觉她是在喊她。

"什么？"

女生笑容明艳，落落大方地自我介绍："学姐好，我是14级表演一班的雒清语。"

她顿了一下，手指悄悄地指了下黑衣冷酷男子，问："学姐和这位学长是一个班的吗？"

"嗯。"

雒清语笑意更深："那学姐，你能告诉我学长叫什么名字吗？"

戚乔抿唇，看向谢凌云："我要说吗？"

谢凌云没出声，只看了她一眼。

戚乔读不懂他的眼神，人家等着，不好意思回绝："他叫谢凌云。"

谢凌云面无表情："你倒是大方。"

戚乔顿了一下。

雒清语望着他们，眼神探究地问："那谢凌云学长有女朋友吗？"

戚乔又一次侧眸看他。

谢凌云一副不胜其烦的神情，拿起搁在桌面上的帽子，钩在指尖，一副准备走的架势。

又不回答。

戚乔征询一般地问谢凌云："学妹问你有女朋友吗？"

谢凌云钩着帽子，转了两圈，垂眸看过来：他问："你说我有吗，嗯？戚乔乔。"

戚乔声音很淡："你自己回答。"

雒清语显然是个不爱等待的人，又问了声："所以到底有没有呀？"

戚乔低头收拾书包。

谢凌云看了她一眼，一字一字道："还没有。"

戚乔揪着书包带子的手紧了紧，装好最后一支笔，她才抬眸看过去。

与此同时，谢凌云手机振动。

他低头瞧见备注显示谢承后，皱了下眉，没接也没挂，按了静音。

见他似乎要走了，雒清语抓住时机，扬声落落大方道："那学长，我能追你吗？"

当事人没有反应，教室中尚未离去的人整齐划一地开始起哄。

所有人都看着谢凌云。

戚乔不再躲避，当观众中的一员。可她的心让她没有办法只当一个事不关己的看客。

谢凌云仍那副表情，看不出一丝被一个女孩子当众表白的波动。

"你这是，问我意见的意思？"他开口。

雒清语毫不怯懦，点头："差不多？"

"行。"谢凌云也跟着点了下头，"那不可以，别来烦我。"说完，他扣好帽子，潇潇洒洒地走了。

雒清语大概是第一次遇到这样的事，在原地愣了好半天，脸上却没有一丁点被人利落拒绝的沮丧难过，片刻，居然还笑了起来，转向戚乔，笑问："学姐，他一直都这样……"

雒清语想了想，说："酷吗？"下一秒，又叹气，"可是更帅了，怎么办啊？"

表演系新生里最漂亮的那个女生在追谢凌云这件事，第二天就传遍了整个学院。

戚乔没有登录学校的BBS（论坛），却躲不开宿舍有个热衷于八卦新闻的楚菲菲边逛论坛边实时转播。

昨晚的事情到现在还在闹版。

戚乔干脆戴上耳机听歌，写好下周的 to do list（待办事项清单），又将晾干的画贴进日记本中。提笔时，却不知道要写什么。

纷乱的心情被那八卦新闻全部扰乱。

她以为她不会在意，却骗不了自己的心。

那个女孩耀眼得像春日的花，便是在玫瑰丛中也是脱颖而出，让人一眼就能注意到的那朵。

她舒了口气，慢吞吞地写几个字：不喜欢 xly 一秒。

"不喜欢 xly，"楚菲菲咬着雪糕路过，无意扫见，控制不住好奇心，问道，"xly 是什么？"

戚乔立马合上本子，警惕地护住不让楚菲菲看。

楚菲菲着急："什么啊？到底是什么？啊，乔乔宝贝，你快告诉我，不然今晚我能猜到天明，xly，夏令营？"

戚乔反应飞快："小鲤鱼，刺多，不好吃，不喜欢。"

楚菲菲："我也不喜欢！还是黑鱼好吃，突然饿了，咱们晚饭就去吃学校外面那家酸菜鱼吧。"

去超市购买日用品的计念与于惜乐正好此时推门进来，在门外就听见了楚菲菲的声音。

于惜乐："那家一条鱼要六十八，食堂一份才六块。"

楚菲菲："食堂的就两块肉，走嘛走嘛，我好久没吃肉了，就去吃一次吧，于导。"

于惜乐起一身鸡皮疙瘩，最受不了她来这一套，破天荒地妥协了："行行行，嘴闭上，换衣服，现在走。"

"爱你哦，于导。"

"别，受不起。"

笑闹声掩盖了戚乔心尖的纷乱，趁这个坎过去，迅速将日记本藏在了书架上最不起眼的角落。

九月底，是北城秋日景色最好的时节。秋高气爽，风清月白。

四个人出门时，天际正好悬着半边落日，霞光漫天，流云渐染。

楚菲菲要拍照，几人停在观看日落最好的路口，戚乔掌镜，于惜乐动作指导，计念偶尔加入模特队列。

她们所处的位置离男生宿舍楼不远，原本没人在意，路过的同学津津乐道地指着男生宿舍楼下说着什么，声音传入耳中。

戚乔只听见"谢凌云"三字。

校园大道上，不停地有人向那边涌去，紧赶慢赶地要去围观什么大事似的。

快门按下，只抓到一张人物虚影的图，再一抬头，楚菲菲已经跑出去十米远。

"快走，咱们也去看看！"

男生宿舍楼下的空地聚了不少人。

戚乔她们靠近时，一道含笑的女声从扩音喇叭中传来："别看了别看了，你们这么多人会把他吓走的。大家远远地围观好吗？谢谢啦。"

戚乔的脚步微顿。

听声音，像是那位学妹。

她踮了下脚，从人潮的缝隙中看见了被围观的女主角。女孩穿着一条很漂亮的小裙子，背着一只小羊皮包，露出一双白皙笔直的双腿，从头发丝精致到脚趾尖，显然经过了精心的打扮。

雒清语并不怕人看，言笑晏晏，和围观群众轻声商讨。

这种热闹在大学校园最不缺乐见其成的观众。虽然期待，但在雒清语的祈求下，吃瓜群众很快四散开去，为有勇气的小学妹创造了最佳环境。

"这不是那天那位跟谢凌云表白的学妹吗？她在等谢凌云？"于惜乐道。

"原来就是她？"楚菲菲惊喜道，"长得好漂亮哦。"

计念也道："没事，谢凌云也帅，挺配的，是不是？"

楚菲菲："嗯嗯。"

于惜乐："确实。"

计念晃了晃戚乔的胳膊："乔乔，你说是不是？"

戚乔愣了一下，风拂过发丝，她点了下头，诚恳道："嗯，很相配。"

她忽地伸手拉住离得最近的计念："咱们也走吧，去吃饭。"

楚菲菲依依不舍："好想看完，谢凌云怎么还不下来，让人家学妹都等多久了，真是不解风情。"

不知道是谁的声音:"下来了下来了!"

戚乔忽然不敢看向观众目光的中心,再一次拉住室友的手,声音几乎祈求:"去吃饭吧,好不好。"

计念和楚菲菲不肯错过这种热闹场面,只有于惜乐附和了一声:"走,饿死了。"

戚乔如见救兵,但就在她转身的瞬间,谢凌云的身影闯入视野中。

不是从宿舍楼上下来的,而是从通往校门的那条路上走过来的。

戚乔呼吸一窒,好像老天爷都喜欢捉弄她。

她并不想目睹喜欢的人被人表白的场面。

谢凌云双手插在裤兜中,身上还背着网球包,一身黑白系运动装扮,像是刚打完球回来。

戚乔迅雷不及掩耳地移开目光,脚步不自觉地加快,与他擦身而过时,垂在身侧的手腕却被人握住。

谢凌云低头看了过来:"急着干什么去,装看不见我?"

戚乔挣了挣握着自己的那只手。

谢凌云眉尖微蹙,非但没松,反而握得更紧:"怎么了?"他声音低了三分,近乎耳语。

话音落下,雏清语穿过人群,走了过来:"学长。"

谢凌云抬眼看了过去,蹙了下眉,没什么情绪地问:"你整天就没点别的事儿干?"

戚乔抬眼,这才看见他的目光是在看前方。

这样的语气倒像在昨晚之后,他们还见过面。

她侧身,看到已经靠近的雏清语。

"有啊,但来见你也是我的人生大事。"雏清语说话的声音很甜。

所站的角度正好,她并未看见那两人相触的手。

谢凌云淡淡地扫了眼周围看热闹的观众,眉间不耐烦的情绪更重:"是我还没说清楚?"

雏清语道:"我知道呀,你还不喜欢我嘛,但是这又不妨碍我要追你。"她停了下,随后认真地补充,"除非你哪天真的交了女朋友。"

戚乔再次挣了挣手腕。

谢凌云低头看过来,依旧不为所动。

只听雒清语又道:"我买了 10 月 2 日《消失的爱人》首映的电影票,学长,你要不要跟我一起去看?"

于惜乐吹了声口哨:"哇哦。"

这部片子还没上映便已经饱受期待。

也不知道是谁开了个头,周围响起此起彼伏的"答应她"。

谢凌云将"烦躁"两字明晃晃地摆在脸上,低头却朝戚乔看了过来,薄唇微动,做了个口型。

戚乔看清,他说的是:"帮个忙。"

戚乔还没有来得及说一个"好"或"不好",扣在手腕的那只手蓦然一松,却在下一瞬扣住了她的手掌,十指交缠,严丝合缝地扣紧。

谢凌云将相握的两只手送到众人眼前,摆明了展示给他们看。他笑了下,挑眉:"不好意思,有女朋友。"说完,牵着戚乔的手,便穿过人群,向外走去。

雒清语愣了下,笑意转瞬消失。

男寝楼下,刚赶下来的几人正好瞧见这一幕。

张逸:"天啊?"

蔡沣洋:"戚乔和谢凌云?这什么时候的事?"说完,他想到什么,惊讶转为尴尬,挠头看向中间的宋之衍。

宋之衍却只是眺望着那二人并肩离开的背影,一个字都没说,神情依旧淡然,垂在身侧的手骤然紧握成拳。

戚乔被迫跟着谢凌云的脚步,几乎是小跑着。

两人的十指紧紧交扣着,谢凌云力气很大,不容她逃开的架势。

戚乔只好用另一只手按住两人交握的手,试图叫他松开一分:"谢凌云,你走慢点。"

路边种着一棵银杏,微黄的树叶被秋风扫落几片,没了绿意盎然的生机。

谢凌云这才停了下来,低头看向两人的手,不禁放松力道。

戚乔右手用力,推开了他:"你……"她开口,吐出一个字,却无论如何都讲不出下文,卡在喉间,只剩满腹微酸的心事。

"你又这样。"戚乔低声道。

谢凌云看向她的眼睛,片刻,道:"抱歉。"

戚乔仰头，抿唇盯着他。

"没有经过你同意，是我的错。"谢凌云低着头，目光落在少女略显委屈的双眸上。

他抬手，无意识地摸了下鼻尖，音调变轻："生气了？"

戚乔蜷了蜷手指，轻声说："不是生气，我……"她语气微顿。

谢凌云抓住重点："你不生气？"

他目光沉沉地看着戚乔，那样的眼神，叫她有一瞬间的紧张，心跳又开始不自觉加快："戚乔，我……"他竟然也罕见地支吾，"你……"

"原来你们跑这儿来了。"

谢凌云的话被人打断。

两人回头，见计念、于惜乐和楚菲菲站一排，张逸、蔡沣洋、宋之衍另站一排。

开口的是张逸。

"我们怎么不知道，你俩是什么时候在一起的？"

一群人已经走到近前。

宋之衍笑了笑："不会为了躲那小学妹，又来那招吧？兄弟。"

他直直地看着谢凌云，"兄弟"两个字不动声色地加重了语气。

说完，他又转向戚乔，了然于胸的语气，笑问："他是不是也让你假扮他女朋友了？"

这话一字一句飘过来，戚乔愣了一下，侧眸看向谢凌云，很快又收回。

她垂着眼睫，不知道在想什么。

"什么意思？谢凌云还这么干过？"张逸问。

宋之衍淡笑着："是啊，之前我俩一块儿去打球，有一个女生搭讪要联系方式。他拉着旁边另一个女生，也让人家装他女朋友。"

张逸朗声大笑："你是真的混蛋啊，谢凌云，活该你单身。"

蔡沣洋也开始调侃。

戚乔轻抿唇角，又看了谢凌云一眼。

他神色如常，对宋之衍的话亦没有反驳。

也是。

她都不是第一次被他拉来当工具人，不知道他还实施过多少次，业务一次比一次熟练。

掌心的温度渐渐消散。

于惜乐几人得知是一场误会之后也没了八卦的心思，在楚菲菲过来拉她去吃饭时，戚乔顺从地跟了过去。

"咱们也去吃饭？饿死了，明天又要开始痛苦的一周了，得吃点好的。"张逸说。

他和蔡洋洋很快决定好吃什么，率先带路朝食堂走去。

宋之衍站得笔直，目光移至谢凌云的身上，见他把视线从往校门外去的那条路上收回来，才凑近，像寻常一样钩着他脖子，说："咱也走？"

谢凌云双手插在裤兜，眸色很深，揣着心事，身体却随宋之衍的动作转身。

一阵秋风袭来，带来微凉的清爽。

宋之衍收回手，似是随口："你知道我喜欢戚乔吧？"

谢凌云淡淡地看了他一眼。

宋之衍笑问："采访你一下，被公开追求的感觉怎么样？"他话语微顿，又说，"我也打算公开追戚乔。"

谢凌云一个字总结："烦。"

宋之衍点头："我猜戚乔也会这么觉得。以前我稍微流露出一丝好感，她就会敏感地更远地躲开我。"

谢凌云看了他一眼。

"真的。"宋之衍笑着叹声气，"就像一只……受惊的小麋鹿，所以我好长一段时间都不敢再明目张胆地靠近她，就怕把她吓跑。"

谢凌云脚步停了下来："是吗。"他的声音很低，"如果是她喜欢的人，以戚乔的性格是不会躲的。"

宋之衍神色淡了一分："你很了解她吗？"

谢凌云看向他。

"谢凌云，讲真的，"宋之衍停顿片刻，语意明确道，"你是不是喜欢戚乔？"

闻言，谢凌云沉默片刻。

秋日的月色凉薄，他抬头看了一眼月亮。

宋之衍听见一声轻笑。

他看向他，谢凌云的目光坦荡，眼尾微扬，天生的丹凤眼锋利冷淡，此刻，却蕴藉了三分笑意。

宋之衍忽然觉得紧张，就在谢凌云要开口之时，他的手机响起来。

谢凌云看了眼备注，这次没有挂，他接起来："怎么了，姥爷？"

宋之衍听不清电话中的人说了什么，只看到谢凌云脸色一变，说了声"好，我知道了"，便挂了电话，连一声招呼都来不及打，转身便往校门口跑去。

一整顿饭，戚乔都心不在焉，像吞下了一整颗的柠檬，心口酸涩，失落感无处躲藏。

她们选的桌子靠窗，二楼的视野不错，戚乔盯着窗外的一棵树发呆。忽然听见一阵阵连绵的汽车引擎声浪，如惊雷一般，从街上穿流而过。

戚乔不知道自己是不是眼花，那辆刚刚从眼前飞过的车她似乎曾经见谢凌云开过。

谢凌云一路压着限速抵达医院，直奔住院部二十层贵宾病房。

门外守着不少人，听见声音，纷纷看了过来。

谢承穿一身制服，胸前还别着徽标，显然刚从单位赶来不久。

明明是四十多岁的年纪，外表却显得很年轻，散发着一股不怒自威的气势。

谢承朝谢凌云扫过来一眼，目光冷厉。而谢凌云没看他，父子之间相看两厌。他直奔另一位穿着一身西装的男性，开口问道："舅舅，我姥姥怎么样了？"

"唉，大夫下了病危通知书，不太好……"

大姨和二姨闻言又抹起了眼泪。大姨性格直来直往，拍了他一下，斥道："你爸前天给你打电话，怎么都不接？你姥当时状态还好，说想看你一眼，你倒好……"

谢凌云薄唇微抿，没有说话，隔着一道玻璃，望向病房里床上躺着的老人，只见她身上插着各种管子。

头发花白的姥爷换了防护服，在床边守着。

谢凌云低声问："上周还在家好好的，要把后院那块地辟出来种黄瓜，怎么会突然就住院了？"

"你姥姥心脏不好，你又不是不知道，老太太还整天都闲不下来，叫她歇着也不听，也就你说两句还管点儿用。"

"医生怎么说？"

话音落下，院长带着几位医生从电梯走了出来。先跟谢承握手，又依次与众人寒暄。

大姨着急："李院长，您还是赶紧说说我家老太太的病情吧。"

院长笑着安抚："放心，检查结果已经出来，老太太病情尚在可控范围内。我已经把我们院心外科最厉害的雏主任从美国紧急请了回来，请他跟你们说。"

所有人都望向一旁的雏主任。

手术安排在后天上午，由雏主任亲自主刀，与医生谈完，众人提着的心才放松下来。

夜渐渐深了。

病房外，谢凌云站得笔直，像要惩罚自己似的，许久都没有动一下。

渐渐地，病房外只剩下舅舅和大姨。

谢承不知道什么时候走的，谢凌云也没有过问，一副漠不关心的模样。

姥爷从病房里走了出来，步履蹒跚，谢凌云上前搀扶住老人。

老爷子挂着拐杖，抬手就毫不留情地在孙子小腿上打了一下："还知道过来！"

谢凌云任打任骂。

"您休息，我看着姥姥。"

姥爷叹了声气："年纪大了，不中用喽。"

谢凌云扶着老人，去一旁的病房中休息。

只剩下祖孙二人在，老爷子瞅着外孙子，叹息："还和你爸生气呢？"

谢凌云没出声。

"那件事也不能算是你爸的错，谁能想到……"姥爷又叹息一声。

谢凌云不置一词。将老爷子安顿好后，便又要去ICU（重症监护室）外看着。

临走前，却听姥爷低声劝："父子俩哪有隔夜仇？若柳要是在天上瞧见你们爷俩儿这样子，还不知道怎么操心。"

谢凌云神情沉重，语调又冷又淡："要不是他，我妈现在还活得好好的。"

一周很快过去，直到国庆放假前，谢凌云都没有回学校。

戚乔只从班长那里听说他跟导员请了假，具体所为何事，连张逸和蔡洋洋都不知道。

戚乔多次点开 QQ 聊天界面，却每次不知如何开口询问，

那天心里生出来的失落难过，也因为数天不见慢慢变淡了。

戚乔知道的，他本来就是那样的性格，恣意不羁，率性而为。

去年冬天为摆脱纠缠，也说她是他的女朋友。在那之前，说不准也已经将这办法用了好几次。

她有什么立场责怪他呢，她又不是谢凌云真的女朋友。

但现在，她是真的有点担心他，不知道他到底发生了什么。

假期的第一天晚上，戚乔打开对话框，编辑又删除数次，最终，只发过去三个字：还好吗？

谢凌云在二十分钟后才回复，只一个字：嗯。

戚乔便不知道要怎么继续问了。她躺在床上，翻来又覆去，还在思考，该怎么继续这个话题，手机屏幕上，却突然闪出来一则语音通话邀请。

备注显示是谢凌云。

戚乔猛地从床上弹起来，抓着手机，飞速踩着梯子下床，谨慎又小心地躲开楚菲菲，跑去楼梯间接听。

消防通道的窗户开着，十月的风已经透着冷意。

"谢凌云？"她声音又轻又低。

"嗯。"听筒中传来一道低音，低沉喑哑。

"你生病了？"戚乔问。

"没有。"

"可声音听起来不对劲。"戚乔问，"你是不是骗我？"

谢凌云笑了声，语调中的倦意散去一半，道："我什么时候骗过你啊。昨晚一夜没睡而已，生病的是我姥姥。"

"那现在好点没有？"

"嗯，手术很成功，要不了多久就能出院了。"

戚乔笑了一下："那就好。"

谢凌云似乎是听见了风声，问了句："你在哪儿？"

Chapter 4 / 不喜欢 xly（谢凌云）一秒　151

"宿舍呀。"

"那怎么听起来有风声。"

"哦,是楼梯间的风,那个窗户有点高,我够不到。"

听筒中传来一声低笑。

戚乔好无奈:"你是不是在笑我矮?"

"没有。"谢凌云道,"我哪敢?"他停了一下,声音沉沉,"回去吧,别被风吹到了,我挂了。"

戚乔着急:"等等。"

"嗯?"

戚乔这几天已经想了很多次,腹稿打了无数遍。

"以后,如果再有人跟你表白,或者要联系方式,"戚乔的声音低低的,"你不可以……不可以再抓我假扮你女朋友。"

谢凌云顿了一下,道了声:"好。"

戚乔又说:"我又不是你请来的演员,下一次,我就不会傻傻地配合你了。"

电话的两头,同时静默起来,只剩两个人的呼吸声。

也不知过了多久,谢凌云开口:"你很介意?"

戚乔点头:"嗯,有一点点。"

"宋之衍那天说的话,"谢凌云转移话题,"是之前跟他去球馆打球遇到的,当时我几个朋友也在,抓来假装我女朋友的人是傅轻灵,你见过,还记得吗?"

"嗯,记得。"

谢凌云又说:"她是我发小。"这和这个话题有什么关系?

"戚乔乔,我再没有找过别人了。"谢凌云说。

戚乔将手机换到另一边耳朵,抬手,轻轻地捏了捏刚才被"戚乔乔"三个字挠痒了的耳垂。

"这招儿以后不会用了。"他倏地没来由地补了句。

似是还有后话,听筒那边却传来有人与谢凌云说话的声音。

戚乔只模糊地听见一位老人的声音,笑着喊谢凌云,叫他去见一位长辈。

"还有事儿,我先挂了。"他很快说。

戚乔"嗯"了一声。她揉了揉脸颊,对着风口吹了好一会儿,等脸上的温度降下来才回宿舍去。

152 偏航

戚乔记得爸爸的画展时间是定在十月中旬。

她给爸妈打了电话，询问了筹备情况。可惜那个时间不是假期，她没法儿到场，是今年最大的遗憾了。

不过爸爸的朋友多，现在还有位经纪人帮忙打理商务工作，画展的筹备工作照常进行。

她给爸爸打电话，他还在画廊。

"还顺利吗，爸爸？"

"当然。"隔着电话，都能感受到爸爸此刻的好心情。

戚乔也跟着笑了起来，如今苦尽甘来，总算熬过了几十年籍籍无名的时光。爸妈一定都很开心。

"妈妈呢？也在忙吗？"

"你忘了，明天学校上课了，你妈下午就回去了，这两天也够累了，我让她先回去休息了。"

"嗯，好。"

"乔乔，爸爸想把那幅送给你和你妈妈的《湖山秋景图》也挂出来展览，你觉得怎么样？"

戚乔道："当然可以，这幅画妈妈最喜欢了，要是有懂画的人出价，你也不能卖。"

爸爸乐得笑出声："那当然！"

戚乔还想再询问两句，电话那头，爸爸却语速加快："乔乔，有个朋友过来了，爸爸先挂了，等有空再给你打。"

"好。"

也不知道是哪位重要朋友，以前和画友聊天，爸爸也不会避着她，或许是经纪人吧。

戚乔没有怀疑，电话挂断前却隐隐约约听见一声小孩子嘹亮的哭腔。

之前与妈妈打电话，随意聊起，倒是听说那位孙伯伯家最近好像又添了个小孩。

周一，消失了半个月的谢凌云终于出现。

戚乔进教室时，他竟然已经坐在里面了。

桌面上搁着车钥匙，像是今早直接从家中赶来。

Chapter 4 ／ 不喜欢 xly（谢凌云）一秒　　153

于惜乐已经走到第二排位置落座，戚乔只好跟在她的身边，放好了书包，她微微转身。

他头发短了点，人也瘦了一些。想必这半个月也不是那么顺利。

教室里已经有同学陆陆续续地进来，戚乔不好开口询问他姥姥的状况，只问道："你吃早饭了吗？"

"喝了碗豆浆。"谢凌云说。

一旁的薛启文听见，回头好奇道："你们北城人早上难道不是都喝那酸臭无比的豆汁？"

戚乔掏了掏书包，抓出一袋小面包，还有两颗大白兔奶糖，放在他桌上。

"给我的？"

"嗯。"

谢凌云拆了颗糖，放进嘴里才回答薛启文："我们北城人还都得来碗卤煮和焦圈儿，中午得吃烤鸭去，哪天要不来口涮羊肉，胃都不答应。"

戚乔忍不住笑了出来。

谢凌云看过来，挑了下眉，忽然开口："戚导。"

戚乔被这个称呼喊得晕乎乎："啊？"

谢凌云冲她勾了勾手指。

戚乔下意识凑近："干吗？"

"再过来点儿。"

"哦。"

戚乔："怎么……"她的声音戛然而止，只因谢凌云伸手从她头发上取下来一片小小的碎叶子，也不知道什么时候落上去的。

他将那片小叶子放在摊开的书上，又冲戚乔道："笔记让我看看。"

戚乔呆愣愣地扫过那被他夹在书脊中间的小小叶片，回神，动作僵硬地将笔记本递给他。

谢凌云道了声谢，垂眸翻看。

张逸和蔡沣洋也到了，瞅见谢凌云，像久别重逢似的，一连问了他好几个问题。

谢凌云漫不经心地敷衍两句，低头一直看着手中的笔记本。

下课时，他才还给戚乔。

张逸和蔡沣洋一左一右搭着他肩膀:"一起吃饭一起吃饭,我可想死你了,兄弟。快走,就校门外那家川菜馆,老宋已经点好菜了,半个月不见,给你接风,讲义气吧?"

"宋之衍已经去了?"谢凌云问。

"是啊,怎么了?"

"没事儿,走吧。"

戚乔抬眸时,只撞上谢凌云视线的尾巴,看她干什么?戚乔没明白他的眼神。

她收拾了书包,和于惜乐还没出教室门,忽然听见外面传来异口同声的起哄声。

"逮到你了吧。"

戚乔脚刚迈出去,便听见雒清语含笑的一句。

谢凌云越过她就要走。

雒清语不依不饶地跟上去:"一起吃个午饭嘛,学长。"她的声音很甜,"我都知道你那天是骗我的了,拉同学假装女朋友,哼,你就这么想躲开我啊?"

"知道还问。"谢凌云回了一句。

"那你躲不开的。"雒清语笑吟吟道,"我大伯父是你姥姥的主治医生,我爷爷还和你姥爷是战友,要不是以前搬家,咱们十八年前就认识了。"她总结道,"学长,咱们俩可是差点就是青梅竹马的关系,这是天定的缘分。而且,我长得这么漂亮,你就对我没有一点儿感觉?"

谢凌云面无表情:"没有。"

雒清语丝毫没有被打击到的样子。

她大胆地伸手,拽住他的衣袖:"那天,你姥爷跟我爷爷说,让你在学校好好照顾我呢,还让我叫你哥哥,我可以这么喊吧?"

谢凌云一脸的不耐烦的情绪,毫不留情地抽回袖子,然后说:"你喊我爷爷都行。"

自那天以后,雒清语成了导演系的常客。

一周中有三天的时间都能看到她打扮得漂漂亮亮,准时准点出现在教室门口等谢凌云。快成了导演系学院一道靓丽的风景线。

Chapter 4 / 不喜欢 xly(谢凌云)一秒 155

连剧作课的老师都知道了这桩传闻,某次快下课时,看见雒清语出现在教室门口,含着笑意当众调侃了句谢凌云:"还要人家小姑娘追你。"

班上的男生不时朝他投去羡慕的眼神。

他倒好,每次瞧见雒清语,"别烦我"三个字跟刻在脸上似的。

这些事,戚乔亲眼看到过,听别人提起过,她虽然控制不住地想去关注,可又觉得和自己没有多大的关系。反正她早就知道,喜欢谢凌云的人不会少。她或许永远做不到像雒清语那样勇敢。戚乔接受自己的不勇敢,所以,她只当自己是一个旁观者。

她还有太多的事情要做。之前完成的剧本,戚乔尝试着投了几家影视公司。十月底,学校开始了奖学金评选,仅凭绩点而言,戚乔以零点二分的微弱优势居于第一名,第二是谢凌云,第三薛启文。

两人之间只差零点五分。

但谢凌云从不参加各种所谓的"加分"活动,文体分为零。

综合成绩排名下来,戚乔拿到了导演系的国家奖学金,薛启文第二,谢凌云反倒成了第三,但他本人倒毫不在意的模样。

隔周上课,戚乔早早到教室,才等了十分钟不到,谢凌云和张逸蔡沣洋聊着天,一先一后进了教室。

三人还在聊那部最近上映的《消失的爱人》的剧情。

谢凌云似乎心情不错,张逸故意阴阳怪气地酸他,大少爷能为一部电影专门飞去香港看,跟他们这些只能在网上等盗版的人当然不一样,他居然没有怼回去,笑了两声,什么也没说。

张逸和蔡沣洋在第一排落座。

戚乔这时才抬了下头,装作才注意到他们进教室。

谢凌云的脚步停在过道,蔡沣洋习惯地把边上的那个位置让出来,他却摘了挎包,放在了戚乔身边的位置。

蔡沣洋拧身转过来:"咋的,少爷,我让的座烫屁股?"

谢凌云弯腰坐好,面不改色:"我远视,第一排受不了。"

第一排和第二排差很多吗?

戚乔侧眸,语气认真:"你什么时候远视了?"

谢凌云:"怎么,歧视我们远视的?"

"不是。"戚乔说,"你以前好像坐过好多次第一排了,都没有听过你有远视。"

张逸转身,振振有词:"本来就没有!你就是不想和我俩坐呗,整这么多理由干啥,戚乔身边比我们香?"

戚乔眨了眨眼睛,看向谢凌云。

只见他笑着,"嗯"了一声,又微微侧眸,看了眼她,说:"全班第一名的旁边,当然跟别的地儿不一样。"

三分调侃的语气,戚乔不禁笑了下。

"说起这个!戚导,国奖都到手了,到时候可得请我们吃饭啊。"张逸嘿嘿地笑说。

戚乔还没回答,身边那人却先开口:"你倒是脸皮厚,请过她吃饭吗?"

"你骂我……"张逸委屈道,"我不就开个玩笑?"

蔡洋洋也实在受不了:"不是,大哥,你是戚乔的发言人?人家戚乔还没拒绝呢。"

谢凌云掏出书,翻了几页,闻言,扫了坐在前排那两人一眼,漫不经心道:"少欺负她不好意思拒绝。"

戚乔愣了一秒,藏在课桌底下的手悄悄握紧。

教室又进来几人,早已听见他们的谈话,走在最前面的薛启文玩笑一般说了句:"说得对啊,戚导都拿了国奖了,不请客怎么说得过去?"

戚乔抬眸。他的语气和平时相差无几。

可那声戚导却怎么听怎么觉得别扭,和张逸那句明显是随口跑火车的语气不太一样。

薛启文的脸上挂着笑,却不达眼底。

戚乔没有应。却似乎因为这一声,将周围其他同学的兴奋值直线调高。

"就是,戚乔,我们等着你请客啊。"

"要不就校门口那家火锅?"

"好歹是国奖,怎么着也得选个更贵的吧?"

此起彼伏的说话声。

戚乔没办法,正要妥协:"那你们……"

"想得美。"谢凌云淡淡地出声,打断了戚乔的话,他掀了掀眼皮,问,"第一名是你们帮忙考出来的？"

薛启文笑说："开玩笑而已，这么认真干什么，当然是戚乔一个人考出来的，谁又说什么了。"

谢凌云轻笑了一声，没再看他。

于惜乐在教室外啃完早餐，就听见这么一句，问："这是怎么了？"

张逸挠头，不好意思地笑笑："我刚才开玩笑说让戚乔拿了奖学金后请客吃饭呢。"

于惜乐作为戚乔的室友，从平时吃穿用度也能看出她的经济情况，何况在她们宿舍，戚乔从不避讳出去做兼职，或者找各种拍片子的活儿挣钱。

于惜乐听见这句，抽了本书，就往张逸的脑袋上拍了一下："请你个锤子。"

"啊！下手就不能轻点？我都说了我是开玩笑！"

"我看你是没分寸。"

两人打打闹闹的动静缓和了方才瞬间的尴尬。

戚乔朝谢凌云望去一眼，他在低头看手机，并没有发现。

戚乔不知道薛启文那天是否真是玩笑，但她不是傻子，还是能感受得出来话中隐藏的淡淡敌意。她很快抛之脑后，并非因为神经大条，而是觉得没有必要在这种事情上浪费时间。

计念最近又给戚乔找了个角色。一个新剧中的配角，戏份比之前那个多很多。

角色是一个十多岁的小男孩，导演四处找配音演员，本着肥水不流外人田的想法，计念一回宿舍，就叫戚乔尝试伪音，没想到，效果意外不错。

戚乔压低了嗓音说话，听起来还真像个十一二岁，还没到变声期的小男生。

两人商量这件事时正在食堂打饭。

"这个角色戏份不少，酬劳按照集数计算，嗯，大概的话，你最后也能拿到一千来块钱，还算可以吧——阿姨，我要个大鸡腿。"

戚乔点头："那今晚我先录一段，你发给导演。正好我也可以练台词。"

"OK（好的）。"两人找了个座，计念坐下又说，"乔乔，你真的太牛了，来我们录音艺术学院或者菲菲她们表演学院，都绝对能拔尖儿，导演还要声音、表演、光影各种都学，光想想就累，而且都是一个专业的，怎么惜乐整天看上去比你闲那么多？"

戚乔道："惜乐更喜欢纪录片，这学期晚上的纪录片创作课，她听得比谁都认真，周末也都会带相机出去拍素材。我们应该算是，努力的方向不一样？"

计念笑了下："那以后我可以给惜乐的片子配旁白，给你的角色配音，你俩以后可不能拒绝我啊。"

"嗯。"戚乔也跟着她笑。"以后"这个词，对她而言，充满期待和诱惑力。

"戚乔？"

戚乔循声望去，宋之衍穿着一件白色卫衣，端着餐盘走过来。

说起来，这个学期没有共同的课，戚乔已经好多天没有见过他。

"可以一起坐吗？"宋之衍笑问，"高峰期，没别的空位了。"

计念热情好客："可以啊，坐吧。"

宋之衍道谢，在戚乔身边的位置坐下，扫一眼戚乔的餐盘，问了声："你不吃辣？"

"嗯，不太能吃。"

计念笑着补充："但是出去吃火锅，还是会馋红油锅里的，吃两口辣到喝半瓶豆奶。"

宋之衍跟着笑了起来。

戚乔微窘："但是看着真的很好吃。"

"你尝过铜锅涮肉了吗？"宋之衍道，"小料加多点麻酱的话就没那么辣了，下次可以试试，说不定你会喜欢。"他的语气随和，就像普通的本地同学推荐美食一样。

戚乔浅浅一笑："好。"

"对了，下周跨院系联合示范教学，导演系、声音学院和我们摄影系都要参加，我也选了故事片，你们呢？"宋之衍说。

计念道："我们院学生不会全程参与，可能也就最后配音会去。"

宋之衍的目光转向戚乔："你呢？"

"我也选了故事片。"

宋之衍似是料到，紧接着道："那就到时候见了，合作愉快啊，戚导。"

跨院系联合示范教学算是电影学院全校的一个重要教学计划。

导演系、摄影系两大王牌专业参与，分故事片组和纪录片组两大组，又与影视技术系、声音学院和美术学院合作,进行专业的棚内拍摄。

一整周的时间都会花在摄影棚内。

正式拍摄前两天,班上就组织全体学生去影棚布置。

设备和器械都在教学楼的器材室,分量都不轻。老师原本只吩咐了所有男生去搬,戚乔和于惜乐却也跟了上去,

她们到时,大家已经陆续开始搬。

宋之衍抱着装了台摄影机的箱子出来,瞧见戚乔,微微惊讶:"你怎么过来了?这种活儿不用你们女生干。"

戚乔道:"我们来帮忙。"她给宋之衍让开一条路,在他迈过门槛时,怕他摔着,帮忙扶了下箱子。

宋之衍并未看到,却落入器材室内某人的眼中。

"走吧,"于惜乐说,"看他们这群人抱着摄影机还吊儿郎当地走,我是真怕不小心给摔了。"

戚乔"嗯"了一声,走到架子旁,抱下来一台钨丝泛光灯,看着不大,重量却不轻,腾空的瞬间,险些抱不住,下一瞬,手中的东西却一轻。

戚乔闻见淡淡的青柠香味。她抬眸,目光撞入谢凌云的眼睛里。他却只看了她一眼,然后帮戚乔将灯装入箱子。

"谢谢。"戚乔说。

谢凌云没出气,弯腰合上箱子,抱起来就要走,走出两步,又回头,没什么情绪地问:"怎么不帮我抬?"

戚乔没反应过来:"啊?"

谢凌云轻哼一声,不等她"认错",转身走了。

留戚乔在原地,发愣思索了好一会儿,不知道他什么时候变得这么娇弱了。

剩下的东西都不算太重,戚乔抱着箱子往摄影棚走。

不到十分钟的路程,抵达摄影棚外时,她额上浸出了层薄汗,不知道是不是因为快来生理期了。

箱子太大,视野受限,也因此她没看见门口的高门槛,脚下踉跄,戚乔下意识地抱紧了箱子,身体微侧想要护住箱子。

她做好了心理准备,却没有等来预料之内的跌倒在地,而是落入了一个

温热的怀抱。

戚乔再次闻见那股熟悉至极的青柠味,她愣了好几秒,感受到后背紧贴的温度。

他的呼吸从自己的颈间一扫而过。戚乔一愣,仿佛那片肌肤被火焰炙烤,烫得厉害。

她很快站好:"谢谢。"

谢凌云从她手中拿走了那只箱子。

于惜乐赶过来,紧张道:"摔到没有?吓死我了。"

戚乔摇头。

于惜乐松口气,也朝谢凌云说:"谢谢啊,还好你反应快,从那么远跑过来。"

戚乔飞快地看了眼他,眼睫轻轻地颤了下。

身旁有同学也大喘气:"还好没摔坏器材。"

戚乔也觉得幸运,紧张的心落下去。

"是啊。"薛启文也看到了这一幕,笑了笑,却说,"你们女生还是不太适合学导演。"

戚乔看过去。

薛启文神情自然,仿佛刚才那一句,跟"吃了吗"差不多。

和薛启文认识的一位男生跟着附和了一句:"谁说不是,真要去拍片,比这累多了,你们这些娇滴滴的女生哪儿受得了?"

戚乔脸色冷了下来,她轻声说:"刚才是我不小心,没有看到门槛,这和女生适不适合做导演有什么关系?"

薛启文笑了笑:"这么严肃干什么?开句玩笑而已,没别的意思。"他说着话,抬了抬双手,做了个投降的动作。

戚乔道:"我不觉得好笑。"

"那当我没说,行吧?"

于惜乐冷着脸过来:"什么叫当你没说,屁都放过了让人当闻不到?"

薛启文愣了下。

张逸哈哈大笑,下一秒觉得气氛不对,捂着嘴说了三遍 sorry(对不起)。

戚乔又道:"我是力气小,你可以说我,可以怪我刚才差点摔了设备,我不会反驳你一个字。"她抿着唇，绷着脸，"所以你可以说我，但是请不要扫射全体女生。我不可以，惜乐就能做得到，还有我们班另外几个女生，她们也都可以。"

戚乔直视着薛启文和刚才那位附和的男生："你们凭什么说这样的话？"

那男生道："就说了你两句，有必要这么咄咄逼人吗？"

"呵。"谢凌云笑了声，"这就觉得咄咄逼人了？"

谢凌云平常在班上并不会给别人太大的距离感，男生们也都能和他开玩笑。

此刻，他眼眸沉沉，仿佛漆黑的寒潭。

谢凌云看着那两人，扯了扯嘴角："我倒觉得比你们刚才那些话温和多了。"

班长站出来当和事佬："都好好说话，别吵别吵，多大点事。"

戚乔抿唇，站得笔直，却没有一丝要退让的意思。

薛启文讪讪笑着："就当我说错，可以了吗？"

于惜乐双手抱在胸前，望着他的目光失望又冷漠。

"什么叫就当你说错啊？"她说着，就要撸袖子上前。

离得最近的张逸赶紧拦住："别别别，于导，消消气，消消气，生气长皱纹。"

戚乔再次开口："男性体力优于女性，可导演又不是完全依靠于体力的行业。"她说完这句话，抱起装着泛光灯的箱子放在指定位置后，便头也不回地离开了。

身影消失在门口时，薛启文身旁那男生笑笑，不当一回事的模样："天真，哪个导演不看体力啊。"

谢凌云正好迈步走到了他们跟前，闻言，侧了侧眸："你知道当导演最重要的是什么吗？"

"什么？"

谢凌云轻嗤一声："脑子。"撂下这句，他没有回头，大步流星走了出去。

斜阳照在田径场上。

戚乔的脚步不停，鬓角已经汗湿，脸庞绯红。

她已经跑了五圈。谢凌云也看她跑了五圈。他没有上前阻止，远远地望着。

这个时间，田径场没有几个人。

金色的光从空中散射下来，穿过云层，形成一道道光路。

少女的身影单薄纤细，她的身体里却好像有无穷尽的力量。

他看着她一步步向前跑，一遍遍地抬手擦汗，脚步却没有一刻停顿。

"原来你在这儿呀！"

谢凌云皱眉回头，扫了眼突然出现的雒清语，又没什么表情地转回去。

"喂，干吗又不理我？"雒清语强行站在他视野正前方。

谢凌云跟看不见似的，越过她的发顶，看向那道逐渐奔跑过来的身影。

雒清语已经习惯了他这副爱搭不理的样子，坦然接受，从口袋拿出两张电影票："学长，咱们一起去看电影吧。"

谢凌云看也不看一眼："没空。"

雒清语道："你上次拒绝我，咱们还不是一起看了同一场《消失的爱人》？"

他们站在跑道最外圈。

雒清语说这句话时，戚乔正好跑过来，她咬着下唇，调整呼吸，继续向前。

谢凌云回复的话夹在风中，模糊不清。

她再次跑过半圈后，体力渐渐不支，速度也慢了很多，但仍没要停下来的趋势，马上要上弯道时，右手忽然被人拉住。

"别跑了。"谢凌云的声音传来。

戚乔想要挣脱，他却握得更紧。

"六圈了，够了，明天再继续。"

谢凌云绕到戚乔的面前，干脆按住了她的双肩，他声音很低："练一天你也练不成博尔特，戚乔乔，今天流的汗够了。"

戚乔喘息着，她抬眼，定定地看着谢凌云，其实并不意外，他能看透自己心里的想法。

她反驳时云淡风轻，可心里其实在意。

夕阳照在两人身上，影子被拉得长长的，落在砖红色的跑道上。

戚乔的声音又低又轻："我不要你管我。"

谢凌云很不讲理："我就管。"

戚乔被他噎了一下，刚想要反驳，却听谢凌云道："我没和雒清语去看《消失的爱人》。"他接着说，"我自己去的，谁能想到在同一个厅里碰到。"

戚乔顿了一下，小声说："你跟我解释什么？"

"这不是——"谢凌云的声音含笑，"怕有的人误会。"

不知道是谢凌云的声音太具有蛊惑性，还是刚才那句话过于暧昧，戚乔的心跳加快了一瞬。但她脸上却仍旧平静，为此她将表演课上所学的全部技巧都用上了。

"谁误会了。"她咕哝了一句。

谢凌云轻挑了下眉："没有？"

戚乔："没有。"

谢凌云低下头来，距离拉近，两人鼻尖相距不到半尺。

戚乔却倏地后退一大步，她提着一颗心，想的却全是自己此刻在他眼中的模样，汗流浃背，面红耳赤，一定丑死了。她吸了吸鼻子，距离太近了说不定还会闻到汗味。

戚乔抿唇，在谢凌云再次开口之前，她转身，留下一句"我走了"，便头也不回地跑掉了。

身后，谢凌云愣了一秒，不自觉地向前追了几步，却又在下一瞬停下来。

他望着少女匆忙逃跑的纤瘦背影，啧了一声，自言自语道："吓到她了吗？"

谢凌云回到宿舍之时，另外三人也早已回来。

张逸关心道："你是去找戚乔了吧？怎么样，她还好吧？"

"嗯。"谢凌云坐下，开电脑，"多大点事儿，还伤不到她。"

蔡沣洋挠头："说起来，自从评完奖学金后，薛启文跟戚乔说话老是夹枪带棒的。"

"你们不懂了吧。"张逸深有研究似的，发表意见，"以前文学作品都爱写女人的嫉妒心，其实男人妒忌起来，有时候比女人更可怕。"

"什么更可怕？"卫生间的门被推开，宋之衍走出来。

"张大哲学家说男人的嫉妒心可怕。"蔡沣洋答道，"说起来，今天下午那时候你正好不在摄影棚里,错过一场大戏。"

宋之衍倒了杯水,喝着,随口问:"什么大戏?发生什么了?谁跟谁?"

"就我们班……"

"薛启文。"谢凌云盯着电脑,忽然插话道。

"薛启文?"宋之衍回忆一番,"好像有点印象,他怎么了?"

张逸滑着电脑椅凑过去,操心道:"这本来可是你绝佳的机会啊,老宋!薛启文当众跟戚乔吵起来了,还好当时戚乔头脑清晰,薛启文说女生不适合学导演,戚乔一句一句给他怼回去了,于惜乐也跟个炮仗似的骂了几句,当然,还好谢凌云也出声帮了戚乔,这才……你踹我干什么?"

谢凌云收回长腿。

张逸心疼地抚摸自己的椅子:"谢大少爷,虽然椅子都是你买的,那也不兴动不动就来两脚啊,下次要踹踹我好吗?"

宋之衍却看向谢凌云,声音温和地问:"老谢,你也去帮戚乔了?"

张逸和蔡洋洋齐声回答:"是啊。"

谢凌云没作声,按几下鼠标,点开还没剪完的作业。

"你不知道,当时那场面,我们少爷可太有震慑力了。"

张逸又坐着电脑椅滑回去,惋惜地对宋之衍说:"可惜你不在,不然这是多好的表现机会!"

宋之衍扫过谢凌云的背影,他一副事不关己的模样。

宋之衍很轻地笑了笑,随后很快消失。

Chapter 5
微酸心事

戚乔回宿舍时,于惜乐在跟计念和楚菲菲骂薛启文,洗完澡回去,还没骂完。

幻想破灭的症状,持续了一整晚,都没有缓解。

睡前,戚乔在她的周计划中加入了一周三次的长跑。做完一切,拿起手机,这才看到三条一小时前发过来的微信消息。

第一条来自宋之衍。

宋之衍:我听室友说才知道下午的事情,你还好吗?

大概是没等到戚乔回复,二十分钟后,对方又发了一条:别太在意那种人的话。

戚乔简单回复:嗯,我知道。

第三条,则来自陈辛,简洁的一行字:12月12日到15日你有没有时间?能不能帮我照顾下顾念昱。

戚乔直觉有什么事发生了。陈辛是工作狂,不是会这么早就睡的人。戚乔走到楼梯间,拨出去一通电话,那边很快接通。

"辛姐,我恐怕只有周末两天有时间。你怎么了?"

陈辛语气不太对劲,带着一丝委婉的恳求:"那就那两天,你来我家行吗?"

戚乔在电话里没有细问,点头答应:"好。"

跨院系棚内教学周结束的那个周末,陈辛约她见面。

顾念昱前段时间一直念叨着要去游乐场,陈辛干脆买了三张票,将顾念昱送去坐旋转木马。站在外圈等待时,陈辛才对戚乔开口:"又要麻烦你了,我……实在找不到别人了。"

陈辛的脸色不太好,几乎消瘦一圈,下巴变得又尖又小。再厚的妆,都遮不住憔悴疲惫的精神状态。

"和顾岳麟的事,我前段时间告诉我父母了。"陈辛扯了下嘴角,"你猜他们怎么说?"她的语气和神情,都告诉戚乔恐怕不是令人欢喜的结果。

"他们反而怪我,觉得孩子都生下来了,只要他跟对方断了就行,怎么就非要到离婚的地步,这种不光彩的事情要是传出去了,他们只觉得丢人。"陈辛笑了笑,"你知道吗,我的父母也都是读过书受过教育的人,我是真的没料到他们会这样想。"

戚乔不知道该怎么劝慰。

"妈妈!戚乔姐姐,你们也来玩儿嘛!"顾念昱骑着旋转木马靠近,兴致勃勃地招呼她们,"我们一起!"

陈辛立刻换了张笑脸:"我们大人才不屑玩这种游戏,你自己玩。"

顾念昱哼了一声,只当她们无法体会这种究极快乐,抱着木马的脖子,跟旁边的小女孩打招呼。

陈辛转过了身:"请你帮忙,是因为我下个月那几天要去做个手术。"

戚乔愣住:"什么手术?严重吗?"

"一个利普刀手术。"陈辛说得轻松,下一句话却让戚乔的心也跟着一紧。

"我感染了HPV。"她的脸色苍白,"去年就查出来了,药物治疗没什么效果。"

戚乔只知道,HPV是人乳头瘤病毒。

"抱歉……我实在是没办法了。"陈辛凄凉道。

"这不是你的错……"戚乔说,"你什么都没有做错,不要再自责了。"

陈辛望着她,低声说:"我知道,可心里又总觉得对不起念昱。"

戚乔轻声说:"你要先照顾好自己的身体,放心吧,那几天我帮你照顾顾念昱,你安心做手术。"

陈辛道了声谢,又道:"我按照三倍的薪资给你。"

"不用了,辛姐。"戚乔拒绝,"我只是想帮你,没有把它当工作。何况,我也很喜欢顾念昱。"

顾念昱坐完旋转木马下来,同时牵住陈辛和戚乔的手,兴奋道:"我们去玩摩天轮吧!"

他一个人向前奔跑,拽动了两个大人:"冲啊!"

时间很快到陈辛约做手术那周。

戚乔上完了周五的课,乘车直接去接顾念昱放学。在教学楼下,偶然碰到了也刚刚下课的宋之衍。

"戚乔,你明天有空吗?"宋之衍抛下了同行的同学走过来。

戚乔赶时间,顾不得问他到底有什么事情,坦白相告:"没有,我这两天都有事情。对不起,我现在就得走了,有事发微信给我吧。"说完,她挥了下手,小跑着离开了。

张逸几人下楼来时,只来得及看到戚乔模糊的背影。

"戚乔干什么去啊,这么着急?"他问身边的于惜乐。

"有事呗,你打听这么清楚干什么,喜欢我们戚乔啊?"

"我还不是为了……"张逸语气一顿,笑了笑,"还不是关心同学。"

谢凌云望一眼前方的宋之衍,轻轻地踢了张逸一脚。

"你最近是不是对我有意见?"张逸问。

谢凌云:"看出来了?"

张逸无奈。

于惜乐却当是张逸好奇,冲他摇摇食指:"你这样的,我们家乔乔看不上的。"

一行人已经和门口的宋之衍会合。

蔡沣洋赶紧道:"那她喜欢什么样的?"

于惜乐哪知道,信口胡诌:"长得帅、脾气好、细心体贴、幽默风趣、性格温柔……暂时就这些吧。"

张逸用手钩着宋之衍的脖子,笑嘻嘻地仿佛在推销:"那我知道有个人特符合。"

宋之衍瞧了谢凌云一眼,四目相对。他推开张逸,笑了下,暗示张逸别在这么多人面前张扬:"你消停会儿。"

出了教学楼，冷厉的西北风无情刮过来。

蔡沣洋想起什么，撞了下谢凌云道："少爷，你生日好像又快到了，今年总能和我们一起庆祝一次吧？"

谢凌云心不在焉："再说吧，走了，下周见。"

戚乔接到顾念昱时，他正蹲在学校保安室里，捧着脑袋观看保安大爷下象棋。

见到了戚乔后，还有些对战局依依不舍："爷爷，我帮你下吧？保证能赢。"

大爷说："你小子会下象棋？"

戚乔低声说："别捣乱。"

顾念昱拉住她的手，投去一个可怜巴巴的请求目光。

戚乔拿他没办法。

"让我试试嘛。"

连大爷都禁不住这一下撒娇，跟见了自己亲孙子似的，十分高兴地妥协："行，那给你试试。"

没想到顾念昱还真有两下子，两位大爷半小时都没破开的局势，他几步就清掉了对方的双炮一车。五分钟不到，将军拿下。

顾念昱高兴了，牵起戚乔的手，舍得回家了："走吧走吧。"

戚乔还没有见识过顾念昱这项技能："你象棋这么厉害？"

顾念昱傲娇地眨眼睛："我会的东西可多了。"

两人上车，顾念昱用他的小手机给陈辛打了个电话："妈妈，我接到戚乔姐姐了，我们现在要回家了哦。"

戚乔好笑道："谁接到谁啊？"

顾念昱嘻嘻地笑了声，又冲电话那边说："妈妈，你出差回来要记得给我带礼物哦。"

"知道了，每次都只记得礼物。"陈辛说，"听戚乔姐姐的话，听见没有，不然我回去揍你。"

顾念昱："老师说大人打小孩犯法！"

戚乔带了电脑和这两天的换洗衣物，进小区大门时，遇到了从学校回来的贺舟，他远远地就向戚乔挥手打招呼："好久不见啊，小乔妹妹。"

顾念昱已经和贺舟混熟了，趴在车窗上问："贺大哥，我写完作业可以去你家和小猫玩吗？"

"行啊，欢迎。"

贺舟目送那两人乘车远去，想了想，掏手机点开微信，编辑道：来我家打游戏。

对面很快回复，很高冷：没空。

贺舟：行，你别后悔。

对面：后悔我叫你大爷。

贺舟：行，截图了哈。

说是要去撸猫，但最近小学生的作业多到令人发指，顾念昱写了一晚上都没有写完。

谢凌云周六上午过来时，贺舟一个人抱着猫，坐电脑前打游戏。

"来了啊，吃什么，叫外卖？"

"不吃。"

谢凌云走上前，先抢走猫摸了两把，又摘了他的耳机，直截了当地说："人呢？"

贺舟注意力被打断，一个不小心被对面打死了，他哀怨地看了眼谢凌云，道："我不是在这儿？"

谢凌云翻白眼："我问你了？"

贺舟反应两秒，跷起腿，笑了："先叫声'大爷'让我听听。"

谢凌云重复问道："人呢？"

贺舟拖腔带调："少爷说隔壁那小孩儿，还是人家小乔妹妹呢？"

谢凌云冷笑一声，点头："行。"

贺舟一看不对劲，立马投降："我邀请是邀请，人家来不来又是另一回事，我寻思着，发微信也没告诉你戚乔现在就在我家撸猫，有的人屁颠屁颠地赶过来，怎么，见不到人，恼羞成怒了，怪我呗？"

谢凌云把耳机挂回他耳朵上，又冷笑一声，弯腰，顺手将键盘上音量键按至最大。

"谢凌云,你个混蛋!"

快中午时,顾念昱终于写完了一个周末的作业,累得瘫倒。

煮饭的阿姨做了他最爱的健康版炸鸡,戚乔躲着他给陈辛打了个电话,得知手术已经顺利结束,只需要再卧床休息两天后便放下心来。

挂断时,一条 QQ 消息跳了出来。

谢凌云:一。没头没尾的。

戚乔发了一个问号过去。

谢凌云:发错了。

戚乔:哦。

她以为没有下文了,下一秒,谢凌云又发来一条消息:导表实践的剪辑作业写完没有?

戚乔:没有,我今天有事。

谢凌云:在忙?

戚乔:嗯。

谢凌云没再发来别的消息。

过了三分钟,戚乔正要放下手机去吃饭时,手机又振动了一声。

谢凌云:贺舟说,见到你去隔壁那小孩家了?

戚乔:嗯,他妈妈出差,我这两天照顾他。

谢凌云:下午干什么?

顾念昱行程还挺繁忙,戚乔回复:送顾念昱去补习班。

谢凌云:行。

戚乔看了半天,没懂他说的"行"是什么意思。

顾念昱下午有两小时的击剑课,还有一个半小时的英语课。

戚乔带上了电脑,准备在他上课的时间找间咖啡店剪素材。

击剑馆距离不近,车程近一个小时。

顾念昱穿好击剑服,非要给戚乔表演一段,重点是要她给自己多拍几张帅照。

这小孩年纪不大,偶像包袱不小。

戚乔遵守约定,拍完顾念昱还要选片,回去给他修完,再发给他。

Chapter 5 / 微酸心事 171

"我好帅啊。"顾念昱捧着脸自恋。

戚乔笑着问:"你学了多久?"

顾念昱掰着手指头:"六岁开始的,我现在已经九岁了,学了三年!"

"你练的是哪种类型?"

"花剑,老师说我现在年纪小,花剑是最轻的,所以只能先练这种,但是我好想连重剑哦。"

"重剑也是击剑的一种?"

"嗯呐。"顾念昱介绍道,"还有一种叫佩剑,不像花剑和重剑,它既可以刺,也可以劈。"他指着击剑场地的一个人说,"那个人练的就是佩剑。"他环视一圈,又道,"现在好像没有在练重剑的。"

戚乔收好手机,提上电脑:"好了,你快去跟教练练习吧,等下课我再来接你。"

顾念昱乖乖地点头,戚乔迈脚时,他忽地抓住了她的衣角:"戚乔姐姐,"顾念昱眼神认真,"我妈妈真的是去出差吗?"

戚乔愣了下,才点头:"是啊,要忙好几天呢,听说那个项目也遇到了点麻烦。"

顾念昱"哦"了一声,声音微微低下来,分不清是信还是没信:"好吧。"他戴好面罩,转身朝教练走去。

戚乔却看着他的背影沉默许久。

她剪完素材,提前十分钟回来,顾念昱的教练还在给他加练。

戚乔放下电脑,循着击剑馆的指引路标去卫生间。隔了条过道,一道玻璃墙挡在眼前。

戚乔不经意扫过,目光却定在那面玻璃墙之内,里面是一处独立的击剑场地,门边挂着一块VIP(会员)字样的金属牌。

一道修长的白色身影闯入她的视线里。

那人穿着一身重剑击剑服,戴黑色面罩,击剑服特有的形制将肩宽腿长的优势展示得格外明显,比例优越。

他的动作很快,对手足足矮了他半个头,在他的连续进攻下艰难防守。

戚乔有些移不开眼睛,甚至不知道,是因为刚才看多了顾念昱的小学生击剑法,才对此时眼前利落敏捷的动作所吸引,还是单纯地因为他本身兼具攻击性与美感的招式。

戚乔忽然领悟到当年《佐罗》这部电影第一次在国内上映时，能吸引七千多万观众进影院的原因。

击剑，一定是暴力美学的最佳诠释者。

戚乔正出神地看着，她都没看清那人刺中了哪里，观众席位仅有的两三位观众蓦地起立鼓掌。

那人摘下面罩，与对手相握致意。

他的侧脸露出来，戚乔愣在原地，怎么会在这里见到谢凌云？

她恍惚地看向他，或许是感觉到了这道炽热的目光，玻璃墙内，谢凌云蓦地转过身来，瞧见戚乔，他显然也愣了一下。

谢凌云比戚乔反应快，阔步朝外走来。

戚乔蒙了一秒，仿佛偷窥被人察觉，做贼心虚，抬脚就要跑，离开的方向却正好撞上谢凌云打开的门。

戚乔脚步不停，越过他就要走。

"回来。"谢凌云喊。

戚乔停下脚步，转身，抿着唇低声说："我不是故意偷看。"

谢凌云勾了下唇角，今日心情明显好得过分："我说你什么了？"

戚乔摇头。

"那跑什么？"

戚乔顿了一下，道："怕你报警说我是偷窥狂。"

谢凌云倒提着重剑，靠在墙边，语气漫不经心地说："放心，免费给你看。"他又问，"来陪顾念昱上课的？"

"嗯。"

"他在哪儿？"

"外面的场地。"

谢凌云点了头，语气自然："走吧。"

顾念昱今日的训练不太顺利，近两个小时下来，击剑服的衣服全部被汗湿透了。

他期盼地等戚乔快点回来带他走，没想到他的戚乔姐姐又带回来个陪练。

不过这个人，他认识。

"哥哥!"

"有点儿良心。"谢凌云笑说,"还记得我啊?没白背你。"

顾念昱瞧着他手中的剑:"哇,哥哥你是练重剑的吗?"

谢凌云:"我都会。"

好嚣张哦。

顾念昱方才还耷拉的脑袋一下子支棱起来:"咱俩比一场,怎么样?"

谢凌云的目光转向戚乔。

戚乔小声:"让他赢。"

谢凌云也小声:"要让我放水?"

"九岁的小男孩好胜心很强,不然等下英语课带不走了。"

"十九岁的成年男孩好胜心也很强。"

戚乔:"你不是1994年的吗?今年都二十了。"

谢凌云敏感道:"都?"

戚乔:"……才,好了吧?"

谢凌云笑了声,顺势道:"那才二十岁的人过生日,你要不要来?"

戚乔愣了一秒:"你这算是邀请我吗?"

"不然?"谢凌云挑眉,"还是应该正式地印份请柬,上面就写,诚挚邀请才十八岁的戚乔乔小朋友于2014年12月21日参加谢凌云二十岁大寿,敬请光临?"

戚乔无语。

"哥哥?"顾念昱冷不丁出声,"还比吗?"

谢凌云没动,一副在等她回答的阵势。

戚乔无奈,伸出手轻轻地推了他一下:"快点。"

"遵命。"谢凌云说。

下一节课外班的时间不能再等,谢凌云和顾念昱比完一场,戚乔便准备走了。

谢凌云跟着到了出口,在她要乘车时,开口喊道:"戚乔乔。"

戚乔回头。

谢凌云道:"答不答应?"

没头没尾的一句询问,戚乔却一秒听明白,上车前,她轻轻点了下头。

司机发动车子，她回头。

风吹动了少年乌黑的短发，他就那么站在那儿，光而不耀。

四目相对的瞬间，谢凌云微微歪了下头，眼尾微扬，薄唇微动。

戚乔看懂了他的口型。

谢凌云说的是："我等你。"

陈辛在周日晚上回来，她化了妆遮盖自己苍白的脸色。她给顾念昱带了乐高，还送给戚乔一套香水。

戚乔心念一动，忽然对要送给谢凌云的生日礼物有了想法。

回宿舍的路上，戚乔给妈妈打了电话，才知道爸爸又要外出采风，这回要去的是海南。此刻已经在飞机上。

戚乔有点惊讶，这次爸爸居然没有告诉她，以前要去哪儿都会提前好久跟她说。

她没有纠结于这一点，重要的是还有一个好消息，最近一个月已经连续有三位收藏家订了画。十月的那次画展，突然之间就让戚父打开了知名度。

戚乔也很高兴，这样妈妈就不用那么辛苦了。

谢凌云在周日晚上便回到了宿舍。

谢凌云摘了书包，拿出笔记本时，带出来一本小书掉落在地。

张逸正好起身，顺手帮他一捡，忍不住道："你还爱看笑话大全啊。"

谢凌云伸手抢回去："你管得着吗。"

蔡沣洋惦记着生日一事，问："怎么样，今年的生日少爷是跟您的七大姑八大姨隆重相聚，还是纡尊降贵跟我们这些人吃吃喝喝？"

谢凌云坐下来，正在群里回绝爷爷、奶奶、姥姥、姥爷要给他办"二十大寿"的提议，两位老太太热火朝天地争执，到底要去酒店吃，还是自己在家做。

战况激烈，姥爷在群里说：*看我孙子意见。*

谢凌云回复：*我的意见是不办。*

回完消息，他冲张逸说："你们挑个地儿。"

蔡沣洋："真跟我们一起过生日啊？"

谢凌云"嗯"了一声。

手机振动，奶奶的通话拨进来，他接通。

"哪有人不过二十岁生日的？昨儿个我都让人把虾蟹鲍参都定好了，必须办！我得亲自下厨给我孙子做菜吃。"

谢凌云仰头靠在椅子上，无奈道："甭折腾了，老太太，您那老腰能在厨房站一个钟头？"

"怎么说话的？"老太太话音一转，"是不是不想见你爸？那简单，今年冬至是礼拜一，他指定没空，咱不请他不就得了。"

谢凌云笑说："这话下次当谢承面儿说啊。"

老太太："谢承？臭小子，没大没小，你现在当我面儿叫我儿子大名？"

谢凌云又笑了声，恰好有一通电话打进来："别忙活了啊，那天中午我回去您给我做碗长寿面就成。我姥姥电话打过来了，挂了。"

大少爷应酬繁忙，谢凌云又跟姥姥、姥爷强调了一番，最终答应晚饭过去吃碗饺子，才拒绝掉了两位老人非得兴师动众的想法。

挂了电话，一直在旁听的张逸调侃了句："我们少爷真的被很多人爱着。好羡慕啊，蔡狗。"

"谁说不是呢。"蔡沣洋正在挑学校附近的餐厅和KTV，"多叫几个咱班的人行吧，少爷。"

"都行。"谢凌云随口道。

宋之衍笑问："想要什么礼物？正好我后天要出去拍摄，顺道儿给你买好。"

谢凌云："不用。"

"最近就没什么想要的？"张逸道，"好歹说一个呗。我们仨凑凑，说不定也能买得起。"

"没跟你们客套，什么也不缺。"谢凌云一边回消息一边说。

蔡沣洋道："也是，我们少爷想要什么都能立马拥有。"

谢凌云无奈道："能别一口一个'少爷'吗？"

宋之衍笑了笑："你还不喜欢啊？我听你朋友都这么喊你的。"

谢凌云："他们犯贱的时候都这么喊。"

学期末，导表实践也已经进入收尾阶段。

这门课的老师是位曾经拿过奖的导演，五十岁的导演事业巅峰期时，忽然公开声明退圈,从此只在电影学院导演系担任一名教师。到今年为止,已经是传道授业的第九个年头。

他上课时不苟言笑,没一句废话,教给学生的都是实打实的,以后能在实践中用到的东西。

老师姓周,每次上课都会穿一身板正又不失儒雅气质的衬衣西裤,领带一丝不苟地系在颈间,花白的头发梳得有型有款。他是典型学院派导演的代表人物,但或许自身一板一眼的标签,他格外喜欢有灵气的学生。

"戚乔,下周的外拍作业你来当组长,有没有信心?"周教授说。

戚乔上一秒还在记笔记,以为要随机抽签定组长,一时没能反应过来。

"不想当?"周教授又问,"还是觉得自己没这个能力,带不了五六个人的组?"

戚乔立刻道:"想,我可以。"

组长可是相当于总导演的职位,机会难得。

教授递来三张纸条,戚乔抽了张,选中的是林海音的作品《城南旧事》片段。

周教授又一指:"还有没有人自告奋勇?"

薛启文举手。

"行,你算一个。还有没有人?"周教授的视线扫过来,"谢凌云?"

谢凌云道:"能拒绝吗?"

周教授又是那句话:"不想当是觉得自己没能力?"

谢凌云一笑:"都不是。"

周教授示意他继续说。

谢凌云瞥了眼前排的人,道:"我喜欢戚乔那组的题目。"

戚乔顿了一下,回头:"那我可以给你,我们组选……"

话还没说完,就被谢凌云打断:"不要。"

戚乔正要再开口。

谢凌云突然说:"我要给戚导打下手。"

戚乔还没说话,周教授已经点头同意:"行。"

下课后,戚乔转过身,谢凌云却已经起身。她伸出手拉住了他的袖子。

谢凌云回头:"怎么?"

Chapter 5 / 微酸心事　177

戚乔道："你想要这个题目，我可以给你啊。"

谢凌云又坐下来，眼睛里含着一丝笑意，半真半假道："你怎么知道我真的想要什么？"

"不是《城南旧事》吗？"戚乔想了想，说，"故事背景也是北城的，你当总导演应该效果会更好。"

谢凌云果断道："我要当语言指导。"

戚乔妥协："好吧。"

他好像真的不太想当组长，反正也不是完全不参与导戏，戚乔没有再退让。

戚乔抬了下右手，手腕的内侧朝向他，搭在桌面上。

谢凌云忽然吸了下鼻子："什么味道？"

戚乔的眼睛亮了亮："好闻吗？"

"你喷香水了？"谢凌云挑了下眉。

戚乔点头，伸出两根手指比画："喷了一点点。"

谢凌云又皱眉："怎么像男士香水？"

鼻子还挺灵敏，戚乔又点了下头："好闻吗？"

"还可以。"谢凌云道。

这个评价好像不是特别喜欢？

等他走后，戚乔暗自想，明天再换另一个小样试试。

进行了三天的小实验，从"还行"，"还可以"，终于得来一句"不错"。

戚乔记下那瓶小样的名字，周末时，去了趟百货商场，买下了那瓶龙青柠罗勒味道的男士香水。

离开商场时，意外在门口遇到了宋之衍。

两人皆是没有想到能在这里碰见。

"你怎么在这儿？"

"来买个东西。"

宋之衍看见了她手中那只手袋，没继续问，道："我来给谢凌云买生日礼物，你能不能帮我参考下。"

戚乔愣了一下，迎着这人温和有礼的样子，最终没有拒绝。

"你准备买什么？"她问

宋之衍说："还没想好，他又什么都不缺，帮我参考下？"

戚乔道："胶片？"

宋之衍笑了笑："好主意，他好像偶尔也会用胶片摄影机去拍东西。不过这东西这儿可买不到。你有空的话，能不能跟我一块儿去？"

他的目光有几分直白，戚乔愣了一瞬间，她委婉地找了个借口，说还要剪片子，便与宋之衍道别回了学校。

宋之衍望着她的背影，看了好久都没有挪开。

冬至这天，戚乔醒得很早，打开手机，她已经收到了妈妈发来的生日祝福短信。

她回复完消息，收拾东西去上课。

谢凌云今天很忙，中午似乎还回了趟家，下午依旧踩着点进教室，上午上课时大衣里面穿着的黑色毛衣换成了件米色的。

张逸从今天进教室开始，就将谢凌云今天过生日的事传遍了全班，并放出话来，今晚大少爷请客，大家不用带礼物，一起出去玩。

吃饭的地点不远，离学校不到一公里。

一行人走出教学楼，本以为下了课就能去，谢凌云却让大家先去，自己则回趟家去吃顿姥姥亲手包的饺子，随后就到。

比大明星的行程还满。

他走出两步，又回头，朝戚乔走来，又一次开口："别忘了。"

戚乔点头："我没忘。"她疑惑地瞧了他一眼，"你这两天已经提醒了我三次了。"

张逸跟着于惜乐，管她要某部删减过限制级画面的影片的完整资源，蔡沣洋在和女朋友打电话，离得近的其他人也都在和同班聊天。

他们一如既往地淹没在下课后的人流中。

谢凌云看了她一眼，语调漫不经心："嫌烦了？我还一天就跟张逸说十遍呢。"

"哪有。"戚乔道，"就是觉得……你最近有点不太一样了。"

"有吗？"

"嗯。"

谢凌云笑一声："这不是怕你们答应好了又不去，显得我没面子吗。"

一通电话进来，谢凌云接起，是姥姥打来催他的。

三两句讲完电话，谢凌云掏出车钥匙，已经走出几步的脚又一停，回头道："戚乔乔，不准失约。"

"嗯。"戚乔声音轻了些，"我还给你准备了礼物的。"

闻言，谢凌云微微一笑："正好。"他说，"我也有话跟你说。"

留下这句，他便转身离开。

戚乔隔着人海，盯着他离开的身影，心跳加快了一秒。

于惜乐见不到人，远远招手："快点。"

戚乔回神，追上去："来了。"

回了宿舍，戚乔准备换身衣服，站在衣柜前，挑了好半天，却都没能决定。

对床的计念看了全程，好笑道："干什么去，这么纠结？"

"不干什么。"戚乔面不改色，"同学生日，惜乐不也在换衣服吗。"

楚菲菲："可她已经换好等了你十分钟了。"

戚乔只好说："我没衣服穿了。"

于惜乐大步走来，一把拿出来三件大衣和一件羽绒服："这叫没衣服穿？里面还有这么多。"

戚乔闭眼，朝一件冬款浅米色长裙伸出手去："配哪件大衣？"

于惜乐递来百搭黑色款大衣。

坐在床上的楚菲菲赶紧说："驼色那件，再加你那条同色系的围巾，鞋子的话……也要浅色的。"

戚乔换上，展示一圈，询问意见："怎么样？"

计念："你好漂亮啊，宝贝。"

楚菲菲："好甜哦，像团奶油一样，好想舔舔。"

于惜乐撑墙看表："快点。"

戚乔最后补了次口红，抓住包带，不敢再让于惜乐等，飞速跟上。

到KTV时，包间里面的气氛已经热闹非凡。

戚乔艰难地巡视了一圈闪烁着彩灯的昏暗环境，却并未发现谢凌云。

除了宋之衍，剩下的人都是导演系的，大家熟得不能再熟，寿星不在，仿佛来到班级聚会现场。

几个男生正在唱着《失恋阵线联盟》，跟排练过似的，还分高低声部。

张逸终于放弃跟人抢麦，戚乔问了声："谢凌云怎么还没来？"

张逸大声："你说什么？"

戚乔放弃，掏出手机，想了想，还是点开了他的QQ，发了句"你在哪"的消息过去。

谢凌云很快回复：到了？

戚乔：嗯。

谢凌云：马上。过了一分钟，又说，堵车，等我会儿。

身边的位置忽然有人落座，戚乔猛地将手机倒扣在腿上。

宋之衍似乎并未注意这些细节，他递来一杯热饮："冷吗？"

戚乔接过来，不知道里面有没有酒精，她没喝，道了谢，说："还好，暖气很足。"

宋之衍的目光移向她身边那只袋子，片刻，笑了笑，了然道："原来这是买给谢凌云的礼物？"

戚乔一愣，也没有躲闪，点头："嗯。"

宋之衍望着她，并未再开口。

戚乔忽然觉得他的眼神深沉而难以捉摸。

幸好爸爸的电话打了过来，让她得以脱身，离开此处尴尬的氛围。

戚乔去了外面接听："喂，爸爸。"

"乔乔，生日快乐。"戚父朗声说。

戚乔弯唇："谢谢爸爸。"

"我给你买了个礼物，是那台你一直想要的相机，等你放假回家就能看到了。"

戚乔开心道："你还记得呀，爸。"

"那当然，爸爸什么时候忘记过你想要的东西。"

戚乔笑容灿灿，又聊了两句，昏暗的走廊里有人迈步而来。

她下意识抬头，谢凌云穿着件白色毛衣，搭着驼色及膝羊毛大衣，黑色长裤裹着一双笔直修长的腿，裤管严丝合缝地收进马丁靴里。

灯光笼着他的影子，戚乔因为他的穿着而愣了一秒，以至于听筒中一声含糊不清的女声传入耳中时，她都恍惚了一瞬。

Chapter 5 / 微酸心事　　181

"什么声音啊,爸爸?谁在叫你吗?"

"不是。"电话那头的爸爸道,"是旁边桌子上的客人。"

戚乔"哦"了一声。

"那先这样,你休息吧,爸爸也准备吃完饭回酒店了。"

"好。"

谢凌云走到跟前时,戚乔正好挂断电话。

"和谁聊天呢,笑得这么开心?"谢凌云冷不丁开口。

戚乔:"我爸。"

谢凌云:"哦。"

两人停在门口,谁都没有先迈脚。

"你……"

"你……"

下一秒又同时开口。

"你先说。"谢凌云道。

"你大衣挺好看的。"戚乔道。

谢凌云眉眼舒展,走廊的灯光将他的脸部轮廓衬得愈发清晰锋利。

"你刚才要说什么?"戚乔问。

谢凌云的声音很低:"你今天很漂亮。"

戚乔愣住,几乎是他说出这句话的瞬间,脸颊升起滚滚热意。

她怎么会只因为这一句就这么没出息。

戚乔用双手捏了捏脸颊,她抬眸,庆幸此时的灯光并不明亮。

四目相对,她却又恍然觉得,谢凌云那双眼睛能将她此刻的羞赧与紧张都看透。

"来了啊。"

包厢的门忽然被人从里面拉开。

张逸道:"站这儿干什么?大伙儿都在等你,快点快点!可以吹蜡烛了!"

戚乔捏紧拳头,飞快地看了身旁的人一眼,率先转身,逃似的进门。谢凌云钩着张逸脖子,往里走时说:"我真是谢谢你啊,好兄弟。"

蛋糕已经准备好,插了二十根蜡烛。

蔡沣洋放起生日歌:"许愿吧,少爷。"

包厢里传来整齐的歌声。

谢凌云神色散漫，在烛光和众人期盼下双手合十，花三秒时间许了个愿，很快就吹灭了蜡烛。

"谢导，想喝点小酒。"张逸讨好地换了称呼。

"点吧，不用问我。"

说是不用准备礼物，但大多数人还是带了东西来的。轮到宋之衍时，他将那盒宝贵的胶片递了过去。

谢凌云微微诧异。

"不知道你会不会喜欢。"

谢凌云当然是喜欢的，胶片对他来说是消耗品。

"谢了。"

宋之衍笑了笑："其实我们本来都没想好，还是戚乔帮我挑了这个，要谢的话，还得一起谢谢她。"

谢凌云掀了掀眼皮，朝戚乔看过来一眼。

宋之衍那句话好像也没什么问题。

戚乔点了下头："但是钱都是宋之衍付的，和我没什么关系。"

谢凌云似乎随口一问："你们什么时候一起去买的？"

宋之衍道："周末偶然碰到了而已。"

"是吗？"谢凌云语气淡淡。

蔡沣洋和另外两个男生过来，钩住谢凌云的脖子："兄弟，我们每人再点杯鸡尾酒呗？"

"你们自己选，叫他们送过来。"谢凌云说，"再加几杯果汁，纯果汁。"

没多久，服务生推着酒水饮料进来。

几个人穿着白衬衣和黑马甲，着装整齐，他们身后跟着个打扮精致耀眼的雏清语。

"学长，我来啦。"她精心地化了妆，穿着一身名牌套装，出现时，仿佛将闪耀的光芒都带来此地。

戚乔望过去一眼，下一秒，又悄悄地看了眼谢凌云。

谢凌云冷冷地转向蔡沣洋。

蔡沣洋举手："这次可不是我泄露的！我发誓！"

张逸压着声音道:"这学妹又给多少钱,让你又抗拒不了了?"

"真不是我!我这回可没说。"

"生日快乐呀,学长,我来得及时吧?"雒清语自顾自走进来,递给谢凌云一只礼盒。

戚乔低头,抿了口冰凉的饮料。

谢凌云扫了眼包间,没接雒清语的礼物,往外走,说:"跟我出来。"

雒清语甜甜一笑:"好呀。"

那两人一前一后从包间离开了。

戚乔抿唇,收回视线,指尖却无意识地抓紧了裙子。

谢凌云大步流星,毫不顾及跟在后面穿着小高跟鞋的女孩子。

雒清语小跑才追上他。

走到店外的街边上,他才停下脚步。

"怎么啦?"雒清语扬眉,"见到我就这么没有话要讲?"

谢凌云单刀直入:"我哪句话还没跟你说清楚?"

"我知道你不喜欢我啊。"雒清语笑意轻浅,"但这又不妨碍我追你,你又没有女朋友。"

谢凌云笑了声,斜倚在人行道边的国槐上。

"你笑什么?"

谢凌云问:"要我有女朋友,才会不来烦我是吧?"

"嗯。"雒清语补充,"真的女朋友那种。"

谢凌云点头:"行。"他似是有要事要去做,越过雒清语,步履生风。

上楼,推门,却因里面的场景一愣。

不绝于耳的声音传来:"答应他,答应他!"

而被众人围在中间的主角,一个是抱着束花的宋之衍,另一个是窘迫的戚乔。

他的到来打断了房间中的气氛。

"兄弟,你来得正好!"也不知道是张逸还是蔡洋洋喊了一声。

谢凌云扯了扯嘴角,面无表情地望了一眼宋之衍。

宋之衍并未与他对视,视线放在戚乔身上,声音低沉且真挚:"可以吗,戚乔？能不能……做我女朋友？"

戚乔抿唇："对不起……"

"答应他！答应他！答应他！"她的声音再次淹没在众人的起哄声中。

谢凌云拨开人群，神情冷淡又凌厉，他面无表情地伸手，握住了戚乔的手腕："答应你什么，没看到她不愿意？"说完，他拉着戚乔快步离开了这里。

谢凌云的步伐飞快，戚乔几乎是被他拽着走。

电梯口聚着五六个等待的人，轿厢停在一楼迟迟没有上来。

身后，宋之衍跟了出来："谢凌云，戚乔。"

戚乔回头，才看过去一眼，握着她手腕的那只手忽然用力。

谢凌云推开安全通道的防火门，拉着她进去。

楼道的白炽灯闻声——亮起。

谢凌云连头都没有回一次，握着戚乔的手走下楼梯。

戚乔被人强行从四楼拉到了一层，累得呼吸都急促了几分。

终于到了室外，眼见着谢凌云还要拽着她，一心要离此处越远越好的架势。

戚乔立马伸手拉住他："谢、谢凌云……"

谢凌云这才回头。

从方才自包厢逃离起，戚乔到现在才正面瞧见他的神情和脸色。

他的神情冷到极点，下颌微微紧绷，漆黑的双眸中仿佛藏着点点火星。

他好像很生气的样子。

戚乔没法忽略，光从他掐着自己手腕的力道都能体会出来。

她动作幅度很小地挣了挣，说："你先松开。"

谢凌云顿了一下，低眸，落在被自己握着的手上，下一秒，骤然放开她。

白皙的细腕上露出一圈刺目的红痕。

戚乔下意识地揉了揉。

谢凌云瞧见她的动作，移开目光，又很快转回来，他伸手覆在被他攥红的手腕上，动作很轻地揉了揉，动作不太熟练："真是娇气。"

戚乔愣了一下，反驳道："明明是你刚才太用力。"

谢凌云继续揉着，低声说："我错了。"

这一声低沉的话语传入耳中，戚乔指尖微蜷，心跳偷偷加快，怕被人发现，她飞速抽回手，后退了半步。

谢凌云抬眸看了过来，他脸上的冷意还没有完全散去，似乎还没有消气。

"对不起。"她说了声。

谢凌云没明白："对不起什么？"

"搞砸了你的生日派对。"戚乔道，"我也没有想到，宋之衍会突然……"

"你道什么歉？"谢凌云打断了她，又轻轻嗤了一声，"你觉得，我是因为我的生日派对被人当成表白现场才生气？"

戚乔点点头。

谢凌云舒了口气，似是想说什么，话到嘴边又改口，点点头道："行，也不算说错。"

话音落下，他的目光越过面前的戚乔，落点移至她的身后，才缓和的眸色再次沉了下去。

戚乔转身，这才看见不知何时跟下来的宋之衍。她神情淡了几分，在他靠过来时，往后退了一步。

宋之衍的脸色一滞，又很快恢复正常，他递来个东西："我只是看到你忘了围巾。"

戚乔伸手接过，疏离地回了声："谢谢。"

宋之衍："抱歉。"

戚乔没有回应。

宋之衍表情歉然，柔声道："我能不能问你个问题？"不等戚乔拒绝，又补充道，"别担心，这次我只是想要知道你拒绝我的原因，不是表白了。"

宋之衍的视线若有似无地扫过她身后的人，几秒后，问："是因为不喜欢我，还是……你已经有了喜欢的人？"

戚乔的心一紧，藏在大衣长袖中的手攥了攥，又松开。她在这两个答案中，没有犹疑太久。她望着宋之衍，语气认真："因为不喜欢你。"

良久，宋之衍笑了笑："好，我知道了。"他似是如释重负，道了声"走了"，便往学校方向走去。

戚乔松口气。

一阵冷风吹来，手中的围巾被抽走。

戚乔转身，谢凌云已经抻开了围巾。他上前半步，却又停下来。最终，只是递还给戚乔，让她自己围好。

他没有说话。

戚乔忽然想起什么，她弯了弯嘴角，眼睛里仿佛盛了光："生日快乐，谢凌云。"说完才想起来，"礼物落在楼上包间里了。"

这时候，他们班的同学都还在里面，戚乔有点迟疑，不想上去接受众人的调侃与起哄。

谢凌云看出来她为难的表情，让她等会儿，不到三分钟，他就提着那只礼物袋下来。

"是香水？"

戚乔点头。

他看了眼包装："青柠罗勒？"

"嗯。"

戚乔笑了下，看向谢凌云，说："其实今天也是我的生日。"

谢凌云愣了下："真的？"

"嗯。"

谢凌云不知为何笑了声："生日快乐，戚乔同学。"

"谢谢。"戚乔眉眼弯弯，她看了眼时间，道，"不早了，那我先回学校了？"

正要转身，垂在身侧的手腕再次被人握住，这次的动作却很轻柔。

谢凌云很快松开："等等，我还没给你回礼。"

戚乔一点也不贪心，只想要一句生日快乐，她已经得到了。

谢凌云却说："跟我去个地方。"

"哪儿？"

"去了不就知道了。"

"远吗？"

"不远。"

戚乔在谢凌云一句"不远"中上当受骗，她坐上那辆停在路边的崭新跑车时，都没太反应过来。

"是新车？"

谢凌云"嗯"了声:"别人送的。"

戚乔道:"不会是生日礼物吧?"

谢凌云没有否认。姥姥、姥爷给他买的,出门前非要他开着,试试喜不喜欢。

戚乔小心谨慎地坐着,连脚下的皮革地毯都不太敢踩了。

那瓶青柠罗勒不会是他收到的最便宜的礼物吧。

戚乔乖乖地坐着,红色跑车拐过学院路,沿路继续向西时,她才问了句:"你要带我去哪儿呀,大少爷?"

谢凌云瞥过来,含笑说一句:"大少爷?"

"到底去哪里?"

"到了就知道了。"谢凌云说,"放心,反正不会卖了你的。"

半个小时后,谢凌云在山脚下的一片别墅区停车熄火。

戚乔有点蒙,跟着谢凌云,看他输了指纹,打开一幢别墅的大门,才反应过来:"这是你家吗?"

谢凌云"嗯"了一声,又道:"进来,没人在。"

门廊的灯打开,在入户厅换了鞋,戚乔跟着他走了进去。

玄关墙壁上挂着一只竹编花篮,里面插着新鲜的洋甘菊与桔梗,再往里走,便能看见视野开阔的客厅,以及奶油色的沙发,木地板上铺着条印花地毯,墙边放着一只白色花盆,里面种着枝叶茂盛的龟背竹。

餐厅的桌面上摆放的浮雕铃兰花瓶中插着两棵大飞燕草,旁边是三人的餐碟,旁边的原木色餐边柜中收集了许多不同风格的杯子,餐厅的顶灯是法式水晶吊灯。

是精心打造的家。

戚乔停下脚步:"你爸妈都不在家吗?"

"不在。"谢凌云低眉,"九岁那年,我妈就走了,我爸不怎么回这里。"

戚乔很抱歉:"对不起……"

"没事儿。"谢凌云神情如常,"走吧,给你看个东西。"

戚乔跟在他的身后。

两人下楼,到了负一层,戚乔才发现地下室竟然是间影音室。

墙边立着个定制的架子,整齐地摆着一排排电影胶片。

房间正前方是一片白色幕布，后方立着一台2000年美国生产的三十五毫米的电影大片盘放映机。

谢凌云按下开关按钮，打开氙气灯，室内骤然变亮。

戚乔望着那一排一排的片盘，按照导演分门别类。

卓别林的《摩登时代》《城市之光》《马戏团》、格里菲斯的《党同伐异》《一个国家的诞生》《奥凡斯风暴》、艾森斯坦的《战舰波将金号》《十月》《罢工》，还有希区柯克、让·雷阿诺、黑泽明、安东尼奥尼……几乎将电影大师们的作品全部收集于此。

这里，简直是一个电影博物馆。

戚乔还没能移开视线，却听谢凌云道："想看什么？"

"都可以？"

"当然，你想看的应该都有。"

戚乔笑了起来，她踮了下脚，拿下来一部《天堂电影院》。

谢凌云挑眉："看这个？"

戚乔确认点头。

谢凌云没再说什么，动作熟稔地将胶片装进供片盒，抽出胶片头，穿过片门，固定好出片路径，拉至出片盒，调好参数，扭动放映开关。白色幕布上，出现意大利克里斯托蒂电影公司的标志。

戚乔回了次头，刺目耀眼的放映灯叫她看不清身后谢凌云的样子，只有他身形的轮廓，笔直而挺拔地站在放映机旁。

戚乔抬手遮住眼前刺目的白光，轻声开口："你不过来看吗？"

"马上，等会儿。"谢凌云出去了一趟，五分钟后回来，带了一杯加冰的白兰地，还有一杯热牛奶。

他把那杯牛奶递给了戚乔。

戚乔小声吐槽："哪有人看电影喝牛奶的？"

"都几点了。"谢凌云管得很宽，"给你催眠的。"

电影已经开始，两人在沙发上坐下，默契地没有再多言。

戚乔不是第一次看这部影片，谢凌云也一定不是。

但或许是这台胶片放映机专为他们工作的原因，也或许是此时此地安静私密的氛围太过微妙，音响设备中的影片声音充满了整个耳郭。

只在片中众人在广场上奔跑那一幕时,戚乔侧眸,看了眼谢凌云。

谢凌云的手肘闲散地搭在沙发的皮质扶手上,指节抵着太阳穴。他似是发现了什么,不偏不倚地望过来。

戚乔愣了一下,却没有躲开。

放映灯的白光穿过空气,那道光路明亮笔直,只留浅浅的余影,散落在两人身上,仿佛冷白的月光。

"你为什么用它做头像?"

谢凌云说:"为了气我爸。"他继续说,"他不让我学导演,所以我就特意找了这张台词的截图当头像,不止如此,房间墙上我也贴了这张海报,特意为他找了中文字幕版。"

这一帧,正是画中人物激动高呼:"快看,电影在那边!"

戚乔心道,原来是这么叛逆的原因,她不禁莞尔。

"笑什么?"谢凌云明知故问。

戚乔的双眸敛不住笑意,她只好道:"你真的好幼稚,大少爷。"

话音刚落,脸颊被人轻轻戳了一下。

"谁幼稚?"谢凌云似是不满,"我哪儿幼稚?"

戚乔愣住,侧眸望向他。

光线昏暗,少女的眼眸却澄净明亮。

谢凌云的指尖微蜷,在空中停顿片刻,又很快收回去。

电影音画仿佛在此刻暂停,只剩下两道轻浅的呼吸声。

谢凌云搁在茶几上的手机却忽然振动,戚乔不小心瞥见,只看到屏幕上是一串没有备注的号码。

谢凌云却没有接,拿起手机,起身前说:"我去拿个东西。"

戚乔"哦"一声,坐着没有动。

等他走后,戚乔提在嗓子眼的心才缓缓地降落回原地。她松了口气,抿了一小口牛奶。虽然是冬天,但她现在有点想喝冰的。

谢凌云出去了十分钟都没有回来。

期间,戚乔看了五次时间,剧情与画面光影都已经无法进入脑袋。

又等了一分钟,她正要起身,朝门口走去时,门被人从外面拉开,跳动的烛光闯入戚乔视线。

谢凌云端着蛋糕，一只手护着生日烛火，缓步朝她走来。

她愣在原地。

没有音乐，没有伴奏，只有电影中主人公站在海面前的海浪声。

谢凌云低低地唱："祝你生日快乐。"

时针定格在 2014 年 12 月 21 日的最后一分钟。

谢凌云走到戚乔面前："生日快乐，许愿吧，戚乔乔。"

戚乔已经愣住，这个夜晚，是她的意料之外。

"傻了？"谢凌云用手捧着蛋糕问。

戚乔很快地摇了摇头。

"快许愿。"谢凌云催促。

戚乔从未像此刻这般虔诚，双手合十，不敢贪心，只许下一个愿望。

希望大少爷永远耀眼，永远快乐。

她垂眸，准备吹蜡烛，忽然道："咱们一起吧。"戚乔说，"今天也是你的生日。"

谢凌云顺从地低头，烛火熄灭，他问："许了什么愿望？"

房间里再次只剩下放映灯的光。他依旧低着头，目光在昏暗里，深邃如海。

"不能说出来。"戚乔道，"不然就不灵了。"

谢凌云道："老天爷灵不灵我不知道，但你告诉我的话——"他停顿一秒，笑了声，"大少爷帮你实现。"

奶油的甜香扑满鼻息，戚乔望着他，心再一次跳到了嗓子眼，"怦怦"的声音昭示着她此刻没有办法控制的心动。她好像真的没有办法不喜欢谢凌云。

愣怔的瞬间，谢凌云用指腹点在她鼻尖，沾了一抹白色奶油。

他好像非要知道，低头凑近戚乔，半分威胁半分诱哄的语气："说不说啊，戚乔乔。"

咫尺的距离，戚乔禁不住后退半步，侧腰被一只手揽住，她的脚步也因此停下来。

戚乔眨了眨眼睛。

下一秒，谢凌云很快收回手，他的目光向大荧幕偏移了一瞬，仿佛躲闪。

戚乔轻咬下唇，想说什么，放映灯的光线下，她似乎看见谢凌云喉结微微滑动。

谢凌云又朝她看了过来,他的眼睛像有磁力,戚乔下意识后退。

这一次,谢凌云抓住了她的手,很轻,稍稍用力就能挣脱。

戚乔没有动。

谢凌云说:"告诉我的话,我也告诉你我许的愿望。"他顿了一下,嗓音很沉,"交换吗?"

胶片一帧一帧地向前滚动,戚乔愣怔半响,许久,她正要点头时,一声咳嗽声蓦然打破气氛。

戚乔吓了一跳。

谢凌云皱眉回头,放映室门口,谢承西装革履地站着。

父子俩皆是一愣,还是谢承先反应过来,不愧是见过大场面的人。

谢承面色如常,扫一眼儿子,淡淡道:"给我上来。"

谢凌云上楼时,谢承已端坐在沙发上,见他过来,面无波澜,神色淡然,指间却夹着一支烟。

隔着一缕灰白色的烟雾,谢承看了谢凌云一眼,依旧沉默。

片刻,秘书识相地将一只烟灰缸递来。

谢承弹一下烟灰,仍是无言。

谢凌云皱眉,挥了下烟雾,露出厌烦的神情:"有话就说,别憋出病来。"

谢承又望了他一眼,捏着烟蒂,掐灭在烟灰缸中,没什么情绪地说:"别什么乱七八糟的人都往这儿带。"

谢凌云的脸色骤冷:"收回你的话,什么叫乱七八糟的人?"

谢承肃然道:"你二十岁了,交女朋友我不会干涉你。但第一,不能乱搞男女关系;第二,这是第一次也是最后一次——"然后,他命令道,"别把什么人都往这儿带。记住没有?"

谢凌云倏地起身:"四十多岁的人,你会不会说话?"

谢承像是已经习惯了他的臭脾气,视线越过谢凌云,落在他的身后。

戚乔不知何时出现在楼梯口。

"小郑,送这姑娘回去。"他侧首吩咐秘书。

谢凌云蓦地转身。

戚乔只匆匆与他对视了一眼,随即向谢承微微鞠了个躬,算是对长辈行礼,便向那位秘书走去。

经过谢凌云的身边,他伸手,拉住了她:"我送你。"

谢承的视线落在他们的身上。

视线太具威严,戚乔抿唇,一刻也不想要再多待。

"没事,我自己回去。"她转身,加快步子,离开了这里。

谢凌云追了出去。

谢承开口:"给我回来。"

谢凌云没听,径直追了出去,推开大门的一瞬,黑色轿车引擎启动,绝尘而去。

他站着没动,很快掏出手机,编辑道:对不起。

戚乔没有回复。

红色的车尾灯消失不见,谢凌云冷着脸,重新踢开房门进去。

却见谢承已脱了西服外套,卷着衬衫衣袖,将餐桌上白色浮雕花瓶中的大飞燕草换成了两支红色毛莨,又觉得差点意思,弯腰调整角度和细节。

谢凌云故意弄出动静:"来打一架吧。"

谢承轻笑一声,仍专心插花:"你又打不过我。"

谢凌云音色又冷又沉:"你当人人都是你属下?到哪儿都摆着你那架子,颐指气使给谁看?"

谢承起身,挑眉看了他一眼,有些惊奇。

"我说了,只要你别把乱七八糟的人往这儿带。别的地方,你看我管吗?"

谢凌云道:"她不是乱七八糟的人。"

"怎么,正经的女朋友?"

"你当谁都跟你一样?"谢凌云扯了扯嘴角道。

谢承道:"我认为我并没有在这方面给你树立什么不正经的榜样。"

谢凌云嗤了一声。

谢承并未继续深究,看一眼时间,穿好西装,准备离开,最后强调:"女朋友也不行,这儿别让她们来,除非……"他从玄关柜上拿来一只盒子递给谢凌云,接着才补充上句,"是你确定要结婚的人。"

谢凌云面无表情:"就你刚才甩的脸,别说结婚对象,女朋友都没影儿

Chapter 5 / 微酸心事　193

了。"他低头看着盒子问,"什么玩意儿?"

谢承赶时间,懒得废话,转身,只留下一句:"自个儿看。"

第二日,谢凌云到导表实践课的教室时,里头已经坐了一半的人。

周而复端了张凳子,坐在讲桌前,他面前站着一人。

戚乔拿着打印出来的分镜图,正在请老师指教。

谢凌云揉了下后颈,凑过去。

"这里我总觉得很奇怪,人物太多,安排很杂乱,画面拥挤又没有重点……"

周教授听完她说的,将几张分镜剧本一一细致观察,红笔圈出几个地方,指点了几句。

戚乔拿了支笔,一边听,一边在对应的分镜图下记好老师的建议。

结束后,她转身要走,差点撞上人,这才发现站在她侧后方的谢凌云。

戚乔顿了一下。

铃声响。

戚乔嘴巴张了张,又闭上,绕开他回座。

"你什么事?"周教授出声。

谢凌云轻叹一声,说了句"没事儿",回头找了个空位坐下。

老师已经开始讲授今日的内容,谢凌云望了眼前排的人,从兜里掏出手机,敲开戚乔的头像,编辑好消息发送:还生气?

过了会儿,又加一句:我说我爸有病,你信吗?紧接着又道,对不起,你别在意他的话。

直到四十五分钟后的课间,谢凌云才等来戚乔的回复,她说:嗯,没关系。

谢凌云将手机倒扣在桌面,靠在椅子上。

张逸递来一页剧本:"帮我看看这一段……"

谢凌云:"不会。"

张逸:"不是,谁又惹你了大少爷?"

谢凌云仰着脖颈,摊开本书盖在脸上,一副要与世隔绝的姿态。

张逸还有话想问,压着声道:"昨晚你把戚乔带出去……"

"一边儿待着去。"谢凌云不等他说完,就把他的话堵了回去,"少烦我。"

下课之前,戚乔将自己改完画好的分镜图又拿给周教授看了一次,得到肯定的答复后,重重地舒了口气。做完这一步,之后的外出拍摄,她心中才有底。

晚上学校放映厅有一场导演交流报告会,戚乔和于惜乐都准备去看。

于惜乐迫不及待将已经替戚乔收拾好的书包递过去:"快点,晚了就只能站着了。"

戚乔应声,加快脚步跟上她。

下楼时,遇到了一栋楼内同时下课的摄影系学生。

宋之衍与几位男生同行,瞧见戚乔时,看了过来,他主动地打了声招呼,又特意望向戚乔:"下课了吗?"

戚乔只"嗯"了一声,在他还要继续寒暄前,先一步拉着于惜乐快速下楼。

昨晚之后,宋之衍表白戚乔的事情迅速地在学校传开来,就像之前雒清语公开追求谢凌云一样,宋之衍喜欢戚乔,也同样成为了几个学院间公开的秘密。

宋之衍只尴尬了一秒,很快恢复自然。他抬眼,望向楼梯上方:"正好碰到了,一起去食堂?"

张逸目睹了刚才的一切,低声对宋之衍道:"戚乔怎么好像有点躲着你呢?"

宋之衍耸肩,并不意外的模样,眼中的失落却不假:"猜到了。"他无可奈何地一笑,"看来她的确不喜欢我。"

说完,宋之衍抬头望向脚步未动的谢凌云,与平常一样,道:"还不走吗?"

元旦过后,"导表"实践外出作业拍摄正式开始。

戚乔建了群,拉了小组,又一一问过每人的意见后,分配了各自导戏的场次。

租赁了需要的摄影机和各种灯光、收音设备后,她与谢凌云、张逸,还有另外两名同学前往取景地。

为了节省经费,他们自己来充当演员。

第一天的拍摄非常顺利。

戚乔是组长,忙得脚不沾地,与谢凌云的交流也仅停留在小组合作的需要之上。

她不是忘了那天的事情,只是恰好撞上了一学期最忙的阶段,连思考闲杂事情的空闲时间都没有。她根本没有余力将精力放在除了拍摄的其他事情之上。这样,随着时间的一天天推移,那晚那句"乱七八糟的人"给她带来的无措与难过,也就逐渐被时间冲淡。

"卡。"太阳西斜,戚乔举起扩音器,"过了,今天先到这里,大家辛苦了。"

"耶!"张逸一改颓靡状态,显得十分兴奋,"回去睡觉!"

戚乔伸了个懒腰,抻了下身体,然后将最宝贝的摄影机小心翼翼地收回航空箱内,扣好锁码。正要提起,有人过来,从她手中提走了箱子。

青柠罗勒的气息撞入鼻腔。

戚乔顿了一下,抬眸,轻声说:"谢谢。"

谢凌云望了她一眼,拎着箱子往前走,并没有说话。

他开了自己的车,是那辆名牌车。

戚乔不知道这是不是他最低调的一辆,毕竟她见过的另外两辆,都比这辆吸睛。

前两天,她偷偷上网搜索,才发现就连这一辆最低配的车,价格都是她想都不敢想的数字。

戚乔第一次正视他们之间的差距。

一组五个人,这台车正好五座。

摄影机不能颠簸,并未放后备厢。谢凌云将它递给张逸,意思是让他抱着。

张逸发牢骚:"累死我算了。"他本是故意的一句玩笑。

戚乔却开口:"放旁边座位上吧,我还有事,先不和大家一起回学校了。"她拿好包,道了声再见,头也不回,先行离开。

张逸望着她的背影,挠头:"谢凌云,你有没有觉得,不止老宋,戚乔连咱们宿舍的人都躲着。"

谢凌云上车,从后视镜中瞧着那道纤瘦的背影,在胡同口拐弯,直到完全看不见,他才收回目光。

戚乔的确有事，她答应了顾念昱，放寒假回家前要陪他去玩抓娃娃机。

正好今天小学生们考完试放假，便约了今天。结束后已经快要十点，陈辛亲自开车送她回了学校。

累了整整一天，第二日，闹钟响了两次，戚乔才起床。

吃完早餐，赶到和组员们集合的地点时，仍然是第一个。她并不着急，只是习惯了早到。

估计那几个男生都会差不多踩着点，甚至会晚几分钟到达。

戚乔无聊，看了看手机，才发现今天的天气预报有雪。

今年的北城还没有下过雪。天空灰蒙蒙一片，没有阳光，一派风雪欲来的前奏。

戚乔却不太希望下起来，怕影响今天的拍摄。

室外温度已经到了零下，呼出的气息在冷涩的冬日变成一团白气。戚乔立在一棵光秃秃的银杏树下，无聊地踩着几片还没有零落成泥的叶子。

"咔嚓"的轻响，像一曲独属冬日的乐章。

她转向男生宿舍的方向，遥遥等待，双手掩在嘴巴前呵了口气，白气上腾，笼着视野中一道修长身影。

谢凌云穿了件黑色大衣，里面搭着浅蓝色衬衫与一件印花条纹羊毛毛衣。

戚乔将下巴缩进围巾，在他走近后，寻常一般问了句："张逸他们还没有过来吗？"

"马上。"谢凌云说。

戚乔"嗯"了一声，没有再说话。

谢凌云看过来："戚乔乔。"

戚乔闻声抬头。

"那晚的事，"他声音很低，"抱歉，我不知道我爸那时候会回去。"

戚乔弯了弯眼睛："你都说过好几次对不起了。没关系，我没有放在心上。"

谢凌云又看过来，他蓦地开口："那这几天为什么躲着我？"

戚乔一愣："我哪有？"

"你有。"谢凌云纠正她的答案。

戚乔抿唇，她不知道怎么说。

"是因为宋之衍向你表白，还是……"谢凌云低声开口，"因为我？"

戚乔沉默几秒,没有躲闪,道:"都有。"

谢凌云无声地看了她好久,最终还是什么都没再说,移开了目光。

人齐,他们一齐乘车抵达拍摄地。

布置好机位,戚乔从监视器里盯了眼灯光,觉得不满意,又走过去调整。

胡同里的小路并不平整,不知道被哪户人泼了水,在低温下结了层薄冰。

戚乔被人及时扶住,才没有滑倒。

"谢谢。"她站稳,谢凌云很快松手。

一镜结束,所有的外景拍摄完成,接下来便要换室内镜头。

一行人步行前去租好的小院。经过一个路口,遇到一群中午放学的中学生。

几个男生推推搡搡,笑闹着跑来。

戚乔全部精力都在想拍摄,本未留意。

谢凌云却喊了她一声。

她回头。

他脱下大衣,递了过来。谢凌云靠近她几步,没说什么,只眼神示意她看九点钟方向那个背着书包穿着校服的女初中生。

大衣塞到了戚乔手上,只一眼,戚乔便懂他意思,也是这时才反应过来那群男生刚才指指点点在笑什么。

那个女孩儿的校服裤上有一团暗红色,很醒目。

她应该自己也不知道,独自一个人走着。

戚乔将提着的东西递给谢凌云,让他拿着,小跑几步,追上那个女孩,将大衣披在她的肩上,低声告知。

才十三四岁的小女孩,第一次来生理期,压根没有发觉。

戚乔带她去了最近的便利店买好卫生巾,又领去附近公共卫生间教她处理好后才出来。

张逸他们已经提前去布景。只剩谢凌云等在不远处,身上只剩下单薄透风的毛衣。

"姐姐,这件衣服怎么办?"

谢凌云道:"你穿着吧。"

"谢谢哥哥。可是……你不冷吗?"

谢凌云笑了笑:"有点儿,但已经有人送衣服来了,这件就当送你了。"

小女孩真诚道谢，赶时间去学校，很快离开。

戚乔摘下围巾，递过去给他："你先用这个。"

谢凌云没有拒绝，更没有嫌搭在一起"奇装异服"。

戚乔不知道给他送衣服的是谁，但到了拍摄地点，三场戏拍完，他的衣服都没有送来。

天气预报很准，几朵雪花纷纷扬扬飘下来。

戚乔暗暗地看了谢凌云好几次。她也不想，可是根本没有办法控制自己。这一刻忽然明白，无论现实他们差得多远。谢凌云这个人，从里到外，她都没有办法不喜欢。

在听见几声喷嚏后，戚乔没有再犹疑，趁午饭时间，假借出门买水跑了出去。

可惜这片都是胡同，最近的商场都有近两公里的距离。

戚乔干脆打车。

那间商场并没有什么高奢品牌，戚乔在三楼的男装选中一家风格很适合男大学生的店，一眼看中橱窗那件驼色翻领短夹克。

导购一眼看出她相中了这件，笑盈盈道："这件是我们店里卖得最好的款，是要给男朋友买吧，这件十分合适呢。妹妹，你男朋友穿多大码？"

戚乔抬手比画："这么高，这么瘦。"

"那模特身上这件正合适，给您包起来吗？"

戚乔问："多少钱？"

"正好最近新年打折，只需要一千零九十九。"

戚乔顿了一下，她给自己都没有买过四位数的衣服。

戚乔轻轻地舒口气，重重点头："帮我包起来吧，谢谢。"

她以最快的速度赶回去，踏进小院前，却听见里头张逸调笑的声音。

"不是吧，谢凌云，你就穿了半小时我的衣服，居然都能皮肤过敏？我们少爷真是矜贵。"

戚乔的脚步微顿。

有人回张逸："你那破衣服从哪个地摊捡回来的？"

"这是我妈给我买的，花了九百九十九的巨款好不好！"

戚乔捏着纸袋的手指根根收紧，抿唇，身体微僵，低头望一眼袋中的东西，嗓子眼像是被一团棉花堵住。

有脚步声靠近。

"去哪儿了，这么久才回来？"谢凌云出现在门口，他脖子上有点红，应该就是穿了张逸的衣服才惹出来的红色小疹子。

戚乔下意识地将手中的袋子抱在怀里。

"什么东西？"

"没……没什么。"

戚乔抱紧纸袋，越过他走进去，以最快的速度将那间衣服塞进了自己的书包。

她背着身，重重地呼出一口气。

身后，张逸不知道看见谁："来了来了。"

"我快吧。"是雒清语的声音。

戚乔回头，正好瞧见她递给谢凌云一个硕大的购物袋。戚乔庆幸于此时妈妈发来了微信，让她能够有机会低头，不必特意寻找躲避的借口。

可另一头的声音却依旧没有阻碍地传入耳中。

"怎么是你？"

"不会是老蔡干的好事吧？"这一句来自张逸，"学妹，你给他多少报酬，不行下次找我呗，我便宜。"

"不是，蔡学长。"雒清语将注意力落回谢凌云身上："我特意跑了那么远给你买的，学长，可不要辜负我的一番心意啊。"

谢凌云并未开口。

身旁以张逸为首的几个同班男生却兴致勃勃地起哄看好戏。

"人家学妹多贴心啊，谢凌云，我要是像你这么不知好歹，老天爷都得打雷劈我。"

手机振动，妈妈问买了几号的票，戚乔垂首，打字回复，指尖却停在"发送"二字上，久久不能动弹。

好久，她听见谢凌云说："支付宝多少，我转你。"

雒清语的声音清脆："我没有支付宝，只有微信呢。"

谢凌云道："那就微信。"

戚乔低眸，揉了揉酸涩的眼眶，轻敲发送。

Chapter 6
我喜欢这只小狗

还没到正式放假，但课程与考试结束的院系已经陆续放学生们回家。

戚乔还没有把最终的作业交给周教授，预约了剪辑实验室的位置，带着硬盘便去了。去系里时，正好在门口遇到来办公室开会的老师。

"片子剪完没有？"周而复一见面就问。

戚乔乖乖地回答："今天就能完成。"

周而复点点头，准备离开时，兴之所至，突然问了句："写剧本了没有？"

戚乔一愣，立马又道："有一个已经完成的，还有个故事这学期一直在写。"

"行。"周而复赞赏地笑了笑，"写完的那个，先发我，我给你看看。"

戚乔惊喜道："您愿意帮我看？"

周而复笑着，话音一转："你还不乐意？"

"没有。"戚乔赶紧说，"我打印出来给您！"

周而复的眼睛不大好，上课的课件都常用打印的 PDF。

听见戚乔的话，他微微一笑，摆摆手："早点拿过来，腊月底我可就没时间了啊。"

"嗯，我剪完作业就给您送到办公室。"

周而复还有会要开，没多停留。

戚乔到剪辑实验室时，眼尾笑意都没有消散。

这大概是她近期唯一得到的好消息了。

在预约的位置坐好，灌下去半杯黑咖啡，戚乔插入硬盘，正式开始工作。她剪片子剪得投入，连身边的位置何时多了一个人都不知道。

直到杯中的咖啡见底，她起身去洗杯子接水才蓦地发现。

室内暖气充足，谢凌云的羽绒外套搭在椅背上，他只穿着一件黑色高领毛衣。

戚乔愣了一下，脱口而出："你怎么会来这儿？"

谢凌云也拿着杯子起身："我不能来？"

两人走出剪辑室，戚乔才小声说："不是，我听张逸他们说你在宿舍配了台式电脑。"

谢凌云自然而然地接过她的水杯，打开开关："还喝咖啡？"

戚乔摇头。

谢凌云冲洗干净，打开热水开关，这才道："张逸他们几个在宿舍打游戏，吵得要死。"

他接好，盖好杯盖，递给戚乔。

戚乔接过，声音很轻："谢谢。"

谢凌云垂眸，扫过少女低垂的眼睫，想说什么，薄唇微抿，还是没能开口。

"哪天回家？"他问。

"买了十五号的车票。"戚乔回答。

走廊尽头的窗吹进来阵冷风，戚乔侧眸："感冒好点了吗？"

"差不多。"

戚乔"嗯"一声，没有再开口，抬眸看见雒清语站在系办公室门口。

瞧见谢凌云，她弯唇一笑："学长，又见面啦。"

谢凌云蹙了下眉："又干什么？"依旧没给人家好脸色。

从前他说这些话时只是不耐烦和漠然，今天却仿佛多了丝熟稔。

戚乔加快脚步进了剪辑室。

她捧着水杯，玻璃瓶身传来温热的水温，她的心却像北城腊月的天一样，灰蒙，苍白，寒意刺骨。

戚乔打开 AE（Adobe After Effects 图形视频处理软件），继续完成尚需修剪细节并渲染的短片。

谢凌云很快走进来。

雒清语跟在他的身后："我等下就回家了。"

谢凌云坐下，雒清语巡视一圈，推着一把没人用的靠椅贴过来，她轻哼一声，道："微信又不回我，我只能亲自过来问你。"

谢凌云："又什么事？"

"你姥爷跟我爷爷约了下周两家一起吃饭，你去不去呀？"

戚乔取来耳机，连接好后，放了首歌，前奏舒缓，那两人的声音仍然不依不饶地飘进了她的耳膜。

"不去。"

"啊，为什么啊？"

"闭嘴，安静待着。"

"好嘛，"雒清语低声，"真的不去？"

戚乔的指尖轻颤，滑动鼠标，换了首吵闹的摇滚。

她舒口气，调整注意力，将最后一条音轨导入。

即将完成，却停在最后一幕的画面怎么都觉得不满意。

不知道过了多久，左耳的耳机被人摘走。

谢凌云压低的声音传来："拉长最后一镜的时长，换'淡出'试试。"

戚乔侧眸望过去，才发现雒清语不知何时已经离开。她收回目光，视线凝在屏幕上，按照谢凌云的说法重新剪接。

"怎么样啊，戚导？"

戚乔抿唇，很快完成，点击导出："谢谢。"

进度条缓慢向前。

谢凌云喊了她一声："帮我看看。"

戚乔微微滑动电脑椅，靠近他的屏幕。

谢凌云分给她一只耳机，点击鼠标，将六分十五秒至四十五秒的画面给她看了一遍："有没有发现什么问题？"

戚乔敲了下键盘上的快捷后退键："很顺，但是这段吵架剧情是高潮部分，这么剪下来，给观众的紧张感不足，本应该绷紧的情绪反而一下子松松垮垮地就过了。"

谢凌云点了点头："那怎么剪？"

戚乔看了他一眼，伸出手去，握住鼠标。只是一段几十秒的剧情，他已经完成了一大半，戚乔只是将镜头切换的节奏加快，没花多久便完成了。

"好了，你看看。"一声轻快的提示音。

戚乔侧眸，她的电脑上导出进度也恰好完成。

她很快松开谢凌云的鼠标，关闭自己电脑上的软件，把拷贝了文件的硬盘拔下装入包中，语速飞快："我还有事，先走了。"

谢凌云望着那道纤细的身影消失在门口，久久未动。

杯中的热水变冷变凉。他收回视线，低下眼睑，掩住了沉沉的眸色。

戚乔在回寝室的路上接到了周而复的电话。

他在系里开完会，不知道把随身携带的一只U盘落在哪里了，自己又要赶去另一所学校参加报告会，所以想请戚乔去找找看，是真的落在办公室，还是不小心丢在了别的地方。

戚乔返回教学楼，最后在会议室找到了老师遗失的U盘。

她回复了老师之后，周而复请她送到家中，顺便将剧本打印出来送过去。

他本人开完会要五点钟才回到家，他太太在家，让戚乔拿给他太太就可以。

戚乔猜到，这只U盘应该对老师很重要。她没有耽搁，打印好剧本就带了过去。

周而复住在电影学院附近的职工社区，步行十分钟便能到。

小区是很陈旧的步梯房，周家住在三楼。

戚乔敲门，自觉报上姓名。

开门的是一位五十岁左右、面容和蔼的女性。

戚乔将U盘和剧本递过去："是周老师让我送过来的，剧本是我自己写的，麻烦您交给周老师。"

支兰时笑意盈盈："该我家那老头子谢你将这东西送过来，别急着走，进来吃点水果吧。"

不等戚乔辞别，热情地握住戚乔的手，将她带进门。

"不用换鞋。"支兰时说着，吩咐了句，"阿淮，去给这姑娘倒杯果汁，再洗点水果。"

客厅走出一人，声音清润好听："我刚来您就使唤上了。"

戚乔抬眸，愣了一下，才认出眼前这个黑发白衣的男人是江淮。

支兰时像是与他十分相熟，睨了一眼："当大明星了，老师还使唤不动你了？"

江淮笑说："我哪是这个意思，这就去，还不行吗？"

戚乔这才想起，周教授的妻子似乎正是表演系的一名教授。

难怪会与江淮相识。

"葡萄汁，喝吗？"冰箱前，江淮问了声。

戚乔道："可以，谢谢您。"

支兰时随手将丈夫走哪儿都要携带的U盘扔在茶几上，转而瞧了眼戚乔的剧本。

"叫师兄就行，不用那么见外。"支兰时指着剧本道，"这是你写的？"

戚乔点头。

支兰时一笑："老师看看行不行？"

"当然可以。"戚乔不好意思道，"这是我第一次写两小时的长剧本，您不嫌弃就好。"

支兰时翻开一页，笑说："你才大二吧，能完整写完一部故事片已经很不错了。放心，我没有你们周老师严格，我更喜欢鼓励式教育，是吧江淮，你最有发言权。"

江淮将葡萄汁放在戚乔面前，道："我可不做证，到现在我都记得形体课您拿着戒尺打我们手心。"

"那还不是你们那一届太糟糕，一个个弯腰驼背，站没站相，坐没坐相。"

江淮看向戚乔："看吧，鼓励式教育都是骗人的。"

戚乔莞尔一笑。

今天的江淮和她之前两次见到的似乎很不一样。

支兰时看剧本的时候，她就乖乖地坐在一旁，不时回答一两句支兰时的问题。

江淮也没有离开，四点时，在支兰时的盼咐下，他居然还从冰箱中取出食材，进了厨房，看样子是要亲自下厨。

他好像经常来这里。

五点时，周而复回来了，还带回来一条鲜鱼，说是以前的一位学生专门从密云水库给他送来的。

戚乔起身，周而复示意不用拘谨，见支兰时在专注地看剧本，他拎着鱼自顾自进了厨房，和江淮一同下厨。

半个小时后，支兰时看完了戚乔的剧本。

"以你现在的阅历和水平，能写成这样已经非常不错了。"支兰时赞许地拍了拍戚乔的手，拿了支笔，"有几个地方，我觉得情节和节奏上可以改动，第一幕这里……"支兰时讲得专注，戚乔也听得入神，直到闻见诱人的饭香，才从剧本中抽离出来。

餐桌已经摆好了六菜一汤。

江淮盛了四碗饭，周而复主动对戚乔道："吃了再回学校吧。"

支兰时也说："是啊，你肯定没尝过江淮的手艺，他厨艺很不错的。"

盛情难却，戚乔没有拒绝。

餐桌上，支兰时将戚乔的剧本夸了又夸，对周而复直言，你多少年都遇不到这么有天赋又努力的学生。

周而复也笑，甚至开始要戚乔在他门下读研，亲自带她。

戚乔是真的受宠若惊，同时也十足欣喜。

这些欢喜终于彻底掩盖住了心头一连多日的酸涩与沉闷。

饭后，周而复将戚乔的剧本大致翻了一遍，答应年前会仔细看，再给她修改意见。

戚乔郑重谢过。

支兰时去沏茶，周而复趁此时机点了支烟，躲着妻子抽了两口，还想要拉人下水，递给江淮一支，下一秒动作又收回去："忘了，你不抽。"

江淮笑了一下："为了身体，您还是少抽吧。"

他神情不变，戚乔却愣了下。

上一次，在录音室遇见，她明明看见……看江淮的反应，显然对她没有印象，戚乔也没有说什么。

离开时，江淮的经纪人打来电话，保姆车已到楼下，他与戚乔一同下楼。

楼道静谧，只剩两人的脚步声。

江淮接了个电话，言简意赅："行，签吧。"似乎是答应了某部戏或某个节目的邀约。

到楼下，保姆车果然已经等候在路边。

戚乔侧身，道了声再见，刚要走，却被江淮喊住："等等。"他说，"送你吧，天黑了，你一个女生不安全。"

"没关系，学校只有十分钟的路程。"

江淮已经准备上车，仿佛并未听见她的婉拒："上来吧。"

副驾的助理听见江淮的话，主动下车，帮戚乔打开了另一侧的车门。

戚乔不好意思再拒绝，迈脚登上车。

"你是学导演的？"车开出去后，江淮问道。

"嗯。"

"那怎么还会去配音？"

戚乔一顿。

江淮看过来。

车内光线昏暗，他的眼睛却仿佛剔透的琥珀。

见她不答，江淮收回目光坐好，似是随口一句："刚才没揭穿我，谢谢了，师妹。"

戚乔没想到他居然记得自己，她轻声说："没关系，也谢谢江老师当时让助理给我带路。"

江淮从车载冰箱中取出一杯啤酒，拉开环扣，说："喊我师兄吧。"随口又问，"喝吗？"

戚乔摇了摇头："谢谢师兄，我不能喝酒。"

很快，保姆车停在电影学院门口。

戚乔道谢，下车。

等江淮的车离开，她转身进了学校。

第二日，戚乔交了短片作业，没有在学校多待，改签了车票，提前回家。

爸爸去海南采风尚未归来，妈妈也还有一周多才放假。戚乔一个人宅在家，每天不是看电影，就是找爸爸不用的颜料和纸画几张小画，等晾干了，又一一贴进日记本中。

一周后，班群里老师上传了所有学生的短片作业，供所有人互相学习。

作品被评为优秀的共三位，戚乔、谢凌云、薛启文。

戚乔下意识地先点开了谢凌云的作品，屏幕一暗，没有画面，先闻其声。

几个小孩打打闹闹，下一秒，画面淡入，逼仄的胡同里，几个系着红领巾的小孩滚着铁圈争先跑出来。

一段三十秒的一镜到底，画面淡出之时，片名闪出。

不到十分钟的故事，她看得入迷。无论是拍摄手法还是故事情节，他的作品都绝对值得"优秀"二字。

片尾滚动。

导演：谢凌云。

主演，摄影，灯光……后面都是些卡司阵容信息，他们这种学生作品，所有工种几乎都由本人担任。

戚乔刚想要退出，视线却被两行字吸引，屏幕上，明晃晃的一行字。

剪辑：戚乔 谢凌云

她愣了好一会儿。

手机忽然响起来，是妈妈打来的电话。

戚乔接起来。

"戚乔，你把妈妈的身份证和医保卡现在送过来。"

戚乔心脏陡地一紧："妈，你在哪里？"

戚乔赶到医院时，妈妈已经输上了液。

医生给出的结果是急性肠胃炎，常年饮食不规律导致。

"好了，别担心，这不是没事？"妈妈瞧见她，还反过来安慰。

"怎么会没事？"戚乔的心还提着，她闷声道，"要不是同办公室的老师及时把你送来医院，还不知道怎么样呢。"

妈妈笑了笑："我的身体我还能不知道？一点小毛病。"

"什么小毛病？"戚乔说，"医生都说了，你就是每次胃疼都不当一回事，才会变成现在这么严重。刚好，趁这个机会，咱们做个全面体检吧，我这就去给你挂号。"

戚乔很快帮妈妈安排上了。

中学放假后，戚乔陪着妈妈去了次医院做体检。

检查到妇科时，妈妈让她出去买两瓶水。

戚乔没有怀疑。

两天后，妈妈去学校批阅期末试卷，戚乔来领体检结果时，得知了个坏消息。

"杜月芬在不在?"护士说。

戚乔上前:"我是家属。"

护士扫了她一眼:"成年了吗?"

"嗯。"

"行,那你进来。"

戚乔推门进去。

除了胃上的毛病,总体情况还算可以。

"最好再去做个胃镜好好查查,平时注意饮食。"

"好。"戚乔记下来,"还有没有别的问题?"

"别的没什么,只不过……"医生语气迟疑,"你妈妈那天提了几句,就帮她做了HPV筛查,结果发现,她感染了HPV6型和11型。"

戚乔几乎失去思考能力:"您说……HPV吗?"

戚怀恩是在除夕前回来的。

给戚乔带回来一只索尼的全画幅标准变焦镜头,给妻子的则是一条白金项链,以及一对钻石耳环。

花掉了一幅画的收益,被妈妈数落了好久。

这一幕与戚乔十九年来的生活毫无差别,她和爸妈一起笑,心上的阴霾却经久不散。

医生并未告诉妈妈HPV的感染来源,似乎对此讳莫如深。

戚乔也没有开口,她也不知道要怎样开口。

所幸,妈妈感染的只是轻型。

年初六那天,爸爸说要去和朋友聚一聚。

戚乔在他出门后,偷偷地跟了上去,却并没有发现蛛丝马迹。一同吃饭的都是那些以前经常会来家中做客的叔叔伯伯,而后的几天,一切如常。

爸爸在家不是画画,便是做家务,没有一丝异常。

戚乔满心都是妈妈的那张HPV筛查报告单,以至于连微信和QQ都很少登录,好几天才回复一次。因此,也错过了很多消息。

或许是心事重重了一个寒假,开学前两天,戚乔成功将自己折腾得生了场病，第二日上飞机前，昏昏沉沉。

妈妈忧心不已："要不还是改签好了，你这样，妈妈怎么放心你一个人去。"

戚乔揉了揉发堵的鼻子，唇角微弯："没事的，妈妈，飞机就两个小时，很快就到了。对了，妈，你不要忘了预约的胃镜检查，记得那天和其他老师调一下课。"

妈妈捏了下她的鼻子，几分无奈地笑："知道了，都唠叨我多少遍了，到底咱俩谁比较老？"

戚乔嘴甜道："哪有？妈妈永远年轻漂亮。"

爸爸端来一杯才冲好的感冒药，温声道："快趁热喝了，上飞机好好睡一觉。"

戚乔接过来，捏住鼻子，仰头两三口喝下去。

戚父安抚她说："别操心，到时候爸提醒你妈。"

"嗯。"戚乔微微一顿，语调轻缓，"还有那天医生说的其他的病，也要记得去复查一次。"

"我都记着呢，放心。"

戚乔勉强地挤出来个笑，要赶飞机，不能再耽搁。

爸妈送她到机场，戚乔拖着行李箱进安检，远远回头，爸妈并肩站在一起。

妈妈朝她挥了挥手，爸爸笑得眼睛都眯起来，说："快进去吧。"

戚乔笑容滞涩一秒，转身。

她好像已经没有办法再像从前一样，坚定不移地相信这样表面的美好了。

新学期的导表实践课，依然由周而复担任主讲教授。

开学第一天，他便带来了年前戚乔交给他的剧本稿子，密密麻麻地做了批注和修改。他的赞扬毫不吝啬，当然，批评也不会遮遮掩掩。

"总体来说还算及格，但故事、台词，很多地方都略显稚嫩，我给你做了部分修改。第三幕的情节冲突不够吸引人，你好好想想，要大改。其他的问题都标注了，你自己回去看看，改完之后，再交过来。"

戚乔心中感念,郑重地向老师道谢:"我一定尽快改好,再交给您看。"

"行。"周而复的目光含笑,"上学期的作业,你的短片也很不错。这学期要继续保持,三十分钟的短片,难度更高,剧本写好的话,也可以拿给我看看。"

"好。"

周而复颔首,面露满意。

有人踏进教室。

戚乔还在低头认真观看老师写下的批注,却听周而复说:"上学期的作业是你俩一块儿剪的?"

她抬眸,便见谢凌云一步步靠近。他似乎没怎么睡醒,眼尾双眼皮的褶痕比平时更深,神情慵懒,漫不经心,在老师面前说话也没个正形儿:"嗯,没说不许合作吧?"

他刚说完,戚乔补充道:"我只帮了他一点点,几十秒而已。"

她一副撇清关系的姿态,谢凌云望过来一眼,却并未说什么。

铃声敲响,两人很快回座。

戚乔才坐下,便听见后排张逸压低的问话声:"干什么去了,困成这样,昨晚没睡啊?"

谢凌云道:"还真没有。"

"干啥了,不会是看了一整晚片儿吧,我承认,老蔡昨晚发群里的几部资源都不错,但你也不能这么不克制啊,对身体不好。"

戚乔不禁回头,目光从谢凌云的身上扫过,他好像确实有一点点黑眼圈。

谢凌云正好抬眸,与她四目相对,然后,戚乔就见他望向张逸,面无表情道:"我看个毛线。"

张逸嘿嘿一笑:"没有就没有,干什么激动啊。也是……看一整晚得虚成什么样啊。"

话没说完,谢凌云撕下一张纸,揉了两下,塞进了他嘴里:"闭嘴。"

戚乔端端正正地坐好。十分钟后,一只小纸团越过她的肩膀,飞到了桌面。

戚乔下意识地按住,却见那只纸团被人叠得四四方方,俨然不像是乱扔的垃圾。

她翻转一百八十度,却见另一面上,行云流水写着两行字。

Chapter 6 / 我喜欢这只小狗 211

第一行写的是：To 戚乔乔，澄清声明。

她的心跳蓦地加快。

"什么东西？"身边的于惜乐扫来一眼。

戚乔飞快将纸团按在掌心下，脱口而出："没什么。"

于惜乐只扫到一团飞速划过的阴影，并未看清是什么东西，也没有怀疑。

戚乔将纸团藏在课桌下，才悄悄打开。

澄清声明态度端正，一笔一画，力透纸背地写着：我没看片儿。

她回头，视线掠过谢凌云。他单手撑着脑袋，一副好整以暇，等待她回头的模样。

得来意料之内的注意，那双漆黑的眼瞳中散出星星点点的光，教人无法不沉溺其中。

戚乔强迫着自己转回来，拿起笔写下几个字，折好，趁老师和身边同学不注意，以最快的速度转身，将纸团原封不动扔到了谢凌云桌上。没一分钟，纸团再一次以同样的路径在空中划过一段弧线，落在戚乔的课本上。

她照旧藏在底下，才拆开。

她回的那句"跟我又没有关系"下，谢凌云写道：你应该问我，那你干什么去了。会了吗？

戚乔：我为什么要问，和我又没有什么关系。

她以为这么扔回去，他就不会再回。

没想到一分钟后，谢凌云换了张便笺。

他说：我一晚上没睡。都在想这个寒假你为什么总是不回我的消息。戚乔乔，你就这么想躲着我？

戚乔愣怔地看着这三行字。

外界的声音仿佛在瞬间哑然失声，只剩下她想要克制，却依旧吵闹的心跳。

"戚乔，"老师的声音打断了她的走神，"起来把刚才这部片子的场面调度分析一下。"

戚乔正要站起来，身后有人举手。

"老师，我来吧。"是谢凌云的声音。

讲台上，周而复意味深长地看着他们的方向。

212　偏航

"你还有这么想表现自己的时候，也行，你来说说。"他面色缓和下来，却又含着提醒与警示地说，"戚乔，下个问题你来回答。"

戚乔抿唇点头。课桌下，掌心攥紧了那张纸条，藏进了书包最底下的夹层中。

谢凌云那天的问题，戚乔到底没有回答，她也不知道要怎么解释。

寒假一个半月，谢凌云的消息并不频繁，但三不五时总会发过来几条，或问她要上学期某堂课的笔记，或发来最新国内没有公映的某部外语片的资源。

戚乔的回复总是滞后好几天，甚至有几条都没有回复他，就任它们那么孤零零地停在对话框中。

可是，原因她连妈妈都还瞒着，又怎么可能跟别人道破？

那样的事情，她只能在确认之前一个人藏在心底。

戚乔在某一天忽然想起爸爸去采风时，她打电话过去，意外听见的那道女声。

后来她给爸爸打过很多次电话，都没有再听到那个声音。

三月中旬，戚乔将修改后的剧本，连同这学期要拍摄的作业剧本，一同带给了周而复。

周而复要出差去外地做讲座，带话给戚乔，让她把剧本打印两份，另一份剧本给支兰时。

戚乔买了些水果，登门请教老师。

她到时，支兰时正在烘烤下午茶要吃的饼干。

戚乔将剧本递给老师，在支兰时的盛情邀请下品尝了一份抹茶曲奇。

周而复与支兰时没有孩子，唯一的女儿在十多年前因为生病离世了。

周而复一去出差，这屋子更显得空荡荡。

对于戚乔的到来，支兰时很是欢迎。

她亲自洗了水果，沏了一壶西湖龙井，一边吃着下午茶，一边帮戚乔看剧本。

师徒俩聊得投入，连天色渐黑都没有察觉，还是被敲门声拉回现实。

"谁啊？"支兰时问了句。

门外的人答:"老师,是我,江淮。"

"我去给师兄开门。"戚乔起身。

她拉开大门,果然瞧见一身低调打扮的江淮出现在门口。

他大概是怕被拍到,帽子和口罩一应俱全,进门后便都摘掉了。

支兰时诧异道:"今儿怎么过来了?"

江淮提起手中的东西,示意:"剧组的同事送了点鲍鱼,我不爱吃这些,给您和周老师送来尝尝。"

支兰时一笑:"你们周老师不在家,我可不会处理这些东西。"

江淮道:"那我给您做,好了吧?"

"就等你这句了。"支兰时说着,也转向戚乔,"你也留下,吃了晚饭再回学校。"

江淮走过来,脱掉外套挂在衣架上,扫了眼老师手中的东西,朝戚乔看来:"又改剧本?"

"嗯。"

他没再问,挽起衣袖,便朝厨房走去。

戚乔低声跟支兰时说了一声,请她改着,自己则也进了厨房。

"我给你打下手吧。"

江淮并未拒绝,从冰箱取出几样蔬菜:"洗菜,会吗?"

"当然。"

一顿饭吃完,江淮准备告退。

支兰时留住他:"等等,天也黑了,你顺路,把戚乔送校门口。"

江淮点头,冲戚乔道:"走吧。"

戚乔也没有推拒。

下楼,她才看见江淮今天是自己开车过来的。

车内很干净,只有车内后视镜上挂了一条银色鲨鱼形状的吊坠。

随着车行微微地晃动,在灯光的照射下熠熠生光。

七八分钟的车程,很快到达学校。

"谢谢师兄,那我先走了。"

戚乔解开安全带,刚打开车门,江淮却喊了她一声。

"香薰什么的,你用不用?"不等戚乔开口,他又说,"也是剧组同事送的，我不用这些，给你吧。"

他解开安全带，倾身从后座取过来一只袋子，直接从车窗递给了戚乔。

"拿着吧，我也没有别人可以送。"江淮说。

他已经这样说了，戚乔没有再拒绝，轻声道谢，伸手接过。

江淮道："进去吧，我走了。"

戚乔笑着挥手："那师兄再见。"

"嗯。"

车很快疾驰而去，戚乔转身，正要掏出校园卡刷卡进门，却感觉到好几道注视自己的目光。

她看过去，谢凌云和他们寝室的另外三个人，远远地站在几米之外。

戚乔无法忽视那样的目光。

谢凌云的眸色深沉，周身冷冽，他穿着一身黑衣，仿佛要与三月的夜色融为一体。

"嗨。"张逸最先挥手致意，"好巧啊！"他的语气八卦，又不知道在为谁惋惜，"戚乔同学，你什么时候交男朋友了啊！"

他们离得远，那人又没有下车，只看见一只从车窗中探出来的手，白皙修长，手背上青筋微凸，显然是一个年轻男性的手。

"是认识的一位师兄，不是男朋友。"戚乔很快解释。

张逸像个八卦小报记者："真的吗？"

戚乔点头："我骗你们干吗？"

蔡沣洋接话："为了让我们老宋死心，就算不是，说成是也不是不可能。"

他是玩笑的语气，一旁的宋之衍也跟着无奈一笑。

四人中，唯有谢凌云仍冷着一张脸，像是谁欠他八百万，目光定在戚乔的身上，没有挪动半分。

夜色沉沉，乍暖还寒，风中携着初春的微冷，那抹冷意就像是停驻在他身上。

戚乔已经困倦不已，还有宋之衍在，她没有多待，和几人道别之后，很快转身，刷卡进门。这件事她很快抛之脑后，却没有想到，周五的社会心理学基础的选修课上，再次与谢凌云相遇。

他竟然没有踩点进教室，提前了好几分钟，三两句话，就让戚乔身边的同学让出了座位，自己坐下。

戚乔疑惑地看了他一眼。

谢凌云冲她挑了下眉，随即道："昨晚谁送你回来的？"

戚乔："都说了是一位师兄。"

"哪位师兄？"

"你不认识。"

谢凌云的逻辑缜密："你师兄不就是我师兄？不说怎么知道我认不认识。"

好像也对。

于是她凑近几分，压低了声音说："江淮，是表演系的学长，已经毕业了，演过几部剧，你没看过的话，可能也不认识他是谁。"

谢凌云没再出声。

戚乔以为他知道了名字就该没事了，转而翻开笔记本，整理上节课的思维导图。

过了几秒，余光瞥见谢凌云的手机屏幕上出现一张熟悉的照片。

她一愣，问道："你百度江淮干什么？"

谢凌云若无其事将手机倒扣在屏幕上，同时说："哦，看看长什么样子。"

戚乔无奈地低头，继续整理笔记。

一旁，谢凌云看完人家长什么样了，身体微侧，右臂搭在桌面，支着太阳穴，整个人都面向她："戚乔乔。"

"嗯？"

谢凌云停顿了三秒，等戚乔好奇抬头看向自己时，才开口，用近乎蛊惑的语气说了一句："给我当一次女主角。"

戚乔没反应过来，更不确定他说的后面三个字："女主角？"

谢凌云一字一顿，道："这学期的拍片作业，我想要你做我的女主角。"

戚乔满腹疑惑地望着他。

"不愿意？"

戚乔依旧不太会拒绝，在他的面前却很坦诚："……不太愿意。"

谢凌云点开手机，打开 QQ："剧本我发你，看完再告诉我答案。"

"为什么要让我演？"戚乔不明白他的意图，这是学期末最重要的作业不是儿戏，"表演系的人你又不是不认识。"

"看完剧本你就知道了。"谢凌云道,"除了你,没有人适合。"

他顿了一下,提前抛出一记让人无法拒绝的诱饵:"我的女主角片酬很高的,戚乔乔。"

戚乔试探:"你要给我多少?"

谢凌云毫不犹豫地说:"你要多少,我给你多少。"

戚乔心想,败家大少爷。

他说完,起身,离开之前又道:"你不答应演的话,我也不会再找别人。"

他想要走。

戚乔下意识地抬手拉住了他的袖口:"马上上课了。"

谢凌云回头,他笑了声:"我没选这门课。"

"那你是……专门来跟我说短片作业的事情?"

"不是。"谢凌云否认,继而面无表情地说,"我来找你是为了问你,昨晚那男的到底是谁。"

当晚,戚乔花半小时看完了短片剧本。冥冥之中,她好像明白谢凌云那句"没有人比你更适合"到底是什么意思。就连她自己读剧本的时候都觉得故事里的人仿佛和自己拥有同一个灵魂。

她的确很心动,可还是犹豫,迟迟没有答应。

直到四月底,她自己的短片作业拍摄好了所有素材,只剩下后期处理。

谢凌云依旧一点都不着急的样子。

戚乔做什么都喜欢提前规划,她给自己留了充足的后期创作时间。

两个学期的作业就已经将她这两年兼职攒下的所有积蓄花光了。

这个暑假,她计划找几份兼职,前两天已经提前定好了一则广告的拍摄。

五月初,谢凌云依旧没有开始拍摄。

全班已经没有人还停留在剧本创作阶段,而老师在课上问起大家的进度时,谢凌云照例是那句"剧本还没写完"。

只有戚乔知道,谢凌云给她看过的那个剧本早已完成。

最后一门专业课结课那天,她找到谢凌云,问:"还没有写完?"

谢凌云还是那句话:"没有。"

戚乔犹豫再三,道:"周五之前还是写不完的话,那……我答应你拍之前那个故事。"

"真的?"

"真的。"

谢凌云点了下头:"那我订票了。"

"什么票?"

"不用等周五,我写不完。"谢凌云确信断言,又答,"当然是订去海边的机票,不是看过剧本了吗,这个故事发生在夏天的海边。"

谢凌云行动高效,第二天就把拍摄行程表发给了戚乔。

戚乔好像感觉自己神不知鬼不觉地上了他的当。

但这招威逼利诱对她太奏效了。

戚乔没有办法。

谢凌云选定的拍摄地点定在北海市。

恐怕也只有他,拍个课程作业都可以横跨南北两千五百公里,不在乎成本。

出发那天,戚乔按照约定,在校门口等待集合。

她带着行李箱,提前十分钟到的时候,谢凌云的那辆越野竟然已经等候在门外。

五月中旬,北城早已入夏。

风都是炙热的。

谢凌云斜倚着黑色车身,白色短T恤外搭了一件浅蓝色日系休闲短袖衬衣,白色运动短裤,蓝白相间的球鞋,中筒袜裹着一截引人注目的踝骨。

风吹动衣襟,他看见了戚乔,摘下耳机看过来。

戚乔这才发现,他衬衫胸口的位置别着一只小小的、毛茸茸的白色狗狗公仔,分不清是比熊,还是马尔济斯。

她走近时,谢凌云站直,先将她的行李箱放好,随后拉开副驾车门,抬了抬下巴。

"走吧。"

"其他人呢?还没到吗。"戚乔问。

谢凌云等她坐上副驾,"咔嗒"一声合上车门。

他没有动,依旧站在副驾旁的车窗旁边,听见这句问题,手臂撑在车窗上,微微弯腰,低着头,声音含笑:"没有别人。"

他说完,大步流星绕过车头,上车,一脚油门踩下去,黑色越野车很快沿着学院路向北驶去。

戚乔上当受骗的感觉愈发明显,不禁道:"只有咱们两个人,怎么完成拍摄?"

谢凌云打开车载音响,是首《园游会》。

歌词里写:我顶着大太阳,只想为你撑伞。

他单手控着方向盘,向右打了两下,车拐入北四环,松手,朝戚乔看去一眼,又回头,低声说:"要别人干什么?碍事儿。"

戚乔心脏"怦怦"地跳。

"谢凌云,"她揪着小包的包链,隔了好久才轻声道,"我就是太好骗,才会上你的当。"

谢凌云"嗯"了一声,坦白承认:"谁让你乖。"

航班于下午四点抵达北海福成机场。

谢凌云一早订好了酒店,甚至连拍摄短片的群众演员,各种器材设备,都在当地的摄影器材租赁公司租好了。

摄像机他带了自己的。

抵达的当晚,拍摄了第一场夜戏。

戚乔早已提前将台词烂熟于心,就算不当导演当演员,她也无比敬业。

她原本以为真就只有他们两个人,到片场才知道,谢凌云不知道什么时候已经请好了四人,灯光、录音、妆造,以及专门干苦力的场务兼助理。

摄影他自己上阵。

戚乔换好服装出来,虽然看过剧本的她早知道女主角刚出场时只是个十六岁的高中生,但穿上这身校服还是不太适应。

化妆师只给她薄薄地打了一层粉底,修饰了原始眉形,才想要选一支淡色口红,身后,不知道看了多久的人忽地开口:"就这样,不用涂口红。"

戚乔抬头,视线与谢凌云在镜中相对。

他思索了一下,便道:"头发,扎高马尾。"

化妆师完全按照他的要求执行。

戚乔闻言,却忽地问:"你是不是……"她停顿片刻,有几分迟疑。

Chapter 6 / 我喜欢这只小狗　219

谢凌云低头翻了页分镜剧本，勾画几下，方才看过景，临时改了几个场面调度。

戚乔的声音虽小，话却准确无误地传入他耳中。

谢凌云头也不抬，问："是不是什么？"

"……是不是真的对高马尾有什么执念。"

"什么玩意儿。"谢凌云无奈道，"我上哪来的执念？"

戚乔"哦"了声，没有就没有嘛，凶什么。

她化好了妆，拿起剧本朝谢凌云走过去："我准备好了。"

谢凌云从剧本中抬了下眼，微微愣了一下，又很快收回目光："那开始吧。"说完，他率先往外走。

戚乔与他并肩，忽然好奇："你真的没有写别的剧本？"

"没有。"

"那我要是真的不答应呢？"

谢凌云说："那就不交了。"他动作自然地接过戚乔手中的剧本，到机器跟前，随手挪了把椅子让她坐下，自己则拎来一只小小的塑料板凳，在戚乔面前坐下，给她讲戏。

戚乔领悟力又高又快，谢凌云说出自己想要的效果，她就能立刻理解他的意思，并轻松达成预期效果。

远处的海岸线处，吹来咸咸的海风。

戚乔伸手，轻轻按住校服的裙摆。

马尾也被风吹得拂动，在空中荡起一段柔软的弧度。

谢凌云将手中分镜剧本按在她的膝头，挡住了海风的轻佻行径。

"会用到小提琴，远景居多，拍特写的时候，我教你几个指法，照着按琴弦就行。"他说。

"嗯。"

"今晚可能要拍整个大夜，可以吗？"

"好。"

谢凌云抬眸，看一眼面前的人，恍惚间差点以为自己在欺负未成年少女。

他的凳子矮很多，这样坐着，戚乔比他还要高一些。

谢凌云微微地抬头，凑近她，眸中蕴含着三分轻笑："戚乔乔，你怎么这么听话?"

"因为你是导演啊。"戚乔理所应当道。

说完,她才发觉,此刻,他们之间的距离近得过分。

海风中掺杂进一丝青柠罗勒的淡淡香气。

戚乔的眼睫轻轻地颤,她垂眸,压在膝头裙摆上的指尖下意识收紧。

谢凌云仿佛对距离毫不敏感,不退反进:"是不是我现在叫你做什么,你都答应?"

他靠得太近,戚乔的指尖碰到了他胸口那只毛茸茸的小狗,下意识地摸了摸狗狗的脑袋。

"我又不是笨蛋,只有演戏才会听你的。"她技法拙劣地转移话题,"这是比熊,还是马尔济斯?"

谢凌云低头,摘下白色小狗递到了戚乔的掌心里。

"这是谢凌云这只小狗,给你,要吗?"他说。

戚乔愣怔了好一会儿,指尖无意识地拨弄玩偶狗狗的尾巴。

她的声音融在咸湿海风里,低低地说一句:"可我养不起。"

谢凌云的两指按在小白狗的脑袋上,目光在这个清风清凉的夏天傍晚,竟然显得十分柔和。

"你怎么知道养不起?"谢凌云将指腹压在小狗的脑袋上,轻轻地点了两下,"只需要揉揉他的脑袋,他就会开心地摇尾巴给你看。"

戚乔搭在膝头的指尖收紧,她定定地望着他,傍晚的海风拂过他们,温柔得像对待世间最珍贵的宝贝。

戚乔的心却犹如飓风骇浪过境。

那只小狗乖乖地趴在她的掌心,会摇尾巴的,从来不是一只小狗玩偶。

可他靠得越近,戚乔心里却对她和他之间的距离更加清晰。

戚乔没有办法想象,拥有这只会摇尾巴的小狗后,她要怎么接受失去它。

她知道的,她承受不住"失去"这两个字。

谢凌云从她手中捡走小狗,戚乔下意识地虚握了一下。

他并未收回。

谢凌云起身,将小狗玩偶像发卡一样,别在戚乔的马尾上。

他不是个有耐心的人,但在这件事上是个例外。

"开拍吧。"谢凌云只是说。

剧本的故事内核并不复杂，讲述的是一个女孩追逐自己的音乐梦想，过程中遭遇各种挫折，依旧坚持没有放弃的故事。

谢凌云的拍摄习惯与戚乔相反，他不喜欢每一步都严格遵循计划。

他不会提前画好所有的分镜，只会提前一天画好第二日拍摄的分镜剧本。

现场拍摄时，也常常临时起意修改，他的灵感总是不经意地跑出来。

有时哪怕刚拍好的镜头，有了新的更好的想法，便会重新拍摄一版。

戚乔暗自腹诽，还好早已不是胶片时代，不然按照这样败家的拍法，不知道要浪费多少胶卷，只怕预算会随时超支。

五天的时间，市区内的所有镜头顺利完成。

谢凌云辞去了请来的助理与灯光师，购买了两张从北海出发，前往涠洲岛的船票，只提了一只装着摄影机的航空箱，与戚乔登上码头。

戚乔怀里只抱着一把小提琴，是谢凌云从北城空运过来的，光看琴盒，便知价值不菲。

这几天，戚乔每一次使用都小心翼翼，生怕弄坏。

谢凌云却很无所谓，见她那么提心吊胆，故意调侃："怕什么，也不贵。"

戚乔问不贵是多贵。

他说八十万。

于是戚乔更加谨小慎微。

他们抵达涠洲岛时，天色与气温正好。谢凌云租了车，循着导航，开往滴水丹屏。

涠洲岛的初夏，海水与晚风都是咸湿的气味。

这场戏，要从日暮拍到第二日的朝阳初升。

女主角在经历了家庭巨变与校园暴力后，想要带着唯一属于自己的琴跳海。

故事里，主角却并没有遇到救赎她的人。她带着自己的琴，在夕阳下，独自一人，为大海开了一场演奏会。

从日暮时分，到夜色沉沉。

决定触碰冰冷的海水前，她抬头看见了漫天的星辰。

五月不是涠洲岛的旅游旺季，海滩上人不多。

日落就几分钟，错过就要再等一天。

戚乔从琴盒中拿出小提琴，她回头时，谢凌云正好架好摄影机。

"要开始了吗？"

谢凌云低头，从取景框中看着面前的场景。

远处，暮云合璧，落日入海。

海面上映着金色粼粼的光，那光只笼着一个景中的人。

落日熔金，海上潮生，却都比不过一个身穿白裙的她。

晚风吹动少女乌黑柔顺的发丝，谢凌云没有喊开拍，却按下了录制按钮，说："马尾散开吧。"

戚乔顺从，取下发圈的瞬间，长发被迎面的咸湿海风吹起，像在空中跳了一支舞。

戚乔再次问："开始了吗？"

她举起琴，笨拙地将琴弓搭在弦上。

红日悬在天边，再耽搁就要错过最漂亮的时刻。戚乔怕功亏一篑，趁还有时间，回头向谢凌云请求："你再来教我一次吧。"

谢凌云离开摄影机，伸手，去拿琴的瞬间，长发擦过他的小臂。

戚乔凑近，指间搭在琴弦上，演示一遍："是这样吗？"好几个音都不对。

谢凌云将琴抵在自己的颈间，只让她看指法："这样。"

戚乔在空气中模拟三次，记下来："我知道了。"

谢凌云道："只有一个三秒的特写，远景更多，不用太紧张。"

说是这样说，戚乔还是重复了几次。

"这次对了吗？"她让谢凌云检阅。

谢凌云抬手，调整她无名指的位置。

青柠罗勒的气息闯入鼻腔。戚乔抬眸，注意力不禁落在他薄薄的眼皮上。

夕阳斜斜地照在他们身上，落在沙滩上的影子紧紧相依，仿佛一个严丝合缝的拥抱。

交缠的身影闯入戚乔的余光里，她心神一颤，相抵的脚尖飞快地向后退了一步。

"怎么了？"谢凌云并无所觉，只评论她的指法，"这样就行，先拍特写，免得你等会儿忘。"

他去拿摄影机，戚乔轻轻地舒了口气。

等谢凌云再次过来时，短暂的慌乱已平静。

戚乔做好了或许要等待第二次日落的准备，却没想到最后一丝光亮从海平面湮灭时，需要的几组镜头顺利完成。

海边的夜晚，天空是唯美的深蓝色。

他们遇到了一个好天气，夜幕降临之时，海面上升起了满天星斗。

内存卡图标变红闪烁，最后一个夜晚的镜头恰好完成，谢凌云关闭了摄影机。

大远景的镜头，他喊结束的声音，顺着风也传不到戚乔的耳中。

她坐在海边礁石之上，裙子后腰的蝴蝶结尾巴随风舞动。

谢凌云递过去一瓶冰可乐，在她的脸上短暂一触，才将戚乔拉回现实。

"结束了吗？"她从戏中抽离，接过那瓶可乐，"你怎么都没有喊卡。"

"太远了。"谢凌云说。他单手扣着罐身，食指钩住拉环，手背因微微用力而凸起几道清晰的青筋。

气泡涌出，"刺啦"一声。

戚乔将自己那瓶可乐放在一处平整的石面上，学着他的动作，好不容易钩住拉环，却怎么用力都打不开。

耳边传来一声轻笑。

随即，谢凌云伸手握住她的手腕拉高，右手指尖捏住易拉罐瓶口，同样的动作，三秒不到，便听见同样的一声"刺啦"。

"会了吗？"谢凌云挑眉笑了声。

他将可乐递给戚乔。

戚乔低头抿了一小口可乐，嘴角翘了翘。

她喝着可乐，抬头望向星空。

脑海中重现刚才他握着自己的手的样子，像是特意展示给她看似的，第二次单手开易拉罐。

"咱们明天回去吗？"她不禁又笑了下，换了话题。

谢凌云仰头，灌下去半瓶冰可乐："要玩儿的话，也可以多待两天。"

戚乔道："还是回学校剪视频吧，我还没有写完作业。"

谢凌云眉眼舒展："没有写完作业还愿意给我拍作业，戚乔乔，你对谁都这么好吗？"

戚乔一顿，道："因为你给的实在太多了，谁都不会拒绝的。"

他无声地笑了，声音揉进了海风，低低沉沉地传入戚乔耳中："但除了你，我可不会找别人。"

他屈起一条腿坐着，一手捏着冰可乐，吊儿郎当地搭在膝头，抬头，望了眼星空。

戚乔的视线循着他的目光所及。

天朗气清，夜幕之上的每一颗星星都清晰可见，星月辉映，莹莹有光。

"我小时候就很喜欢看星星。"戚乔轻笑了下，道，"每一颗星星都有自己的航道，哪怕肉眼看不见它们航行的轨迹，可只要抬头，就能知道它们在沿着宇宙命定的轨道向前。"

谢凌云偏头，目光落在少女安静美好的侧颜上："是因为这个，所以才喜欢看星星？"

戚乔点头："我在很久很久之前就确定以后要读导演系，等毕业后就要努力地当一名导演，这是我给自己定下的航道。"她侧眸，与谢凌云四目相对，"咱们是不一样的人，谢凌云。"

谢凌云说："谁和谁都不一样。"

戚乔轻轻地笑着："你知道我在说什么。"

谢凌云率先移开目光，他脸上没什么情绪："不知道，听不懂。"

戚乔低头，下巴抵在膝头，侧眸定定地看着他。

少年眸若点漆，在黑夜中，他的眼睛拥有比银河更闪耀的光。

人们贪恋光和温暖，戚乔不能免俗，她没有办法违背内心。

五月的海风平静温柔，星辰映入大海。这一夜的星空无端让她拥有了勇气。

哪怕失去，她也想要拥有过。她愿意和老天爷打这个赌。

戚乔从口袋中掏出那个被她藏了好几天的白色小狗。

谢凌云瞥见，扫来一眼："戚乔乔。"他用警告的语气说，"你敢扔试试。"

戚乔说："不是给我了吗？"

谢凌云的脸霎时冷下来,他一字一顿地说:"不许扔。"

他伸手要收回来。

戚乔反应飞快地双手护住:"你说了给我的。"她道,"我没有说不要。"

谢凌云的眉眼松动,冰冻的冷意渐渐散去,大少爷端着架子,骄矜道:"机会只有一次。"

戚乔开口:"我要的。"她顿了一下,低声说,"我喜欢这只小狗。"

谢凌云的视线撇过来,眉尾微微一挑:"喜欢谁?"

"这只小狗。"戚乔面色平静地强调。

"他没名字?"

戚乔弯着眼睛:"毛发长,腿也长,应该是马尔济斯?"

谢凌云心照不宣地承认:"行,那就马尔济斯。"

Chapter 7
坏消息接踵而至

完成拍摄的第二天下午，戚乔与谢凌云准备回学校。

候机时，戚乔接到了妈妈的电话。

她没有告诉妈妈来和谢凌云拍作业的事情，妈妈还以为她在学校，照常问："下课没有？"

"已经结课了，我跟同学出来拍短片了。"戚乔回答。

"哪个同学？你提过的那个室友？"

谢凌云买好喝的，走过来时，便听见戚乔回答电话那头："就一个同学。"

他笑了声，插好吸管，将星冰乐递到戚乔的手边，也不知道是不是故意，他轻轻地咳嗽了一声。

戚乔飞快抬眼，瞪了他一眼，捂住听筒，走开几步去接听。好在妈妈并没有听出异常，问她暑假大概几号回家。

戚乔还没买票，只给出了大约的时间。

电话挂断前，她又问："爸爸呢，不在家吗？"

妈妈说："你爸还能干吗，前两天又去采风了，这回说是去内蒙古。"

话音传入听筒中的同时，戚乔的视线蓦地僵住。

机场人来人往，行客匆匆。她一眼看到不远处出现一道不应该出现在此处的身影。

那道身影她熟悉到只看一眼就能认出来，走路的姿势、身形、衣着，她无一不熟知。

电话里那个本应该在最北边的人，此刻就站在她十米之外。

赤道附近阳光充足，隔着候机室的玻璃，照进室内依旧炙热。

可戚乔僵立在原地，只觉得浑身冰冷。

她机械地挂断妈妈的电话，身体微微颤抖，一动不动地望着戚怀恩的背影，以及他身旁那位有几分熟悉的女人。

他们怀抱着一个小孩，才会说话没多久。

戚乔永远忘不了那一声清脆稚嫩的声音。

"爸爸，爸爸。"那小孩朝着戚怀恩喊，伸出双手去要他抱。

戚乔已经无法思考。

她看到他喊了二十年的爸爸，她以为全天下最好的爸爸，此时，笑着伸手从身旁女人怀中接过了那个孩子。

戚乔从没有想过会看到眼前这一幕。

小时候的下雨天，妈妈工作忙，都是爸爸打着伞，去校门口接她。那时，周围很多同学都羡慕她，羡慕她有一个好爸爸。她也一直以为，她的爸爸是全天下最好的爸爸。

可现在，过去的一切就像一个梦幻的泡泡。它曾在阳光下泛着五彩的光，却在随风腾空时，在期望它还可以飘得更高的时刻，猝不及防地破碎，连一抹痕迹都不再留下，湮灭无息。

从得知妈妈检查出感染 HPV 后，戚乔便预想过所有可能。可真的目睹这一幕，她仍然痛彻心扉。

戚乔目不转睛地望着远处，戚怀恩脸上洋溢着幸福的笑，令她觉得陌生极了。

广播中，提示飞往北城的航班开始登机。

戚乔恍若未闻。

身后，谢凌云不知何时走过来："戚乔，登机了。"他的声音不高不低，却引起了十米外戚怀恩的注意。他转身，循着声音的方向看过来。

戚乔反应飞快，在他望过来之前背过了身，她控制不住微微颤抖的身体。在谢凌云靠近时，她伸出了手，紧紧地抱住了他，整个人都躲了起来。

谢凌云愣住，唇角微扬，下一秒，又很快紧张起来。因为他感觉到怀里的人轻轻颤抖的身体。

谢凌云伸手，因为被抱住的动作，下意识地想要回抱住她，在要触碰到少女纤薄的背时，手又停在空中。

"怎么了？"谢凌云问。

戚乔将整个人都躲进了他干净的怀抱里，这是瞬间的反应，她压根来不及思考。她不想让戚怀恩发现她。

戚乔没有松手，小脸埋在谢凌云的胸前，摇了摇脑袋，抱着他，往旁边的柱子挪去。

浑圆的柱身挡住了戚怀恩的视线，他并未发现戚乔。

谢凌云的身体微僵，这样紧紧相依的拥抱，让他的下巴正好碰到戚乔的发顶，他咳了一声，清清嗓子，声音很低："到底怎么了，看见什么了？"

戚乔这才感觉到他们之间过分亲密的姿势。

她骤然松手，后退一大步，直至脚后跟抵在石柱上。

戚乔揉了下眼睛，驱散弥漫在眼睛里的酸楚，她知道轻易骗不过谢凌云，好一会儿，才找到借口："没什么，只是、只是我妈妈刚才打电话，说她中午做饭被烫到了，我有点担心。"

"严重吗？"

戚乔摇头，从他手中拿过自己的登机牌，同他并肩朝登机口走去，答道："还好，不是很严重。"

谢凌云没有怀疑。

戚乔也没有再回头。

她此刻是真的不知道要如何直面她最引以为豪的爸爸与人出轨，还生下了孩子这件事。

回学校后，戚乔将自己投入到了繁忙的学习中。

她将所有的时间花在图书馆与教学楼，在剪辑实验室和调色实验室来回转。

她比任何时候都更用心地完成后期工作。一帧帧地修剪，调色，调整背景音乐和配音。连宿舍一周一次的外餐堂食都不再参加，三点一线地生活着。

于惜乐还以为她已经在准备下学期的学生导演奖，本来完成作业的人也被迫继续努力，跟着戚乔一起去了好几次剪辑室。而戚乔只是想让自己忙起来，忙到没有时间去想那件事。

六月底放假前，戚乔将再次修改好的剧本与一个这学期才写完的故事拿

Chapter 7 / 坏消息接踵而至　229

给周而复看。

盛夏时分,老小区的路边种着好几棵粗壮高大的槐树,蝉鸣阵阵。

戚乔去时正是黄昏日落,周而复和支兰时相偕在小区散步。

她远远地看了好久。

直到支兰时看见她,笑着招招手,叫她过去,戚乔才抿出一个笑,走向他们。

"不都放假了,还没回家?"支兰时关切地问。

戚乔道:"找了几个兼职,帮别人拍拍片子,这个暑假先不回家。"

周而复颔首:"不错,拍点东西攒攒经验,以后才知道怎么拍长片。"

戚乔将手中的剧本递过去:"老师,我按照您的意见修改完了,还有一个是这学期才写完的新剧本,您有时间的时候帮我指导指导。"

周而复接过去,先翻了翻这几个月一直在修改的剧本,已经看过多次,他大概扫了几眼。

"不错,看出来你下功夫了。这个我不用再看了,新的剧本我过两天再瞧瞧。"

修改的每一个版本的剧本,支兰时也都看过,她笑着提议:"乔乔,你有没有试过给影视公司投稿。好歹也是你们周老师和我看过这么多遍的,平心而论,这个剧本我现在能给你打九十分。"

"可是老师,我下半年也才大三,现在就投吗?"

周而复接过话头:"也不算早,以现在那些个制作公司的进度,从立项到正式开拍,花个两年三年的比比皆是。现在投,在你毕业的时候能开拍,算最理想状态了。"

"好,我试试。"戚乔说。

戚乔回去后,便着手在网上找了多家影视公司,拟了故事梗概,写了份简历,连同剧本,打包发到了剧作部门。

等待筛选是一个漫长的过程,快则几个月,慢则一年半载都有可能。

戚乔投出去就没有再管,妈妈打过好几通电话,问她暑假计划。

五月时,在北海机场见到的那一幕,一次次涌入脑海,在听见妈妈的声音时,那些刺目的场景越发清晰可见。

她知道六月中,她爸就结束"采风"回了家。

戚乔没有做好面对一个出轨的爸爸的准备,更不知道要不要将这件事告诉妈妈,又以什么方式告知。她明白不该瞒着妈妈,也知道这件事最该知道的人就是妈妈。可她不是一个能冷静旁观的局外人,不知道要怎么说。

她不清楚妈妈有没有察觉到什么,不清楚她告知妈妈之后,他们的家会以什么样的方式分崩离析。

在决定好方式之前,做好准备之前,戚乔不想回去,她怕面对那样的家。

她暑假找了很多兼职,甚至连平面模特这种与专业无关的活儿都去做了两天。

得到这份兼职也是偶然。

陈辛与顾岳麟离婚,财产分割后,她毅然选择放弃自己一手创立的公司,而选择了重新开始。

她开了一家服装设计公司,在等待甲方约定的短片拍摄前,正在寻找能拍摄的平面模特。戚乔那几天正好有空,她怕自己一闲下来就胡思乱想,于是毛遂自荐,要去做镜头前的服装模特。

陈辛的首家个人设计品牌店开在市中心,拍摄地点也定在那里。

一天换了十几套衣服,结束时,戚乔累得手都抬不起来。

她不要报酬,来当"苦力",陈辛为表达感谢,晚餐请戚乔去了一家米其林三星餐厅吃饭。

"你重新开始创业,需要用钱的地方那么多,不然,咱们就去吃刚才路过那家关东煮?"戚乔为陈辛操心。

"放心好了,请你吃个饭的钱还是有的。"陈辛笑了笑,"走吧,位置都订好了。"

戚乔只好客随主便。

吃完饭时,戚乔意外地在餐厅见到个熟人。

江淮头上压着一顶黑色帽子,戴着口罩出现。他拦住位服务生,指着一个位置:"请问刚才整理那桌的时候,你们有没有看到一条项链,上面挂着一只鲨鱼形状的吊坠。"

服务生态度很好:"我帮您问下负责清洁的工作人员,稍等。"

戚乔对声音敏感,很快辨识出来那道声音是谁:"师兄?"

江淮摘下口罩:"戚乔?"

"你刚才说的是之前挂在车上的那条项链吗?"戚乔问。

江淮点头。

很快，负责清洁的服务生过来，摇头表示打扫时并未发现客人遗留的物品。

江淮神情有些焦急。

戚乔第一次看到他露出这样的表情。

她也已经吃完，在江淮去曾经坐过的位置的犄角旮旯寻找时，也跟去帮忙，仍然无果。

"别的地方找过了吗？"

"找过了，只剩这家店。"

"你还在哪里长时间停留了？"

江淮思索片刻，道："店门口。"

"那咱们再出去找找。"

陈辛晚上还有应酬，先一步离开。

店门口位置开阔，还有一片硕大的草坪，人来人往，万一掉落，说不定早已被捡走，找到的可能性太小了。

戚乔仍陪着江淮从日暮寻找到天黑，最终，打着手电筒在人行道前的花坛草坪里发现了小鲨鱼。

戚乔惊喜地捡起来："师兄，你看看，是不是它？"

江淮很快靠近，一直紧绷的神情陡地放松："是，谢谢。"

戚乔露出个浅笑："不用谢。"

"它对我来说是很重要的东西。"江淮低眸，将沾染了泥土的项链清理干净，嗓音微沉，"虽然你说不用，但我还是要谢谢你，戚乔。"

江淮开车将戚乔送回学校。

下车前，从副驾的置物格中拿出来一只盒子。

"是上次品牌方送的，先拿它借花献佛，你有空的时候，我再请你吃饭。"

戚乔觉得这东西太贵重，所以没有收。

下车前，她笑道："这个我不能要。师兄如果要感谢我，那以后就请来客串下我拍的电影？"

"好。"江淮回答很快。

"我开玩笑的。师兄的咖位，我请不起的。"

江淮笑道："我自愿客串，不收报酬。"

戚乔只当是一件小事和随口说的玩笑，没有放在心上，她下车，挥挥手，朝江淮告别。

进校门时，手机响。

戚乔一边刷校园卡，一边看了眼来电显示，是她爸。

戚乔神情淡下来，调整了一下呼吸，才接起来："喂。"

"乔乔，都放假了怎么还不回家，你妈说你告诉她暑假找了几个兼职？"

戚乔"嗯"了一声："几条小广告，和公司宣传片什么的。"

电话那头，戚怀恩皱眉道："你才大二，不用把自己搞得这么忙，跟爸说实话，是为了积累经验，还是挣钱？要是挣钱的话就别做那些了，学费和生活费你不用操心。"

戚怀恩的语气关切，一如寻常，和心疼儿女学习工作太累的那些爸妈一模一样。

可越是这样，戚乔心中的悲戚却更加肆无忌惮地蔓延。

"已经跟人家说好了，明天就要去拍一条短片，没有办法拒绝了。"

"那好吧，爸爸刚才给你转了五千块钱，拍完手头这些短片就快买票回家啊，放假了就好好休息几天。"

戚乔又"嗯"一声，听见电话那边妈妈做好饭喊爸爸去吃的声音。

她喉头发堵，装作要忙，很快挂断电话。

校园里空旷无人。已经七月底了。

手机屏幕上，通知栏悬挂着好几条 QQ 消息。

有班群的，室友的，还有谢凌云的。

两个小时前，他传来一条三分钟的视频。

视频发送后的第十分钟是一条文字消息。

谢凌云：*看了没有？*

又过五分钟。

谢凌云：*在忙？*

最后一条便是一小时前，他说：*又不理我。*

戚乔点开那段视频，是去北海和涠洲岛拍摄的花絮。

她忘词的、笑场的、还有一个人坐在小板凳上背剧本的画面，以及更多的逐渐推进的特写镜头，她的眼睛、唇角、笑时的微表情、被风吹动的发丝、站在海边的背影、映着落日余晖的侧脸……最后一幕，他们在海滩边，等待

Chapter 7 / 坏消息接踵而至 233

落日，谢凌云低头教她小提琴。

摄影机拍到了他们并肩的画面。

进度条抵达终点，画面淡去，一行字逐渐清晰地出现在屏幕上：谨以此片，纪念 2015 年的夏天。

对于导演系的学生而言，镜头语言是必修课。

不止实践拍摄，更重要的还有对视听画面的理解力。

这短暂的三分钟，谢凌云直白坦荡，张扬又肆意地将一颗心剖给观众看，而这段视频只有一个观众。

戚乔在夜风中静静地站了会儿，等心跳平息，才点开对话框，她说：看了。发送成功，又一次编辑，给他解释，我今天太忙了，才看到。

谢凌云秒回：哦。冷淡的一个字。

戚乔却无声地笑了一下，她又道：没有故意不理你。

谢凌云：哦。

戚乔：你生气了？

谢凌云：我能生气吗？

戚乔：当然可以。

谢凌云：行，那气一分钟。

一分钟后，戚乔抵达宿舍，新消息跳出来。

谢凌云：你哪天回学校？

他以为戚乔早已回家，戚乔没有过多地解释。

戚乔：9 月 7 号？那天好像才开始报到。她接着问，你不生气了？

谢凌云：说了就生气一分钟。

因为谢凌云那句话，戚乔盯着屏幕笑了起来。

她放下手机去洗澡，明天还有工作，哪怕有再多的心事。累了一整天，今夜终于没再失眠，上床躺进被窝，很快睡着。

甲方要的短片是一条微电影形式的广告。

剧本是写好的，戚乔需要做的，便是严格按照剧本拍摄。

这种拍摄方式最大的好处便是除了拍摄内容，其余均不需要戚乔操心。

器材设备均有专门的人员负责。

第一天是外景拍摄，地点定在北城西郊。

西山山脉绵延千里，车穿过山林，继续向前。

仲夏的山林原野，绿意浓浓，少了城市中心的闷热难耐，这儿就像一处避暑胜地。

微电影的主角都是科班毕业的学生。戚乔从一开始也隐瞒了自己还在就读的信息。

他们见戚乔年纪虽小，但真正开始拍摄时手法娴熟无比，因此对她还算有对导演的尊重。

上午的拍摄很顺利。

但甲方拍板定了此处，勘景都是公司宣传部的人来瞧了两眼，压根不是专业人士。

下午拍摄时，戚乔才发现问题。

林间树木高大，遮天蔽日，即使用上带来的所有打光板，光线依旧不理想。在尝试拍了两条之后，戚乔放弃，叫摄制组先回山下民宿，自己则喊了两位工作人员上山勘景。

为提高效率，他们分头行动。

这山虽然无名，可手机信号却很好，戚乔便没有与人同行。

走出去没多久，她接到一通归属地位北城的来电。

戚乔接通，对方自称某影视制作公司的人，表示已经看过戚乔的剧本，有些兴趣。

戚乔一喜，而后，对方反复两次确认，她还是电影学院在读学生的身份，然后说："是这样的，这个剧本我们看过，故事本身还是不错的，不过呢，也有比较大的问题，它不是一部能叫座的商业片，故事艺术性显然更高。我们这边也不可能把片子交给一个还没毕业的学生去拍。哪怕是已经毕业几年，导演没有奖项或和代表作傍身，都是很难拉到投资的。"

戚乔已经明白对方的深意，直接问："那您这个电话是什么意思呢？"

"我们已经跟领导商议过，你虽然还没什么经验，但剧本的确有可进一步完善的空间，立项投拍的可能性比较大。不过，我们更倾向于找更权威的导演来执导。"

"所以意思是只让我挂名编剧？"

对方笑说："你的剧本节奏还是太文学性了，我们会请更专业的编剧老师操刀重新写,后期如果争取得到的话,会让你挂名。"

戚乔一愣:"所以你们是要让我卖剧本,当枪手?"

"你这边同意的话,我们可以立刻签约,初步给到的价格是十万,你看……"

戚乔打断了他的话:"我不卖。"她说完,立刻掐断了电话。

直到走出几百米,这通电话带来的恼怒都没有消散。

戚乔调整了下呼吸,刻意控制思绪,让自己不要再想。

影视公司多的是,她不是只有这一个选择。

循着一条小径,戚乔一边用手机相机当取景框试验,一边不停寻找,不时还要注意群中其他两人拍摄的图片,回复是否可用。

她的手机已经用了两年,电池续航不堪重负,电量飞速地往下掉,以至于当瞧见电量百分之十的警告提醒时,她已经不知不觉到了山林深处,不能再往前。

她停下来,视线扫过两点钟方向时,突然之间看到一处很适合做外景的地方。

一棵高大的侧柏笔直挺立,旁边的矮树绕着它生长,前方则有一片不算特别大的空地,青草茵茵。

骄阳穿过叶隙,照在那片空地上,形成一个天然的"舞台"环境。

戚乔心中一喜,拍下照片,又做好标记,以最快的速度打开手机,将此处定位发给摄制组群中。她收好手机,准备沿着来时标记好的原路,在电量告罄之前,早点下山。

戚乔的脚步飞快,却在迈脚的一瞬,踩上一片柔软至极的"土地",触感太过怪异,低头向下看的一瞬,戚乔吓得惊叫出声。

脚底下踩过的地方,竟然盘卧着一条蛇!

深青色的蛇身,身体足有一根大拇指那么粗。

戚乔条件反射地往别处跑,可没有跑出多远,脚下踩到一块不规则的石块,她一个趔趄,顿时摔倒在地,手掌蹭到地面,被碎石划破一层皮。

戚乔挣扎着站起来,刚迈出去一步,脚踝传来一阵剧痛。

她没忍住,逸出一声痛呼。刚刚脚下软绵的触觉久久没有消失。

戚乔惊起阵阵寒战,连头都不敢回。

她掏出手机，刚想要趁着还有电告诉剧组其他人，麻烦他们来接她，一句话还没有发出去，手机屏幕霎时熄灭，关机了。

戚乔没有办法，只能拖着崴了的右脚蹒跚地向前走。

她步履艰难，才走出去没有一米远，侧后方，倏地传来一阵簌簌声。

戚乔神经紧绷。这种山林中，什么野生动物说不定都有。她再次回忆起刚才踩到蛇的触感。戚乔头皮发麻，重重地闭上眼睛，刚想要忍着脚踝的剧痛，不管不顾地向前跑。

"戚乔？"身后传来熟悉的声音。

戚乔回头，看见是谢凌云的瞬间，整个人都在瞬间放松下来。

"你怎么在这儿？"两人异口同声。

戚乔先道："我拍条短片，过来勘景。"

谢凌云蹙眉走过来，伸手扶住她的小臂，带着几分质问的意味："你不是跟我说回家了？"

戚乔一时哑口无言，嘴巴张了张，只蹦出来一个："我……"

她转移话题："你怎么在这儿？"

谢凌云轻"呵"一声，勉强暂时算她蒙混过关，回答道："我最近住在这儿。"

戚乔蒙了一秒："……啊？"

谢凌云试着搀着她，往前走了一步。

她右脚根本无处着力，碰到地面，稍稍一用力就疼得厉害。

戚乔轻轻地"嘶"了一声。

谢凌云半蹲下去，动作自然地卷起她长裤的裤管，扫了一眼，纤细的踝骨处已经微微红肿。

戚乔方才被吓得出窍的魂魄还没有彻底归位，手指捏住他肩头的衣服，轻扯一下："咱们快点走，这儿有蛇的。"

谢凌云回头，扫一眼方才她经过的地方。

那条蛇被踩了一脚，仍静静地保持着盘卧的姿势。

"是死的。"他说完，背对着戚乔单膝跪着，"上来，我背你。"

戚乔微愣，在谢凌云再次开口催促时才弯腰，搭着他宽展的肩膀，趴了上去。

谢凌云轻轻地颠了下戚乔，将她往上背了点儿。

Chapter 7 / 坏消息接踵而至　　237

"你怎么这么轻啊？戚乔乔，还没小时候我家养的大狼狗重。"

戚乔虚虚地环着他的脖子，小声表达不满："哪有把人和狗做比较的？"

谢凌云："除了你，我就背过我家狗，还能和谁做比较？"

戚乔一阵无语，唇角却在他看不见的地方悄悄地翘起来。

然而，谢凌云很记仇，下一秒又问："坦白吧，为什么骗我说在家？"

戚乔小声说："我哪有骗你？"她顿了一下，补充道，"你只问我什么时候回学校，又没有问我在哪里。"

谢凌云尾音稍扬："行，那还是我的错了？"

戚乔的声音越来越小："是我错了。"

谢凌云说："知道就好，下次要改，记住没有。"

"嗯。"戚乔试探着，环着他脖子的手臂不再虚空，落在实点，一直刻意地保持着距离的头也低了低。她将下巴搭在谢凌云左侧肩头，呼吸间，闻到清冽干净的熟悉味道。

阳光透过叶隙，随着他们朝前走，一缕一缕地照在两人身上。

林间的小径，静谧极了，耳中只剩时不时传来的鹁鸪啼鸣。

戚乔一连紧绷了两个月的神经，终于在此刻松了下来。

她心中犹如乱麻，哪怕强撑着，让自己在这两个月没有一刻空闲时间去思考爸爸的事情，可在一摊烂泥中不停转动的轮毂，一旦停止运行，裹挟的泥浆便会重新掉落，挡住前行的路。

戚乔垂着脖颈，像汲取养分的藤蔓，倚在谢凌云肩头。

她的呼吸轻而缓，像被狂风吹散的流云，破碎而流离。

谢凌云偏了下头，问道："很疼？"

他又很快道，"马上到了，再忍一会儿，嗯？"

戚乔换了方向，脸颊朝向外侧，趴在他的肩上。

谢凌云没有听到她的回答。

林间静悄悄，风仿佛都在此刻静止。

好一会儿，谢凌云感觉到背上的人身体在轻颤，随后肩头落下一片湿热。

戚乔低声，哽咽着，啜泣再也控制不住，从喉间逸出来："疼……"她努力了，可是还是忍不住，"谢凌云，我很疼……"

谢凌云的脚步变得慢下来。

不知是哪棵树上的夏蝉午睡醒来，聒噪地叫着。

"很快就到了，我叫医生过来。"他低低地哄着，"很快就不疼了。"

他说的话很有效，没多久便感觉到背上少女的身体不再轻颤。

谢凌云健步如飞，穿过层层林木，沿着羊肠小径，熟稔地步入一条青石板铺就的宽阔道路。路的尽头，立着一幢两层高的建筑。

这幢小楼沿着身后的山体建造，灰白相间的墙体外观，前院种着一棵十分具有禅意的小叶紫檀，树下一桌一椅，边上有片种了莲花的小池塘。

整栋房子背靠着绿树繁荫的山体，朝南而立，二层的东南两面都是巨大的落地窗，足够欣赏山景。它立在西山群峰一处不知名的山间，仿佛一处隐秘的桃源。

戚乔听见风吹叶动的声音，从谢凌云肩上抬起头来。

她的声音还哽咽着，几分微哑："这也是你家吗？"

谢凌云背着她，用脚轻轻踢开不足半人高的木制院门。

"算吧。"他说，"我妈是建筑设计师，这里是她最后一个作品，但她也没有在这儿住过。"

所以他说，算吧。

戚乔明白了几分，她抬眸，将这栋建筑细致地看了又看，最后说："你妈妈好厉害。"

谢凌云"嗯"了一声，很快，他背着戚乔进门，将她放在一楼的软沙发上，顺势蹲下来，单膝点地，将戚乔的裤脚再次卷高，动作小心地脱掉了她的鞋子。

戚乔下意识地往后缩了缩："我……我自己来。"

谢凌云抬眼，这才看到少女双眼通红，颊边悬着一滴将落未落的泪。

他没有听见啜泣声，她却不知道趴在他的背上无声地掉了多少眼泪。

谢凌云的眉尖微蹙，抬起手，用指腹拭去那滴泪，低头又看一眼她已经肿起的脚踝，一手按在小腿的腿腹，不容置喙地将她抬起的腿放下来。

谢凌云似乎是想到什么，掏出手机，在通讯录翻找半分钟，拨出去一通电话，开着免提放在一旁地板上。

对方很快接通，态度恭敬，听声音要比谢凌云年长一些，却仍称呼他为您，尽职尽责询问怎么了。

谢凌云直截了当地问："脚崴了怎么处理？"

"您脚崴了？需不需要我现在过来。"

"我在西山，等你来就疼死了，先告诉我怎么处理。"

戚乔以为他那么笃定，是知道怎么紧急处理。

原来还是要医生临时指导。

电话另一边传来诉说简洁明确的处理崴脚的方式的话语。

谢凌云脱掉戚乔的鞋子，按照指示，从冰箱中找来一只冰袋给戚乔冷敷。

医生在一小时后赶到，检查后确认没有骨折，便用弹力绷带将戚乔的脚踝处固定好，减缓肿胀，又仔细地询问了戚乔有无药物过敏史，开了一些止疼药，又叮嘱几条注意事项后，很快离去。

从冰敷后，戚乔便感觉到疼痛缓解了很多。她舒了口气，在谢凌云去送医生的时候，才暗自打量了一下室内。

客厅的方形原木小桌上立着一只相框。相片看上去有一些年头，画中美人却明艳夺目，手中执着两支红色毛茛，如夏日清荷般清丽动人。

谢凌云的眉眼与照片中的人有五分相似，那应该就是谢凌云的妈妈。

戚乔的目光一顿，微微错愕。

照片的背景是一间温馨的房间，沙发布的颜色，旁边的白色铃兰浮雕花瓶，以及露出一角的龟背竹……没有记错的话，和当初在谢凌云的家中看到的一模一样。

照片显然是许多年前拍摄留存，可到现在，那栋房子的每一寸布置都保留着多年前的模样，一丝一毫都未变。

过了半分钟，谢凌云送走家庭医生回来，见戚乔的目光落在桌上照片上，也没有说什么。

戚乔感受到他的存在。

"你妈妈好漂亮。"她由衷道。

谢凌云"嗯"一声，却并未继续这个话题："好点儿没有？"

"好多了，谢谢你。"

谢凌云将她那句道谢咂在齿间咂摸一二，道："你什么时候才能不跟我说谢谢？"

"什么？"戚乔没有理解他的意思。

谢凌云轻叹一声："算了。"

一层没有卧室，他在戚乔面前蹲下来，等她的手伸过来时按住，将人打横抱起，上了二楼。原意是想叫她去休息会儿，戚乔却在看见二楼的那片落地窗后，不愿意回房间一个人孤独地待着。

"可以坐那儿吗？"她指着二楼客厅的的沙发。

谢凌云照做。

落地窗大而透亮，望得见对面山峰，也看得到庭外棵棵树木。

戚乔忽地一顿："你爸爸会过来吗？"

"放心，"谢凌云肯定道，"这儿他从没过来，以后也不会过来，这房子写的我的名字。"

戚乔问："是你妈妈给你设计的吗？"

"不是，原本是给我们一家人设计的，谁知道才完工，她还没有住过就走了。"谢凌云望着窗外风景，低声，"别担心，我爸绝对不会过来，他从不来这里。"

"是因为怕睹物思人吗。"

"他？不会。"谢凌云似乎是为了让她放心，再次道，"不用担心，来了我也把他赶出去。"

戚乔说："那天的事情我没有在意了。我想，我能理解你爸爸，换作谁，都不会让外人随便进自己的家。"

谢凌云抬眼看过来："戚乔乔，你怎么这么大度？"

"你爸爸没有错。"戚乔表示理解。

谢凌云却嗤了一声："他还没错？"

他猜到戚乔根据那张照片想到了什么，声音淡了几分说："他只会做这些表面的文章。这些年，他身边的女人一个接一个，两年前要不是我回来将这房子转到我名下，他早就再婚，连带着送给别人了。"

戚乔一顿，从他的语气中听出来什么："但他没有再婚，是吗？"

谢凌云缄默不言。

"你对你爸爸是不是有什么误会？"戚乔才说出口便后悔了，"对不起，这句话我收回。你的判断当然比我这个只了解冰山一角的人清楚。只是我最近突然发现……不能看一个人表面说什么，他是怎么做的更重要。"

她曾以为她的父母的感情至死不渝，连邻居都羡慕。

可近日才知道，表面维持的假象下是早已溃烂的内核。

见过物是人非，才更明白至死不渝是人间童话。

戚乔抱膝坐在落地窗边的沙发上，盯着玻璃外的天空和山间景色看了许久，晴空万里，风和日丽。

谢凌云端着一杯温水过来时，便看到她在看天气预报。

"北城是不是很少下雨。"

"不算多。"

谢凌云问："想看雨？"

戚乔坦白："只是觉得这样的落地窗很适合听雨，可惜今天没有雨。"

天气预报说未来一周都阳光明媚。

"信那干吗？"谢凌云却突然说，"山里经常下雨的，瞧着万里无云，说不定等会儿就有倾盆暴雨。"

戚乔没有当真，她吃了颗药，靠在沙发上，一点也不厌倦地欣赏窗外的风景，手机充了电后开机，她回了几条消息，告知摄制组，她再过一两个小时就下山去。

分不清是哭过一场，还是单纯药物的作用，戚乔很快窝在柔软的沙发中睡着了。

戚乔被敲打玻璃的淅沥水声吵醒。她起身，一条薄毯从肩头滑落。戚乔微微一愣，睡前她有盖这条毯子吗？下一秒，她又被外面的场景占去全部注意。

窗外，日头淹没于山峦之下，天色渐晚，与睡前相比，光线骤然昏暗。

更奇妙的是，谢凌云没有骗她。山间天气变幻莫测，才一觉的工夫，竟然真的下起了连绵细雨。她发呆地望着窗外。这种感觉就好像只是眯了一小会儿，老天爷就帮她实现了愿望。

戚乔惊喜，雀跃。她出神地看着窗外的雨，连谢凌云什么时候站在身后都不知道，所以也没看到谢凌云此时耳郭上那抹不太正常的红色。

戚乔看着眼前不期而遇的雨。

雨丝划过天空，打湿了树叶，将那抹绿染得更深更浓。

那一刻，她忽然下了决心，在这一瞬间，确认一件事——她想要迫不及待地回家，她得让妈妈知道事实。

戚乔计划着，她爸不可能没有留下蛛丝马迹，她试探，跟踪，或者从手机中去找，一定有留下东西。

她可以制造一场不经意的意外让妈妈发现。

戚乔想好了这些，阴霾密布的心骤然晴朗。她回头，看见站在自己身后的谢凌云。

她笑了下，招招手，问："要看电影吗？这样的雨天很适合在房间看电影。"

那天，他们坐在一起，看完了上一次被人打断的《天堂电影院》。

电影结局之时，雨停了。

戚乔单脚蹦着站起来，她要下山去。

谢凌云送她。

两人在门口遇到了来为谢凌云做饭的阿姨。

戚乔穿好鞋子，站在一旁，听见他喊那位面容和善的阿姨"赵姨"。

那位阿姨似乎对他很熟悉，打趣地问："你不是从来都不带人来这儿，这姑娘是谁，女朋友？"

戚乔的耳垂微烫，她艰难地挪着崴了的脚，朝庭院外走去，因此并未听见谢凌云的答案。

戚乔拄着一支拐杖，完成了已经开始、不能暂停的拍摄。

好在骨头没有受伤，两天后，肿胀的脚踝症状减缓，疼痛渐消。

她将定下的工作一一完成，买好了8月20号的机票，准备将已经签了合同的几个短片拍完便回家，却在回家前一周，她还在画分镜图时，接到一通陌生电话。

对方开口便说："乔乔，赶紧回来，你妈出事了！"

戚乔赶上最近的一趟航班回家，看到的便是急救室已经亮了四个小时的红灯。

而等在抢救室外的人只有一个给她打电话的邻居阿姨。

"杜月芬家属到了吗？"

警察和医生一起出现在眼前。

"来了来了！"邻居阿姨推着已经没有反应力的戚乔上前。

戚乔手指僵硬地握笔，在手术同意书上补上签字。

好多人在说话。

Chapter 7 / 坏消息接踵而至　243

戚乔脑中乱哄哄一片，只听见"安眠药""洗胃"这样的字眼。

而引起这一切的缘由是妈妈意外撞见戚怀恩与那位孙伯伯说话。

她看到了那个孩子和抱着孩子的女人。

哭声与争执持续了一整夜。

第二日清晨，戚怀恩留下一纸签过字的离婚协议书后下落不明。

当天，妈妈服食过量安眠药物，被来敲门询问的邻居发现，打电话叫了救护车送至医院。直至此刻，生死不明。

妈妈醒来，已经是二十二个小时之后。

病房中静悄悄的，不时能听见走廊外护士台传来的机械呼叫音。

杜月芬睁眼，望见满目的白，她在分辨这里是不是另一个世界之时，一道轻弱的声音将她拉回现实。

"妈……"

杜月芬缓缓地向女儿看去。她浑身无力，四肢像是被塞满了棉花，连眨眼这样微小的动作做起来都艰难无比。

但她还是抬起手轻轻地摸了摸女儿的侧脸，声音像被风吹散的残云一般，道："回来了？"

两行清泪从戚乔的脸颊流下。

从下飞机到医院，整整一天一夜过去，她都没有哭过。

可此刻，听见妈妈气息微弱地说出这句话，她再也控制不住。

整夜没睡的眼睛布满血丝，她的脸色一片苍白，羸弱易碎的神经只凭着一丝倔强维系，摇摇欲坠，在这一瞬间分崩离析。

眼泪像没有尽头一样往下掉，一滴一滴地砸在病床上白色的被子上，洇湿一片。

可她连哭都克制，小声地、压抑地哭。

戚乔不想要这样，她怕让妈妈更加难过，可是怎么都控制不住眼泪。

"你知道了？"妈妈的声音颤抖，"你爸……"

她费力地抬手，给戚乔擦眼泪，可指尖才碰到女儿的眼尾，自己眼中的泪已经盛不住，汩汩地流下来。

杜月芬的声音沙哑凄凉，慢慢地，一字字说："乔乔，你爸他不要咱们了……"

说出这句话前,她尚且维持着做了几十年教师的体面。可是钝刀子割肉,一夜之间的变故,换成任何一个人都无法坦然接受。

"孩子都生下了,都一岁多了,我居然才知道……我居然才知道!"她不顾左手扎着的针,像是故意要让自己的身体感受痛意,握着拳,一下下地砸在自己身上,惩罚一般地发泄。

戚乔哭着,去拉妈妈的手:"妈……"

可是杜月芬此刻根本听不见女儿的呼唤,她发疯一般地惩罚自己,甚至拔掉了输液的针,针尖划过手背皮肤,划出一道又细又长的伤口,一滴接一滴的血珠渗出来。

戚乔按下床头的呼叫键。

护士很快赶来,两个人却都控制不住一个处在无尽的愤恨自弃和极度伤心中的女人。

杜月芬不停地喊着戚怀恩的名字,骂自己眼瞎,识人不清,愚蠢不堪,二三十年了却都不知枕边人的真面目。

她更骂戚怀恩,骂他伪君子假清高,骂他没有良心,骂他负心绝情……她用尽全身力气,全然丧失平日的温婉得体的形象。

杜月芬在挣扎中衣衫凌乱,披头散发。最终,在高声诅咒戚怀恩不得好死后,因术后尚未恢复的身体不堪承受持续的激烈情绪而缺氧昏迷。

戚乔的嗓音沙哑,眼角泪痕未干,便又有新的流下来。她抱住人,扶着昏过去的妈妈,重新让她好好躺下。

赶来的医生推开她,戚乔站在床边,看着医生护士检查,重新输液。

戚乔连擦眼泪的时间都没有,便听从护士的指示去开单缴费。

妈妈在医院住了半个月。

戚乔医院和家之间两头跑,整理住院要用的一切生活用品,偶尔回家学着炖一锅汤给妈妈喝,将家里她爸的东西全部清理了出去。

回家的那天,戚乔将签过字的离婚协议书拍照,用妈妈的微信发给了她爸。

妈妈住院期间,她曾经给她爸打过三次电话,无一接通。

这条消息发出去后,却很快收到了回复。

戚怀恩：好的。乔乔回家了是吗？你先别告诉她，等她开学回学校，咱们去办离婚手续。

戚乔望着这一行字，想到的却是妈妈那张 HPV 筛查报告单在手术室外独自等待的漫长时间，是妈妈这半个月迅速消瘦下去的身体，以及那天妈妈第一次醒来时透出来的枯萎一般的、行将就木的气息。

戚乔永远都没有办法忘记那一幕。那个骤然间枯败老去的妈妈，和此时手机里她喊了二十年的爸爸发来的文字。

让她犹如站在深处没有生机的干裂大地，随时可能踩入一道深渊裂谷。

过往二十年的一切仿佛都瞬间变成了笑话。

戚乔只能感觉到心底涌出的无尽的厌恶和悔恨。她可以更早发现的，可以更早告诉妈妈的。

她很快发出去一条消息：不用，我已经知道了，你早点回来和妈妈去办手续吧。

戚怀恩很久都没有回复。

在戚乔起身准备去煮粥时，手机进来一通来电。

戚乔扫了眼备注，接通。

沉默许久，那边才开口："乔乔，爸爸……"

"我不想听。"戚乔打断了他的话，"你哪天回来？能尽快吗，学校马上就开学了。"

戚怀恩沉默了很久，吐出几个字："我不在国内，可能得过段时间。"

听筒中传来小孩的声音，还有年轻的女人温柔地喊："怀恩，和谁讲电话呢？"

戚乔心头堵得厉害，飞快挂了电话，一个字也不想听。

她煮了粥，妈妈最近吃什么都没有胃口，只有粥还能喝下去小半碗。

戚乔便学着做各种营养肉粥。

她切好鱼片，用小火熬了很久，每一粒米都炖得软烂无比后才盛了一小碗端去给妈妈。

杜月芬在备课，新学期要教高三，要做的准备更多。

戚乔将粥轻轻地搁在书桌上，瞧见妈妈的脸色微黄，眼下也有重重的乌青，恐怕昨晚仍旧没有睡好。

戚乔轻声说："妈，喝一点再忙吧，你午饭就没有吃多少。"

妈妈从教案中抬头："不是说了让你别煮饭了吗，过几天就开学了，大三更忙，火车票买好没有？"

戚乔还没有买，她根本没有心思去想别的任何事，却还是冲妈妈一笑："你别操心我啦，我都知道。快喝点，我煮了很久的。"

妈妈也笑，家里持续了半月的低迷气氛终于在此时缓解一分。

"好，好，知道了。"

戚乔叮嘱道："你最近吃太少了，脸色都差了好多，胃又不舒服吗？"

"没什么事，也没有疼过。"妈妈宽慰她道，"别担心，就是普通的胃口不好而已。"

戚乔稍微放心，出去给自己盛了一碗粥，才喝了两口，主卧的门被人打开，妈妈捂着嘴巴快步走到卫生间，将刚才喝下去的粥全部吐了出来。

戚乔的心一紧，她放下碗就跑过去，轻轻拍着妈妈的背，又立刻拿来纸巾。

肚子里本来就没有多少东西，杜月芬吐了没多久。

"是胃不舒服吗，妈，你别瞒着我。"戚乔心中紧张，"咱们去医院吧。"

"没事。"妈妈却说，"妈没骗你，真的不疼，天太热了，没胃口，吃不下而已。"

戚乔没有办法放心，趁还没有到开学时间，她极力说服妈妈去医院检查。

妈妈起初拒绝，说大半年前才体检过，能有什么问题。好在在她的坚持下，最终好歹答应了明天去一趟医院。

然而，还没有等到去医院，半夜里，住在次卧的戚乔被妈妈忍着剧痛的呻吟惊醒。她登时清醒，连鞋都来不及穿，推开妈妈房间的门，便看见她蜷缩着侧卧在床上，脸上一层虚汗，沾湿了枕巾。

"妈！"戚乔奔过去，"你怎么了？"

杜月芬疼得连完整的话都说不出口。

戚乔低头，看见妈妈的手按在胃部。

她跑回房间拿手机，颤抖着手，叫了救护车。

救护车来得很快，十分钟后，杜月芬再次被推入急救室。

一名医生来向家属询问情况。

戚乔将妈妈的急性肠胃炎的病史，以及这几天糟糕的饮食情况如实相告。

医生初步判断为胃炎。

然而，仅在半小时后，又有一名年资更高些的医生从急诊室出来，高声询问杜月芬家属在哪里。

戚乔的神经再次紧绷。

"肠胃炎是小问题，患者出现了黄疸，以前有过肝脏问题吗？"

戚乔摇头。

医生的面容肃然，接下来的话像一记重锤，敲在戚乔本就脆弱不堪的心脏上："有肝衰竭的征兆，情况比较危急。你妈有没有酗酒史？"

戚乔的脑袋被六个字砸蒙了："……肝衰竭吗？"

医生目含同情地望着眼前的女孩，叹了声气："你家其他大人呢？"

戚乔的眼眶泛红："没有了，没有其他大人了……"

她站立不稳，还好被医生扶了下，在靠墙的凳子上坐下。

"没有酗酒，我妈不喝酒。"她低声说。

"那有没有长期服药史？我们需要了解病因。"

"没……"戚乔顿了一下。

药物史……

她艰涩地出声："半个月前，服用过大量安眠药。"

"最近还有服用过吗？"

戚乔先摇头："没有。"紧紧抿唇，又道，"最近我妈睡眠都不好，很晚才会睡着。她平时都会早睡早起，但前几天早晨八点我敲门进去的时候却还在睡，我喊了好几声才醒……我、我不确定还有没有吃过安眠药了。"

医生又详细问过杜月芬的情况，再次进急诊室前，起身拍了拍戚乔单薄的肩膀："这个病会需要不少钱，你得有个心理准备。"

医生走后，戚乔独自一人在凳子上坐了很久很久，直到护士出来通知她可以进去了，她才动了一下。

戚乔回家前，把这个暑假兼职赚下的钱都用来付了最后一份短片拍摄的违约金。

她现在身无分文。

戚乔回家，拿来了家里剩余的全部现金、日用品与换洗衣物，为妈妈办好住院手续,又用妈妈的手机给妈妈的同事打了电话,请她代妈妈给学校请假。

做完这一切,她就乖乖地坐在病床前,等妈妈醒来。

杜月芬醒来之时,已经是次日傍晚。

和那天服药后手术醒来时一样,女儿陪在她床边。只是这一次,她的脸色更加苍白。

医生等杜月芬醒来,才来通知病情。

和戚乔不同,杜月芬在听见结果时却比谁都平静。

肝衰竭发病快,病程短。所幸送来及时,救治得当,情况还算乐观。但已经发病,保守治疗也只能活数月,最多一年。最佳治疗方案是在肝衰竭末期之时进行肝移植手术。

医生将治疗方案的区别和预后各种可能情况悉数告知。

医生们鲜少使用"一定""绝对""百分百成功"这样的字眼,可也如实告知肝功能、凝血酶原和氨基酸等各项检查都显示着亚急性肝衰竭一个结果——如果不进行肝移植,死亡是必然结果。

肝源相比肾脏的稀少,已经算好找,亲体移植的临床病例更多,排异更小。

"我们这儿还没有能力做这种大手术,最好是去北城的大医院,手术费用大概需要二三十万,你们有能力的话做好准备吧。"

医生走后,病房中静了很久很久。

戚乔捏了下发僵的手指,眼尾通红。她最近的眼泪好像怎么都停不下来。可此时还是忍了又忍,她握住妈妈的手,冲病床上的人弯了弯嘴角:"妈,做手术吧,我们去做配型。"

"不行。"杜月芬坚决道。

"医生说亲体肝源配型和成功率都更高,排异反应也会小很多。"戚乔声音发颤,喊了声妈妈,"我知道你担心什么,我从小到大都没有生过什么病,感冒也很快就会好,你把我养得这么好,我去年开始每周都在跑步锻炼身体,不要担心别的,咱们先去做配型,再去北城的医院做手术,好不好?"

她低头,怕控制不住眼泪流下,便握着妈妈的手,额头抵着妈妈的手背。

"我们想办法,一定可以找得到的。我们去找人借钱,我还可以去找兼职,我跟你说过的,记得吗,我这个专业很好找兼职的,也很挣钱的。如果还不够,我们……我们就卖掉房子,怎么都会有办法的。"

她轻声地一遍遍重复:"怎么都会有办法的。"

但杜月芬还是没有同意。

住院的几天,戚乔便每天都在病床前劝妈妈。

杜月芬坚决拒绝戚乔的肝源,怎么都不肯,执拗倔强。

在这一点上,戚乔和她很像。妈妈不同意,她就一天一天地劝。

母女两人常说着说着,一个便开始掉眼泪,另一个便也无声地哭。

几天后,九月的第一个夜晚,杜月芬病情恶化,戚乔再一次哭着求妈妈同意时,她终于点头。

戚乔寻找了所有肝胆外科知名的医院,最终,还是决定去北城。

在北城的话,她可以边上课,边照顾妈妈。

杜月芬让戚乔从家中柜子深处找来压在最底下的两张卡。

"你爸走的时候没带,这张卡是他的,里面有他上次卖的两幅画的钱,应该还有十几万,你去查一查,剩下的不多,妈妈问几个同事借一点。"

戚乔点头,医院楼下就有ATM(自助提款机)。可十几万也不够。

"这张呢?"她拿起另一张卡。

妈妈按住她的手,将那张卡小心地装回包里。

"这张卡里的钱不能动。"杜月芬轻声说,"这卡里的钱是要留着给你交学费的。"

戚乔低声:"都什么时候了……"

妈妈却坚持不给:"也不多,只有剩下两年的学费和生活费,没几万块钱。去吧,先看看那张卡里的钱,剩下的再想办法。"

戚乔抬手蹭了下眼尾,白皙的皮肤被揉得通红一片。

她依言,先下楼去,在ATM上查看了另一张卡上的余额,却没有想到,里面一分钱都没有。

戚乔重新插卡输密码,查询了三次,都是同样的结果。

她四肢僵硬地走上楼,停在病房门外,隔着门上玻璃往里面扫了一眼。

妈妈的脸色泛黄,整个人都失去了精气神,那一丝生命枯败的气息,越来越沉重。

戚乔看了好久，按在病房门把手上的手迟迟没有推开。

她捏紧手机，转身，往走廊尽头楼梯间走去的同时，拨出去一通电话。

嘟声持续了三十秒，终于被接起来。

戚怀恩语气惊喜："乔乔？"

戚乔没有时间控诉，更没空绕弯子，开门见山地说："妈妈生病了，手术要很多钱，那张卡里的钱怎么没有了？"

戚怀恩愣了一下："上周我转了点……你妈怎么了，胃病又犯了？"

戚乔苦笑着："转了点，是连一分钱都不剩地转了点吗？"

戚怀恩道："都转走了？是她去银行弄的，跟我说只拿回一半。"

这个她是谁，不言而喻。

"拿回？"戚乔心中一片凉意，说，"那妈妈这些年所有的工资，花在你身上的钱，你也还回来吧。"

戚怀恩似是换了个地方，声音压低："那些画，要没有她也卖不出去……你妈需要多少钱，我给你转。"

"二三十万。"

"这么多？"戚怀恩诧异，"什么手术要花这么多钱？"

他话中的凉薄使戚乔的一颗心脏彻底跌入谷底。

没有关心，没有紧张，只有怀疑和倦怠。

戚乔打开楼梯间的门，关上，蹲下去抱着自己靠在门后，才能勉强止住身体的颤抖。

"妈妈都因为你服安眠药自杀了，医生说引起了肝衰竭，移植手术要花二三十万，你听见了吗。"戚乔哭着大声质问，"你听见了吗！"

"只要你现在一两幅画钱，我求你，求你了行吗？"戚乔哽咽着，说出的话混在哭声中，"求你了，爸……"

下一秒，对面的人开口，却是一道女声。

"他的画现在值钱了也是因为我，没有我，你爸还是那个靠女人的几千块工资生活的戚怀恩，还能是现在崭露头角的戚大画家吗？我在他身上花了多少钱和精力，他赚的也应该属于我，听明白没有，你们一分都别想要。"

那女人的声音一句句传到戚乔的耳中。她蓦地想起当初戚怀恩采风受伤，她回家时见到的那一面。后来的那位经纪人似乎也是她引荐的。

"那也是他们的共同财产,有我妈的一半,你们不能……"

女人打断她:"那让你妈去法院起诉啊,法院判了,就给你们。"

戚乔所有的话都堵在了嗓子眼,只感觉到四散开来的无力感。

起诉离婚的时间,妈妈已经等不起了……

电话骤然被挂断。

戚乔怔怔地望着楼梯间的天花板,一扇窄小的窗只透出一丝微光,那光却照不到她身上。她在里面待了很久,才擦干眼泪撑着地面站起来,想要调整出个轻松的表情,拉开门,却看见穿着病号服,静静地立在外面的妈妈,不知道已经听见了多少。

戚乔蓦地愣住。

下一秒,妈妈却伸出手牵住了她。她的步子很慢很慢,牵着戚乔一步步往前。

"卡里的钱,你爸转走了?"她平静地问。

戚乔没有回答,可沉默即是答案。

病房很空,隔壁床的病人刚刚出院。

戚乔扶着妈妈躺下去,硬撑着挤了个笑容:"妈,咱们卖掉房子吧,这样就够手术费了。"

杜月芬望着女儿,眼尾划过一丝凄凉神色:"那房子的贷款还有七年才还完,而且……"

"什么?"

杜月芬道:"去年你爸要办画展的时候,把它抵押给银行贷款了。"

戚乔愕然抬眸。许久,紧握的银行卡边沿将掌心的软肉划出两道红色深痕。

她将那两张银行卡给妈妈:"先用这张卡里的钱交住院费,手术费,我再想办法。"

杜月芬伸手按在她的手背,轻轻地抚摸:"这个钱不能动,这是你的学费。"

戚乔的眼泪再次绷不住,从眼尾涌出。

她坐在病床边的椅子上,伏低了身体,闷声说:"我不念了,妈,我不读书了。"

她就那样趴在妈妈怀里,哭了很久,说了很多遍"我不读书了,要给你治病"。

杜月芬都没有同意,可最后还是温柔地揉揉女儿的头发。

一滴泪沿着脸颊掉落下来,落在戚乔头发上。她轻笑着,神情间有种如释重负的轻松,嘴上却说:"好,妈妈答应你。"

戚乔就那样趴在妈妈的怀里哭到睡着。

再醒来时,天色将晚。

窗外挂着一轮残阳,阴云密布,只剩惨淡的微光。

妈妈没有躺在病床上。

戚乔倏地清醒,感觉到手中被人塞了什么东西。

她低头,看到掌心放着那张妈妈给她存了学费的张卡,还有从病历本上撕下的一页纸,背面写着几行字。

戚乔忽然间从心底里生出不好的预感。

她的视线登时模糊一片,只看到最后一句:别难过,好好念书,妈妈对不起你。

戚乔紧紧地捏着那张纸,眼泪奔涌而出,指腹蹭到纸上的字,字迹还没有干透。

妈妈才走了不久。

戚乔飞奔着去护士台,询问有没有见过她妈妈。

可是对方都说没有,谁都没有见过。

她找过了卫生间、热水房,甚至去同层的每一间病房查看,却没有找到。

护士紧急地调出监控,还没有捕捉到杜月芬的身影,电梯门打开,戚乔听见乘梯上来的人口中交谈。

"也不知道遇到了什么事,唉,已经有人报警了。"

"是啊,怎么就想不开,一个人孤零零地……"

戚乔跑过去抓住那两人的胳膊,近乎祈求地问:"你们在说什么?"

那人被她通红的眼睛和脸颊上的泪吓了一跳。

"天台啊,有个女人要跳楼,唉,光是看着就觉得可怜……"

戚乔已经听不进任何的声音,去按电梯,她心急如焚,干脆朝楼梯间跑去。

她已经一天没有吃饭,可此刻,奔跑的速度却飞快。

她早该有所察觉的,不是所有人在遇到这种事后都能像陈辛那样走出来的。

戚乔到天台的时候,那儿已经聚了很多人。

警察拉起了警戒线，防止他人进入。

戚乔一眼看到站在天台边上的妈妈。

入院时还算合身的病号服，此时却宽得像巨人的衣服，被风一吹，显得里面没有人一般，空荡荡的。

戚乔拼了命地向那处跑。

"闲杂人等退后！"警察高声呵斥。

戚乔的声音颤抖："那是我妈，是我妈啊……求求你们，让我过去，让我过去……"

警察依旧拦着，这时连家属也不会让靠近。

戚乔却奋力一推，在警察不注意的瞬间朝妈妈奔过去。

谈判专家离得最近，伸手将戚乔拦住："别过去！"

"妈……"戚乔已经几近崩溃，"不要，不要……"

杜月芬听见女儿的声音，回头。她面容淡然，瞧见戚乔后才流出一丝悲戚的情绪："乔乔，妈妈不治了。"她放松地笑了笑，"妈妈走了后，你要好好读完书，这是你从小的理想，别放弃。我知道自己的身体，我不能拖累你……乖，回去吧，你在这儿看着，我怕吓着你。"

戚乔含着泪摇头："不要！妈……我会继续念书的，你不要离开我，不要离开我好不好……还有办法的，咱们再想别的办法好不好？"

杜月芬神情绝望，缓缓地摇了摇头，泪水沿着颊边淌下。

戚乔的声音嘶哑不堪："妈，你不要丢下我一个人，不要丢下我……"她哭着，朝妈妈伸出手去。

杜月芬的眼泪滚落，她哀伤地看着戚乔。

她怕拖累女儿，可是这一刻，她看着戚乔，心中却只剩下不舍。

如果连她也走了，这个世界上，她的女儿就只剩孤零零的一个人。

杜月芬微微转身，想要去够女儿的手。

戚乔更快地握住她，用尽全身的力气，将妈妈从天台边拉回。

残阳褪尽，暮色四合。

母女二人紧紧抱着对方，痛哭出声。

戚乔牢牢地攥着妈妈的手，她只知道她不能松开。

她不能松开。

Chapter 8
前程似锦，功不唐捐

  2015年，那时候，医院的线上挂号系统尚未开放。

  戚乔在9月3号买了去北城的火车票。

  从西站出来，回学校放下行李箱，便乘地铁，去友谊医院挂号。

  一连三天，她早晨四五点钟从床上爬起来，赶去医院挂号大厅排队，终于抢到了号源。

  学校9月7号便已经正式开课。戚乔只能请假。

  挂上号的那天，戚乔又买票回家，整理了必要的行囊，带着妈妈一起去北城，住在医院附近一晚上一百块的小标间里。

  戚乔在周末时去找了一次陈辛。

  顾念昱已经升了一个年级，最喜欢的游戏依然是QQ农场。

  见到戚乔时，他兴致勃勃地给她看成果，他的农场已经六十级，黑土地都变成了金土地。

  "姐姐，好久不见啊！"顾念昱刚想要给她炫耀，望向戚乔时，话却咽了下去，他看了她半晌，小声道，"你怎么瘦了这么多啊？"

  他给戚乔看自己一个暑假就长胖了一圈的胳膊，发觉戚乔的手腕还没有他的粗时，忧愁地问："姐姐，你是不是放假都没有好好吃饭？"

  戚乔勉强地对他笑了笑，淡淡道："还好，我就是在减肥。"

  顾念昱道："你都多瘦了，不要减了！"他说着，蹦跶着跑去厨房，给戚乔拿来阿姨刚做好的奶酪蛋糕，还有酸奶草莓和牛肉干。

"快吃点！"顾念昱灵光一闪，兴冲冲地给她说，"我让阿姨中午给咱们做大鸡腿，你两个，我也两个。"

戚乔早就知道顾念昱比其他小孩早熟许多，却还是动容了。这么多天的奔波忙碌，在此刻，她总算露出一个真心诚意的笑。

陈辛加完班，开车回来时，戚乔已经给顾念昱讲完数学作业。

陈辛推门进去，顾念昱已经昏昏欲睡。

见到戚乔第一眼，她难掩惊讶："怎么瘦了这么多？"

戚乔给顾念昱盖上一条薄毯，等他睡着，随陈辛去了书房。

两个月没有见，陈辛也瘦了不少，她磨了些咖啡豆，给自己做了杯美式，给戚乔的那杯咖啡兑了半杯牛奶。

"我看到你的消息了，找我还有别的事？"陈辛问。

戚乔端着那杯咖啡，没有喝。

空调的冷风吹到身上，她没有犹豫太久，很快，低低地开口："辛姐，我能不能……跟你借点钱？"

"当然可以。"陈辛很爽快，查了下银行卡内的余额，同时道，"你要多少？"

戚乔抿唇，几秒钟后，说："……二十万。"

陈辛一愣，随后，很快又道："这个时间不太凑巧，你知道我刚开始独立创业，前两天刚签下一个合同，给原料工厂付了一百万的款项。"

她确认好几张卡里的余额，抱歉地对戚乔说："我身边的流动资金只剩下十万，恐怕最多也只能借你五万左右。"她顿了一下，解释说，"你知道顾念昱上的学校和各种补习班花费也不小，他的吃穿也够花钱的，所以……"

"我明白。"戚乔心口微酸，声音不稳，"谢谢你，辛姐，这对我来说已经很珍贵了……"

陈辛伸手握住了她的手，皱眉柔声问："遇到什么事了？"

戚乔没有瞒她。

陈辛紧紧地握着她的手："别着急，我问几个朋友，应该能再帮你借一点。"

戚乔制止住她打电话的动作："你愿意借我钱我已经很感激了，怎么还能让你为了我的事再去找别人？"

戚乔知道，陈辛性格使然，没什么亲近的朋友。

不然，那时和前夫离婚也不会找到她这个那时认识没多久的人去照顾顾念昱。

她不好意思再让陈辛为她欠人情。

戚乔没有说出口，陈辛却懂她的情绪，她也不想让戚乔背负太多。

两人静默许久，陈辛忽地开口："对了。"她想起一件现在或许对戚乔有所帮助的事，"有件事我之前没有告诉你，但现在急需用钱，你可以考虑看看。"

"什么？"

"还记得之前你给我拍的那组宣传照片吗？有几家经纪公司看到了，联系了宣传部门，问了你的信息，他们的意思是想找你签约出道。"

陈辛诚心地为她思量："之前我知道你没有考虑过那条路，是一心要学导演的，所以直接让他们拒绝了，但现在……你也知道，那一行赚钱比绝大多数工作快得多。你考虑几天，觉得可以的话，我让人帮你联系。"

戚乔神情微颤，端着水杯的手指根根收紧。

她低头，垂着长睫，抿了口带着余温的咖啡，明明加了半杯的奶，她却尝不到一分香甜，只剩咖啡的酸苦。

戚乔没有考虑太久，很快说："可以，辛姐，现在就联系吧。"

戚乔回到宾馆之时，妈妈坐在床边看书，听见声音，她回头。

"你爸今天打钱了。"妈妈说。

戚乔脸上一喜："真的，打了多少？"

"五万。"妈妈的笑容滞涩，"估计还是背着那女人打的。"她握住戚乔的手，"学校都开学了是不是？预约挂号的时间在后天，听妈妈的话，把学费交了，去上课吧。"

戚乔的思绪还停留在那句"五万"上，却不知是该哭还是该笑。

她爸不会不知道家中的情况，当初为迁就他不喜欢在同一地方一直生活的散漫，从戚乔出生，每隔几年他们就会搬一次家。

可妈妈的工作是老师啊，却还是为了迁就他，牺牲自己，到另一个地方重新开始。

起初几年，戚怀恩压根没有收入，画画的颜料、画布等无一不是支出。

妈妈的工资全部作为家用，连积蓄都没有。

现在，在明知房子被抵押，手术费需要二三十万，而自己一幅画就能卖十多万甚至更高时，他却只打来五万块钱。

戚乔连恨都无处发泄，拙劣地转移了话题。她将自己的卡递给妈妈，笑了笑，告诉妈妈今天找一个朋友借到了五万块钱。

妈妈错愕，戚乔便将认识陈辛和顾念昱的来龙去脉解释给妈妈听。

杜月芬握住她的手，慢慢地说："这种人情，咱们不能忘，等我身体好点了，有机会的话，妈妈跟你去见见人家。"

戚乔点点头，一字一顿道："会好的。"

一定会的。

戚乔还是没有回学校，她跟班导请了半个月的假。

到挂号时间，带着妈妈去看了医生，又再一次排队等候做了各种检查，得到自己和妈妈配型成功之后重重地松了一口气。

妈妈住进了医院。

医生告知戚乔，她也得让自己的身体调整到最佳状态才能进行手术，以及手术费用这件重要的事。

戚乔将那五万块钱，以及从陈辛处借来的钱交给医院做了定金。

和经纪公司签约的事情很快提上日程。

陈辛让公司法务帮她看过合同后，戚乔没有纠结一秒，提笔签上了自己的名字。

经纪人还算不错，在戚乔主动告知自己需要用钱的消息后，以最快的速度为她安排了一条广告拍摄。按照合同规定的比例分完，戚乔能拿到两万块。

只不过时间在国庆假期，劳务费也是在假期结束之后结算。

其余的空闲时间，她来者不拒地接下剪辑拍片的活儿，报酬低于付出也无所谓。

她将完成的两个剧本以编剧署名重新投稿，只要能卖出去，她不在乎是不是自己拍摄。

在正式开课的两周后，周末的晚上，戚乔第一次回了学校，推门进宿舍时，听见室友们熟悉的声音。

于惜乐大声抱怨着食堂涨价，二食堂一块钱的炒土豆丝暴涨一倍，连三食堂的热干面都涨了五毛钱。

在医院奔波的这两周，戚乔在陌生的环境待了太久，蓦然间回到熟悉的环境，竟恍惚生出了隔世感。

几人在议论食堂菜品价格，和被新生们挤占的图书馆和食堂时，被推门而入的戚乔打断，屋内沉默了好几秒。

楚菲菲率先朝戚乔扑过来："好想你啊，乔乔，到底干吗去了，才回来？"

于惜乐扒拉开她的手："轻点儿，乔乔人都要被你掀翻了。"

计念最细心："你瘦了好多啊。"

戚乔自从听完医生的叮嘱后，已经开始强迫自己好好吃饭，好好睡觉，每一顿都有肉蛋奶。她得在手术之前，让自己的身体达到最佳状态。

体重已经恢复了不少。

楚菲菲的关心一如既往直来直去，追问她到底干什么去了。

戚乔没有细讲，请假的原因只说家中有事。

她去澡堂冲完澡回来，宿舍只剩下计念一个人。

于惜乐和楚菲菲去田径场跑步了。

"念念，最近你们社团需要配音演员吗？"戚乔主动问，她没有遮掩，"我想多找几份兼职。"

计念在群里问了一声，就回她："有的有的，正好两个小男孩的角色需要会伪音的演员，我再帮你问问其他商配集数多的角色，钱也多点儿。"

"好，谢谢。"她情绪不高，一看便知是遇到了事情。

计念怕引起她伤心，没有追问，和社长争取后，很快将那两个角色为戚乔定下来。

戚乔吹干头发，在桌前坐下。

从八月中旬回家，到现在，她终于有一刻能用无所事事来形容。

她打开手机，瞧见通知栏上班群中的消息，点进去，翻阅几百条未读，填了两个尚未来得及填写的表格，瞧见班长私信她，发来一份拖欠学费未交的学生名单。

她舒口气，没有哪一刻比现在觉得这一笔钱高昂，甚至生出一丝后悔，当初如果填报其他专业，学费一年也只有四千。

她垂着眸，将消息一页屏幕上的未读看完，提示红点还没有消失，手指下滑,看见页面上,谢凌云的头像后面显示的三十六条未读消息。

最新一条,来自七号开学那天。

戚乔整个人都僵了下。

她已经很久很久都没有看过这些社交软件。

只记得八月回家后,谢凌云发过一条消息,是看过某部斯派克·李的影片后,实时分享的观影体验。

两个小时影片,他发来了十多条消息和截图。

那天,妈妈术后未醒。

戚乔隔了很久才回复,在谢凌云问她怎么又不理自己的时候,她回了句:有事。

回复完那两个字之后,她忙到再也没有空闲时间和心情打开任何社交软件。

所以,后来八月下旬到开学前收到的这些消息她没有看到,也一个字都没有回复。

戚乔心口酸涩,好一会儿,才点进去。

8月16号,9点12分。

谢凌云:贺舟又想大夏天的去巴厘岛。他好像真的有病。

10点50分。

谢凌云:还没忙完?

8月17号,他发来一张最新上映的某部影片的票据照片。

谢凌云:别看,浪费时间。

8月18号。

谢凌云:戚乔。你手机丢了?

8月20号,谢凌云只发了一张照片,是部电影的画面。

8月24号,谢凌云又发了一张小狗的照片,说:路上碰到只流浪狗,你看它是不是跟张逸长得一模一样。

8月29号。

谢凌云:戚乔乔,理理我。

9月5号,谢凌云发送了一个戳一戳的动效。

9月7号。

谢凌云：怎么没有来学校？

9月8号。

谢凌云：老杨说你请假了，发生什么事了？

…………

戚乔的指尖停在8月20号的那张照片上。

昏暗的房间，投影在白色墙面发出淡淡的光、草坪、树木、白色的房子。

艾丽来到诺亚的白色房子寻找他，男女主角穿着一样的浅蓝色的衣服，站在车前争吵不休。

是电影《恋恋笔记本》。

戚乔盯着那张照片，看了很久。

这部电影她曾经看过很多很多遍。所以，也清楚地记得，这一幕之后，男主说出的那句台词。

I want you.（我想要你。）

I want all of you, forever.（我想要永远完全拥有你。）

You and me, every day.（你和我，每一天。）

她点开手机日历，滑动到上个月，蓦然一怔。

她的视线停在二十号那一天，看了很久很久。

戚乔的手指停在对话框的输入栏，时针走过三分之一圆，都没有发出去一个字。

电脑响起一声提示音。

戚乔按下鼠标，是一条新邮件，落款为某影视制作公司。

对方只是好心通知她，在周而复指导下完成的那个剧本已经通过筛选阶段，接下来制作组会进行专业评估。

戚乔含着期待点开邮件，得到的却只是这样一条不知何时有实际回音的消息。

她舒口气。

时间像是一抔流沙。她实在没有精力去想除了给妈妈看病的任何事。

她点开AE（Adobe After Effects图形视频处理软件），继续剪一条报酬只有三百块的短片。

周一清晨，戚乔准时进了教室，里面已经坐了不少人。

她带了电脑,在最后一排坐下,在上课前,打开了 Word(文档)写新的剧本。

预备铃响起时,她下意识地抬了下头。

教室前门,谢凌云走了进来。他穿了一件浅蓝色的衬衫,敞着领,松散地搭在白T恤外,鞋子上有一行很小的字,印着纪梵希的英文字母。他的头发似乎比上次见面长了一点。

她望过去的瞬间,谢凌云的脚步停了下来。

专业课的老师喜欢在预备铃之后便开始讲课。

"还不回座?"老师催促。

戚乔低下了头,并未看到谢凌云的视线越过整个教室,又看了她好几秒钟,他才在老师的第二声催促下在前排坐下。

老师不是会盯着每一个学生的风格。他只讲好自己的课,听不听课是底下学生自己的事。

戚乔有些庆幸她没有时间好好听课,好好记笔记。她盯着电脑,就连课间的几分钟都在写剧本。

在铃声响起后,她从后门离开了教室,背着沉甸甸的电脑,打算乘公交去医院。

她走得太着急,像是要躲着谁一样。下楼时,不小心踩空楼梯,差点跌倒,被迎面撞上的人扶了一把才幸免于难。

"谢谢。"

"不用谢,你有没有摔疼呀?"声音清脆。

戚乔抬眸,看见了雒清语。

"学姐,是你呀?"雒清语也认出她来,"没摔到吧?"

戚乔紧握了下手。方才的一瞬间,她的掌心磕到了雒清语身上背着的材质坚硬的小箱包的棱角上。

戚乔看了一眼,又移开视线:"没有,谢谢。"

她赶公交,下一班要等十多分钟,很快离开。

擦身而过后,她听见雒清语身边的同学,满口诧异地问道:"不是吧,你又要表白?还没有被打击到吗?"

雒清语的语气微扬:"还没有本小姐拿不下的人!"

那样明媚张扬的女孩,像一朵热烈的玫瑰般耀眼。

戚乔没有回头，加快脚步，朝校门口的公交站走去。

出校门时，她抬起手看了一眼掌心的红痕。

微信新消息进来，经纪人说：明天上午会在公司官微发布新签约艺人的公示照。

同时又带来一个好消息，经纪人为她拿到了一个公司投资的电视剧中的打酱油角色。一分钟不到的戏份，她又是新人，薪酬分到手，只有几千块。

戚乔的心情却因此好转。

第二天上午没课，她在医院陪着妈妈，晚上没回宿舍。

中午去医院的食堂给妈妈打了一份煲仔饭和蛋花汤。

戚乔没什么胃口，可想着医生要她在手术前将体重增加到一百一十斤的叮嘱，强逼着自己吃下去一份鸡腿饭，又加了只水煮蛋。

住院每日的花费比她想象的要高。

戚乔没有告诉妈妈，偷偷将那张用来给她交学费的卡中的钱取了一部分。

中午回宿舍时，班长再一次发消息给她，转发过来一条教务处老师催促交学费的信息。

戚乔垂眸，舒了口气，回复班长会尽快交上。

她打开宿舍的门，计念和楚菲菲已经去上课。

于惜乐在等她，见着人，将一早为她收拾好的书包塞进戚乔怀里："走吧走吧，快迟到了。"

戚乔应了一声。

在于惜乐要开门时，拉了下她的手："惜乐。"

"怎么了？有东西忘拿了？"

戚乔抿了抿唇，她没有别的办法了。她已经把除了睡觉以外的所有时间都用来赚钱，可还是不够。

她不得已，向于惜乐开口："可不可以借我一些钱？"

于惜乐挠头，指了下桌上专门用来收纳镜头的柜子，说："才买了两个新镜头，我这个月没啥钱了，你要多少？"

于惜乐的家庭条件是全宿舍最好的，但她的钱几乎全花在买各种设备上，她对自己比谁都抠。

戚乔不好再开口，摇摇头，抿了个笑容，道："没事。"

到教室时，手机里却收到一条转账消息。

于惜乐转来一万一千零三十八元。

戚乔依旧带着电脑坐在后排，看到消息时，她朝前排的于惜乐看过去一眼。

她像是有所感应，回头冲戚乔眨了眨眼，又发来一条消息：我冲我哥讹了一万块。

戚乔瞬间鼻头泛起酸意，她低眸，郑重地回复：谢谢，我会尽快还你的。

消息才发出去，一通电话进来，是周而复打来的。

还有几分钟上课，戚乔怕老师有事，去走廊外接通。走出后门同时，谢凌云踏入教室前门。

戚乔接通，喊了声："老师。"

周而复的声音严肃："你签了娱乐公司？"

戚乔一愣，因老师语气中的气愤。

好一会儿，她低低地"嗯"了一声。

电话中好久没有声音。

九月的风一点都不凉爽。闷热，潮湿，天边乌云密布，酝酿着一场暴风雨。

周而复含着怒意的声音传来："刚才的饭局上，一个才成立没多久的经纪公司老板拿着几张签下的电影学院女学生的照片给几个制片人挑。哪家正经的老板会拿着艺人照片出现在这种酒局上？跟古代敬事房的太监给皇帝送绿头牌一样……戚乔，你认为我在那些照片里看到我周而复的学生是什么心情？"

戚乔愕然又无措地站着，任凭沉闷的风打在她身上："老师，我……"

周而复又厉声问："那两个剧本还打算拍吗？"

戚乔说不出一个字来。

等不来她的回答，很快，周而复挂了电话。

挂断前，戚乔听见一声饱含失望的叹息。

她僵直地站着，直到提着包来上课的老师抵达后催促她进教室才堪堪回神。

戚乔踏进教室，一眼瞧见雒清语站在谢凌云的桌边。

谢凌云神情微烦，语气却无奈，道："大小姐，又干什么啊？"

雒清语扬着唇角，从包里拿出一块包装精致的糖果："我今天第一次吃到这种巧克力，觉得好吃，所以特意拿来给你。"她说完便要走，又回头，洒脱地留下一句,"吃不吃随便你。"她来得快,离开得也翩然又潇洒。

教室中传来几个男生的起哄。

戚乔从后门进去,安静地在最后一排落座,才打开电脑,身边落下一片阴影。

谢凌云在她旁边坐下。

戚乔的心脏一紧,指尖微不可察地蜷了蜷。

"戚乔。"谢凌云低低沉沉地喊道。

戚乔捏紧手指,没有看他。她闻见淡淡的青柠罗勒味道,清洌的味道却好像变苦了。

谢凌云问:"看见我的消息了吗?"

好一会儿,戚乔才开口:"嗯。"

谢凌云沉沉地望着她:"那为什么不回我?"

戚乔撇开头,望向窗外,放在腿上紧扣的手指忽地被人握住。

课桌下,谢凌云轻轻地,一根根地掰开她掐着自己掌心的指尖。

他握着她的手,声音更加低沉:"发生什么事儿了?"

戚乔一瞬间觉得喉头堵得厉害,她垂下眼睫,落在他们在课桌下紧握的手上。

教室前排,蔡泮洋回头,高声喊:"谢凌云,这座位你还要不要?不要我放电脑了啊。"

戚乔猛地将自己的手往回抽。

谢凌云却更紧地扣着。一丝一毫都没有松开。

戚乔侧眸,她瞧见他深邃的、炙热的、执着的眼神,叫人几乎看到一颗赤裸滚烫的心。

下一秒,同班一位同学的声音高昂地传遍整个教室:"戚乔,你要出道当演员啊?"

这句话像在平静的湖面扔了一颗石子。

有人问:"你说啥呢,戚乔怎么会出道?"

"不信你们上微博搜恒轩娱乐官方微博,最新那条,第三个人不是戚乔还是谁?"

张逸速度很快,不可置信的语气:"真的是啊,戚乔,你真的签约出道了?

Chapter 8 / 前程似锦,功不唐捐　　265

以后不当导演,当演员了?"

"当导演哪有当演员轻松来钱快啊?"薛启文嘲讽道。

于惜乐怼了一句:"关你屁事啊。"

"戚乔,到底是不是真的啊?"有人求证。

戚乔无法反驳。

她感觉到,握着她手的力量松了一分。

"他们说的是真的?"谢凌云问。

戚乔没有看他,这一刻,她不敢看向他。

她可以接受所有人的疑问,可以面对所有人的嘲弄。哪怕周而复始的失望,她都可以在以后的时间里缓慢地接受。可唯独害怕从谢凌云的眼中发觉一丝一毫的失望。

她怕自己承受不住那样的目光。

戚乔飞快地从他掌心抽回自己的手,再多一秒,都害怕自己贪恋这样的温热。

"是真的。"她的语气轻描淡写,"他们说的是真的。"说完这一句,她的目光再也没有偏移,只盯着面前的电脑。

谢凌云就坐在她的身边,没有动。

他们一整节课,都没有再说话。

铃声响时,戚乔带着电脑先一步离开了教室。

那天晚上,妈妈发了一次病。所幸她当时在旁,医生和护士也来得及时。

脱离危险后,她再次得空时,发现手机上多出来两条未接语音,均来自谢凌云。

戚乔没有回拨。

她请了第二天上午的半天假,中午从医院赶回来。

于惜乐去上纪录片专业课程,戚乔回宿舍拿了电脑,一个人去上课。

临出发前,瞧见了抽屉里那个很久很久没有再贴上小画的日记本。

她拿了出来,抱在怀里,下了楼,缓慢地朝楼下的垃圾桶走去。戚乔低下头,翻开那本日记。

一眼看到去年六月时,去过雁栖湖后,在那个意外的吻后,画下的雨中山林。

底下一行字写着：清晨微雨间，他低头听我说话，身上有淡淡的青柠香。如果不是意外，那便是上帝听见了我的喜欢，赠我一场白日梦。—— 2014年6月21日

那时随口一句白日梦，倒成了句预言。

戚乔合上日记本，才要抬手，身体被几个追逐的男生撞了下。

日记本从手中不慎掉下，摊开落在地面。

有人帮她捡了起来。

宋之衍合上日记本递还给戚乔，撞到人的是他的同班同学，连声道歉。

宋之衍问："没事吧？"

"没事。"戚乔接过日记本，又道，"谢谢。"

她紧握着手中的东西。

宋之衍问："要丢吗？"

戚乔一愣，摇了下头："不……我还有事，先走了。"

宋之衍却在她迈脚之前，缓声笑了笑："你喜欢的人是谢凌云？"

戚乔没有回答。她知道宋之衍看见了刚才摊开的那一页。

楚菲菲曾经没有猜出来，宋之衍却很快想到。

宋之衍笑叹了口气："我有时候真的很羡慕他，好像不用费力就能得到很多东西。"

戚乔抬眼："别告诉他，行吗？"

"你不想他知道？"

"嗯，不想了。"

宋之衍道："好，我不会说的。"

戚乔到教室时，铃声还没有响。

大三分了专业方向，包括于惜乐在内一小半的人转去纪录片方向，教室的空位又多了不少。

戚乔坐在最后一排。铃声响起，她抬眸，没有见到熟悉的身影。

谢凌云没有来上课。

那天下午下课，她去了一次周老师的家。

周而复家门紧闭，没有见她。

戚乔等了很久，老师都没有开门。她将水果放在门前，无声离开。

她打算去给妈妈买点糖油饼和炸小黄鱼。

那天的天气很好，戚乔忽然想要让自己停下来一时片刻。

她想去湖边走一走。

戚乔提着糖油饼和小黄鱼在胡同小巷里绕啊绕，按着地图寻找公园入口。

经过一片蓦然宽展的路边，身边涌过一群游客，在一处大门紧闭的四合院前合影。她扫去一眼，和胡同里那些窄小逼仄的大杂院不同，这一户连大门都是气派的大院门。

六角门簪，门口左右各立着两只小石狮子。

门边灰色墙砖上，贴着一张毛笔书写的温馨提示——私人住宅，闲人免进。

戚乔本没有在意，一条消息进来，是封邮件，影视公司通知她剧本没有通过。

她心口微凉，脚步也停了下来。

与此同时，身后传来一道熟悉的声音。

"我说，七天假期欸，咱们不组个团出去浪一浪，还对得起祖国生日这大好日子吗？傅轻灵，你劝劝啊，谢狗不去还有什么意思？"是贺舟的声音。

戚乔愣了好一会儿，走到一根杆子前，遮住半边身体，才小心翼翼地望过去。

他们一行人，谢凌云穿着一身黑衣，走在最前。

戚乔只望见一眼他冷峻的侧脸，那道身影便被门柱遮住了半边。

他们停在那道"闲人免进"的院门前。

谢凌云抬手按下指纹，推门而入。

"等等我呀！"雏清语拨开贺舟，"哎，让让，谢凌云，你不去是不是因为我也要跟着？"

他们走进那幢四合院，院门重新关上。

戚乔收回目光前，视线最后扫过一眼灰墙上的字——私人住宅，闲人免进。

她静静地立了十秒钟，而后离开。

戚乔走了一圈后，在湖边的一条长凳下坐下。

她打开手机通讯录，往下翻找，按照日期，找到了7月25号那天的来电记录，指尖在那串没有备注的号码上停了没太久，最终拨了出去。

对方接通地很快。

戚乔提及那个经老师修改三次的剧本，询问对方是否还记得。

那边微妙地沉默了三秒，淡淡道："哦，你说那个剧本啊，怎么了？"

戚乔艰涩地开口："请问你们还有意向吗？我愿意不署名卖出。"

对方道："这个嘛，当初你也不同意，我们已经定下其他剧本，早都开拍了。"对方似是与旁边人讨论了两句，又说，"刚问了领导，下下个季度的项目虽然还没开始筹备，但倒是可以考虑下你的剧本。"

戚乔很快道："好。那请问之前说好的十万块钱，最快什么时候可以收到？"

"别的项目都已经定下了，公司在剧本投入上的资金没多少了，十万块没有，三万，你愿意卖咱们就签约，不愿意就再去投别家。"

"三万？"

"嫌少就算了啊，别耽误我时间。"

戚乔在他不耐烦的语气中，低头抱着膝盖蹲下来。

"等等……"在那人挂断前，她忍着心头的剧痛，一字一字说，"好，那就三万，我卖，我卖。"

"行，我这边准备好合同就联系你。"

"嘟"的一声，对方挂断了电话。

戚乔听着机械冰冷的电子音，无力地将手机放在长凳上。

夕阳的余晖照在湖面上，波光粼粼，金灿灿地映着晚霞。

她的眼泪一滴滴地掉下来，洇湿裤子，砸在湖边的草地上。

戚乔在湖边压抑地哭了很久很久。她无暇顾及是否会引人注意，更没心思考虑外界任何人和事。

这一刻，她没有办法控制自己的难过。她花了一年时间写完的剧本，在老师指导下修改了半年，她满怀期待地投出去，以后却连自己的名字都不能出现在那个故事上。她和自己写下的文字再没有一丝一毫的关联，换来的只有三万块钱。

她需要的三万块钱。

红日彻底从西山的山峦间消失。

戚乔的眼泪却依旧无声无息地往下掉。

她抬了下头，望向天边的云彩。她哽咽着，编辑了一条发给周而复的道歉消息，发送过去的那一瞬间，哭声从嗓子眼溢出。

Chapter 8 / 前程似锦，功不唐捐她抬手擦了下眼泪，却怎么都擦不干。

视野中，出现一只棕色的毛茸茸的手。

"它"捏着一张纸巾，蹲在戚乔面前，轻轻地，给她擦眼泪。

戚乔抬眼，看到一只玩偶熊，"它"将纸巾递给她，然后站起来，退后几步，抬起手来，蹦蹦跶跶地跳了两下。

"它"为戚乔，跳了一段舞蹈，笨拙的，可爱的舞蹈。

"它"一遍遍地跳，直至暮色四合，最后一丝光线从天际陨落。

"它"上前，从自己衣服的口袋中抓了抓，握着拳递到戚乔的面前。

戚乔伸出手去，哭了太久嗓子微哑："是什么？"

玩偶熊突地张开爪子，一把糖果掉落在戚乔掌心。

戚乔怔了好一会儿，她用"它"给的纸巾，擦掉脸上泪痕，颤声道："谢谢……"

她抬头，望向穿着厚厚的玩偶服的"它"，忽然听见一道声音："麻烦拍摄停一下。"

戚乔愣了一下，下一秒，面前的棕色玩偶熊摘下头套。

江淮额上沁出薄薄一层汗，他抱着头套，朝戚乔张开手："需要拥抱吗？"

戚乔哭着笑了。

下一瞬，她起身，隔着厚重的玩偶服，陷入一个柔软的怀抱。

江淮抬起手，用那只玩偶熊宽大柔软的手揉了揉戚乔的脑袋，他说："戚乔，大声哭也没关系。"

那天，戚乔在江淮怀里哭了很久。

她没有再克制着，缠绕数月的浓稠情绪终于泄闸而出。

江淮在录制一档真人秀综艺，他暂停了拍摄，像一只情绪垃圾桶一样，陪着戚乔，等到天色彻底变黑。他要求节目导演组剪掉了那一段，然后开车送戚乔回学校。

期间，周而复打来一通电话。

戚乔接通，将老师的怒意与指责照单全收。

这一次，得知戚乔卖掉剧本，周而复的气愤与失望铺天盖地。

戚乔没有为自己开脱一个字，是她的错。

车停在电影学院门口，戚乔要下去时，江淮拦住了她，问道："需要钱？"

最狼狈的时刻已经被江淮见证，戚乔没有隐瞒："嗯。"

"要多少，我借给你。"江淮说。

手术时间终于定下来。

戚乔交了全部的手术费用，在国庆期间去拍摄了那条广告。

用所得的酬金，先还了于惜乐的一万多块，剩下的都先给了陈辛。

假期最后几天，一档综艺播出，一段三分钟的视频转遍全网。

是江淮扮作玩偶，在给哭泣的女孩跳舞又送糖果的画面。

戚乔的哭声被江淮身上的收音器完整地录入视频。

那样撕心裂肺的哭泣，无法不令人动容。

江淮是在那段视频登上热搜之后，给戚乔打来的电话，径直问："他们找你了？"

已经要求剪掉的画面又重新被放入了节目中，的确是江淮的经纪人与节目组私下联系了戚乔。

一是因为那一段视频将会带来的节目效果；二是因为当时江淮经纪人的请求。

江淮的形象常年被网友评价为高冷无情，经纪人十分想要借这个机会改变大众对他的印象。

"嗯。"戚乔回答，又说，"他们给了我一笔没有办法拒绝的出场费。"

江淮："阿姨的病还要多少钱？"

他已经借给了戚乔一笔不小的金额，手术费用足够，只是平常的住院与生活，戚乔不能不为长远打算。

"师兄，你已经帮了我很多了，我总不能一直找你拿钱。"她勉强地笑了下，说，"而且我也签了经纪公司，能借这个节目出道也挺好的。"

静默了片刻，江淮说："既然这样，新戏缺个女配角，最近还在挑演员，你要不要试试？"

戚乔答应了下来。

十月下旬，她去试镜了那个角色。

等待一周，得来通过的消息。

Chapter 8 / 前程似锦，功不唐捐　271

戚乔总算得以休息，她每天早睡早起，一顿吃两人份的饭，终于在十一月初手术前，将自己养得白白胖胖，健健康康。

手术期间，戚乔请了假。

万幸，她的供体手术和妈妈的移植手术都十分成功。

妈妈的排异反应不算太大，肝脏功能恢复也很快，一个月后她顺利出院了，但还需要继续观察。戚乔不想万一有什么情况，又让妈妈大老远从家到北城折腾。她租了间小房子，三户合住，她租的房间不到十平米。

江淮在新戏开机前，来探望了一次。

面积狭小，三个人都显得拥挤。

他再过几天就要进组，房子有三四个月都会空着，便让戚乔和妈妈暂时住进他的公寓。

戚乔原本拒绝，但江淮竟然和妈妈聊得很好，也不知道说了什么，竟然说服了妈妈。

最终，戚乔将行李从那间小房子搬进了江淮的公寓。

那天，江淮在送戚乔回学校的路上，说："我去看过老师了。"

戚乔愣了一下。

"再去找一次他老人家吧。"江淮笑了声，"知道你因为妈妈的病才卖了剧本，气得高血压都上来了，差点破口大骂，问我你怎么不去找他。"

戚乔揉了揉酸涩的鼻子，点头："嗯，周末就去看老师。"

车停在电影学院门口。

戚乔没有着急下去："师兄。"

"嗯？"

戚乔轻声说："谢谢你。"

江淮笑道："这段时间，你说过很多很多遍了。"

戚乔也知道，可她也的确无时无刻不感谢江淮、陈辛、于惜乐，还有给她联系了很多配音兼职的计念，和一旦回宿舍就想方设法让她开心点的楚菲菲。

"师兄，我能不能问你为什么帮我？"戚乔问。

江淮从中控台拿起烟盒，降下车窗，却迟迟没有点燃。

风声猎猎，寒鸦凄切。

北城的冬天又到了。

"大概是因为,"他语气很淡,"如果那时候有人能帮我,现在我也不会只是一个人。"

戚乔愣了下。不等她再说什么,江淮下车,打开副驾的车门,冲她道:"走吧,我今天忽然想回学校走走。"

戚乔刷卡,带着他进了校园。

冬天的校园实在没有什么好看。

江淮却兴致盎然,走到表演系楼前时,和戚乔说起自己当年在楼上的表演教室因为期末汇报表现太差被支兰时训了一个下午的事。

他送戚乔到女生宿舍楼下,准备等她上楼,再离开。

他身上衣衫单薄,薄衫外,只穿了件没什么保暖作用的大衣。

在校园里走了太久,被风一吹,一连打了两个喷嚏。

戚乔让他稍等,飞快上楼,从衣柜最深处将去年买下的那件短外套拿了下来。

"穿这个吧。"

江淮打开袋子,挑了下眉,笑了:"这是给谁买的?"

戚乔被他调侃的语气弄得一愣,风吹红了脸颊,她只道:"反正是没有穿过的。"

她挥挥手,送走了江淮,转身上楼,也因此不曾看到宿舍楼下一侧的花坛边,有人站在那儿看了好久。

张逸很八卦地说:"那不是江淮吗,戚乔和他在一起了啊?"

谢凌云沉默地望着那人远去,长睫微垂,掩住了所有的情绪,声音冷淡得像一块冰:"还走不走?"

冬至那天,妈妈在江淮的公寓包了饺子。

戚乔不敢让她太劳累,抢走了擀面杖,和江淮负责擀皮,她负责包,妈只负责从旁边指导。

杜月芬说她太大惊小怪,说身体已经好了大半,她又亲自下厨,分别做了戚乔和江淮最爱吃的菜。

江淮的行李已经收拾好,去机场前,他带戚乔去见了位认识的制片人。

他们约在一家西餐厅。

江淮出道的时候就和那位制片人认识,算是很好的朋友。

对方也十分爽快,答应让戚乔过几天去试几个角色,且片酬不低。

一顿饭吃得很愉快。

制片人还有下一场饭局,吃完先行辞别。

戚乔去完洗手间回来,却看见他们原来的位置上多了个人,那是个长相很古典的美人,言笑晏晏地说着什么。

与她相比,江淮的神情却冷冷淡淡的。

她走过去时,江淮抬头看见,随后一笑,同对面的女人道:"我女朋友回来了,还有事,就先走了,失陪。"

他起身,动作自然地牵住戚乔:"走吧。"

那位美人在瞧见他们十指相扣时,优雅的表情微变。

戚乔忽然明白过来,她并未拆穿,回握住江淮,笑得很甜:"那走吧,师兄。"

巧合的是,他们相握转身之时,与踏入店内的谢凌云四目相对。

他是和朋友一起来的,贺舟、傅轻灵,还有几个不认识的人,他们手中提着一只蛋糕盒,应该是来这儿给谢凌云过生日的。

戚乔的笑容僵硬了一秒,脚步顿住。

贺舟热情地打招呼:"好巧啊,小乔妹妹!"视线扫过她与江淮牵着的手,微微一笑,询问道,"这位是?"

话还没有说完,谢凌云像是没有看见她,连神情都没变,直接越过她,没有回头,向前走去。

戚乔的眼睫轻颤,双腿犹如灌铅。所幸,江淮动作幅度很小地晃了下她的手,让她回了神:"走吧。"

"好。"

他们很久都没有说过一句话了。

哪怕上课见到面,也常常一个坐在最前排,一个坐在后排。

戚乔依旧接着各种各样的兼职,一边照顾妈妈,一边上课。

可她的笔记本已经很久没有再写一页。

那个两年来乖乖听课,乖乖做笔记的好学生再也不见了。

妈妈经常要复查，每天服用的抗排异药物，和各种七七八八的药费用都不低。

戚乔在医院、公寓和学校之间来回跑，常常踩着点进教室，甚至迟到了不少次。

北城冬天最冷的时候，妈妈的身体状况突然之间下滑，她又住了一次医院。

戚乔手里的钱所剩无几。

老天爷似乎觉得她已经吃了足够多的苦，没有让这个冬日所有的冷风都刮在女孩单薄的身体上。主治医生将杜月芬的情况上报了医务科和院办，一个肝病救治基金会承担了后续所有的住院费用和医药费。

戚乔一下子减轻了负担，但她没有停下赚钱，欠陈辛和江淮的钱还没有还清。

春节时，许久没有联系过的戚怀恩打来了电话，问她们母女怎么不在家，又随口地问了句杜月芬的身体，紧接着就问什么时候去办离婚。

杜月芬听见戚乔讲电话，拖着尚未痊愈的病体买票回家，与他去民政局办了手续。

杜月芬没有提本该属于她的共同财产，只要求戚怀恩还清银行贷款。

戚怀恩还算良心未泯，答应了。

他说要见戚乔，杜月芬抛下几十年的教养和体面，回头啐了他一脸唾沫。

那个春节，母女俩是在北城过的。

江淮放假两天，从剧组回来。

他孑然一人，和戚乔与杜月芬第一次过的这个年，让他久违地体会到一丝暖意。

杜月芬做了一大桌子的菜，让他们俩开车去接周而复与支兰时。

戚乔还是对老师心存愧疚，那个剧本，她最终还是卖了出去。

他们将车停在社区外，步行进去。

天很冷，仲冬之时，连寒鸦的叫声都死气沉沉。

天空很暗，云层很低。

他们停在周而复家楼下，戚乔踟蹰不前。

她想起一年前带着剧本第一次过来时的场景。那时她尚且对未来怀着一颗热忱滚烫的心，如今却早已冷却。

江淮看出她的纠结却没有劝解,与她一齐站在社区昏黄的路灯下,抬头望向灰暗的夜空。

"师兄,我不是不敢见老师,我只是,"戚乔低声道,"只是觉得,以后的我好像不配说自己是学导演的,不配说自己是老师的学生了。"

呼出的白气缓缓升空,在冷峭的风中很快被吹散。

"今天没有星星。"她望着天空,没有来由地说。

江淮道:"北城本来就看不到星星。"

戚乔浅浅地笑了下,说出的话却苦涩:"我以前知道它们总是在天上的,哪怕阴云密布,我也确定它们一定在云层后面,隔着乌云也看得见。可是现在……师兄,我看不到了。"

江淮望过来:"戚乔。"

"嗯?"

江淮缓声道:"有个词叫延迟满足,想去的地方现在没有办法到达,也不是最终结局。只要你心里记得,哪怕晚一点,迟一些,又有什么关系?"

"你才二十岁。"他转头,望向她,一字字说,"戚乔,你还有的是时间。"

过了好一会儿,戚乔舒了口气,她似是放松一般,笑了起来:"嗯,我还有的是时间。"

江淮一笑:"那现在上去请老师一起吃年夜饭?"

"好。"

"不怕被骂了吧?"

"骂我也听着。"

"放心,他现在可舍不得了。"

新学期开始时,戚乔从同学口中听来个消息。

他们说谢凌云报名了去纽约大学电影学院的交换项目,已经拿到了 offer(录取通知),过一段时间就会走。

再见到他时,戚乔坐在教室的角落,听见被众人围绕询问的谢凌云确认了这一消息。

她望向窗外,玉兰盛开,槐树发芽,春意回暖了。

戚乔低头翻了一页书,补充去年一整个学期落下的笔记。

那天下课时，雒清语来找谢凌云，他们并肩下楼。

雒清语语气熟稔地问谢凌云："回西山那边吗？"

"嗯。"

"那我坐你的车走，今天不想开车。"

谢凌云没有拒绝。

戚乔想起那个雨后的夏天，她离开那幢山间别墅时，谢凌云家的阿姨调侃的那句话。他不会随便带人回那个地方的。

他们应该是在一起了吧。

后来，在谢凌云走的那天，戚乔在宿舍，听见楚菲菲激动地跟她们分享："雒清语真的追到谢凌云了啊！"她兴致勃勃地说，"雒清语朋友圈，最新更新的动态是去参加朋友们为谢凌云举办的送别宴。"

最中心的那张是谢凌云与雒清语的合照。

楚菲菲点开朋友圈，拿给同样热衷恋情八卦的计念和于惜乐看。

戚乔没有躲，在楚菲菲将手机送到她面前时，垂眸看了一眼。

她自己都觉得神奇，那时候竟然只有一个想法——他们足够相配。

那个周六，陈辛忙于工作，戚乔再次代她送顾念昱去补习班。

她没有想到在那个击剑馆能够再次见到谢凌云。

他似乎是在离开前来和教练告别。

谢凌云没有停留太久，很快离开。

戚乔藏在一根柱子后，只远远地，隔着玻璃看了他一眼。

大四上学期，戚乔在假期参与拍摄的电视剧播出，她饰演的角色人设很好，造型漂亮，她的演技和长相，让她通过那个配角人气高涨。

她一跃从导演系的学生成为了有名气的小明星。

那一年，谢凌云没有回学校。

他们已经没有课要上。

在某次班上难得人聚齐开会时，有人问起，戚乔才从张逸和蔡洋洋口中得知他去了西北拍摄毕业作品。

她习惯性关注各大奖项。

又过了几个月，戚乔比别人更早地知道一件事。

Chapter 8 / 前程似锦，功不唐捐　　277

那一年的威尼斯电影节和戛纳影展上，短片金狮奖和金棕榈奖提名中，出现了同一个名字。

短片下，一行字十足瞩目。

Directed by Xie Lingyun,China.（中国导演谢凌云）

过后两天，这个消息才在整个学校传开来。

系里的荣誉长廊，很快新增了一张谢凌云那部获奖短片的海报。

戚乔无数次路过，却只在身旁无人时才伸手，隔着玻璃，指尖碰到底下那行注释中的"谢凌云"三个字上，一触即离。

再次见到他，已经是 2017 年的 6 月。

学生时代的最后一个夏天。

戚乔陪顾念昱去上击剑课。

曾经她撒谎说只为陪顾念昱练习，只有她自己清楚为什么想要学习击剑。

那天，她刚穿上击剑服，戴好面罩，透过面罩细小的网格，毫无准备地再次见到了他。

谢凌云一手执着重剑，一手抱着头盔，与贺舟并肩走来。

或许是因为太久没有见到他，那一瞬间，戚乔有种恍如隔世的感觉。

他好像一点都没有变，漫不经心地听身边朋友说话。

贺舟抬手，一拳砸在他肩头，笑骂了声："又要走？你有没有良心。"

谢凌云笑了声，几分吊儿郎当："还真没有，要那玩意儿干吗。"

他们从她的身边经过。

明知有面罩严丝合缝地挡着，可戚乔的身体还是僵了下。

那天，戚乔鬼使神差地在那间 VIP 室最近的场地外面等着。

在瞧见谢凌云出来，准备去换下击剑服时。她在他的必经之路上，握着剑柄举起来，朝他做了个比试的动作。

谢凌云看来一眼："要跟我比？"

戚乔点头。

她提前将长发束起，藏在面罩之下，此刻，用早已熟练的伪少年音，跟他说："你厉害吗？"

谢凌云好整以暇地扫了面前的人一眼："跟你比，绰绰有余。"

戚乔道："那试试？"

谢凌云的确以为她只是个十几岁的中学男生，他笑了声："弟弟，你赢不了我。"

戚乔堵在他的面前，道："不试试怎么知道？"

谢凌云还真点了头，他执着重剑，连戚乔都能感觉出来，他一招一式都在让着她。

在对招十分钟后，他不再继续拖延时间，剑尖刺在戚乔的左胸口。

他摘下面罩，轻挑眉尾："服了没有？"

戚乔没有说话。

他的手机响起来，谢凌云收剑接通："学士服尺码？不知道，你看着填吧。"

他说完，挂了电话，望向戚乔的方向："我从七岁到现在，练了十五年，你有十五岁没有？"

他伸手，好整以暇地从戚乔面罩顶往自己肩膀上比画了一下。

"胜之不武。弟弟，再跟教练多练几年，别逢人就挑战。"他说，"别人可不会跟我一样让着你。"他说完，便要离开。

戚乔下意识跟上半步，一声"谢凌云"卡在喉间，最终，只道："你要毕业了吗？"

她认真地扮演一个偶遇的初中小男生："我今年也毕业，初三……"

谢凌云回头："那就祝你毕业快乐。"

戚乔道："你也要毕业快乐。"她继续说，"祝你前程似锦，功不唐捐。"

谢凌云道声谢，没有再回头，很快离开。

上完厕所的顾念昱回来，小声喊："姐姐。"

"嗯？"

"那个哥哥不是……"

戚乔道："你还记得他吗？"

顾念昱点头，他又问："前程似锦我知道，功不唐捐是什么意思呀？"

戚乔笑了一下："是说所有的付出都会有回报，不会白白浪费。"

她太清楚，努力和付出得不到回报的感觉。

所以，那个光而不耀的少年一定要前程似锦，功不唐捐。

2017年6月20日，夏至。

电影学院 2013 级学生在这一天毕业。

谢凌云到得晚,却饱受关注。那时,他已经是媒体口中有着天才盛名的新锐导演。

戚乔穿着学士服,在典礼之后和室友们合照。

宋之衍带着相机出现,他说:"毕业快乐。"

"毕业快乐。"戚乔也道。

他坦然一笑:"可以合照一张吗?"

戚乔点了下头。

下一秒,却听他朝身后喊:"谢凌云。"

戚乔愣了愣。

谢凌云走过来,在宋之衍的请求帮忙中,没什么表情地接过了那台相机。

宋之衍走来,与戚乔并肩。

骄阳炙热,与四年前入学的那天无异。

戚乔望向举着相机的人,笑容不自然到极点。

很快,谢凌云站直身体:"好了。"

"谢了,哥们儿。"

谢凌云没有回应。

张逸邀请于惜乐:"大家一起合照一张吧!"

他喊来蔡沣洋,又扬声:"谢凌云,快点过来啊。"

宋之衍主动说:"我帮你们拍。"

戚乔站在最右边,她看向前方,谢凌云并不热衷于拍照,哪怕毕业这样的仪式。

他似是毫无兴趣,在张逸接二连三的催促中才走了过来。

他站在室友身边,和戚乔中间隔了三个人。

宋之衍举着相机,高声喊道:"准备——三、二、一!"

戚乔望向镜头,阳光照在她的发梢。

没有哪一刻,她比现在更清楚。他们短暂的交集,在这个夏天之后彻底结束了。

她笑了一下,"咔嚓"一声,画面定格,众人散去。

"乔乔。"十米外,妈妈和江淮不知何时出现。

戚乔笑着跑过去:"你怎么过来啦,不在家好好休息。"

杜月芬说:"当然是来参加我女儿的毕业典礼。"

江淮递来一束花:"毕业快乐。"

"谢谢师兄。"她一顿,又问,"你就这样过来,口罩也不戴,被拍到怎么办?"

江淮无所谓道:"让他们拍吧,比起别的,还是想来祝你顺利毕业。"

他比谁都清楚"顺利"二字对戚乔来说多难得。

他们站在一起聊天,戚乔又让于惜乐帮忙,穿着学士服抱着花,和妈妈与江淮拍了张照片留作纪念。

她再回头望向某处时,贺舟和傅轻灵带着一起长大的发小,浩浩荡荡地来庆祝谢凌云的毕业典礼。

他们一群人笑闹着。

几天前,戚乔听闻了谢凌云将在帝势艺术学院继续深造的消息。

那儿是电影人的殿堂。

她和他,到底是来自不同世界的两条直线。纵使短暂相交,而后也注定各自远去。

只是,她不曾拥有的,这个夏天之后,也要彻底失去了。

戚乔没有办法欺骗自己,纵然早已知晓,可真到此刻,她还是有些难过。

她强制自己没有再看。

周而复和支兰时也来了,妈妈跟老师们走在前面。

只走出两步,戚乔便忍不住又一次回头望了一眼某个方向。

"是他吗?"江淮笑问。

"这么容易发现吗?"

"还好,但你看了他很多次了。"

戚乔展颜笑了笑,她什么也没有再说,随后老师、朋友和家人,向她的方向走去。

身后,谢凌云抬眼。

贺舟撞了下他的胳膊:"差不多得了,还没看够?走了。"

谢凌云没有出声,随着他们转身离开,与目光所及背道而驰。

那天是夏至,此后昼短夜长。

而他们,往南往北,各自远去。